USA Today Bestselling Author

DALE MAYER

Des Preuves dans les Échinacéa

Jolis Jardins Maudits 5

Des preuves dans les échinacées : Jolis Jardins Maudits, tome 5
Beverly Dale Mayer
Valley Publishing Ltd.
Traduit de l'anglais par Emma Valieu et Valentin Translation.

ISBN-13 : 978-1-773366-28-9
Format Print

Résumé du livre

Un nouveau polar « cozy mystery », par Dale Mayer, auteure de best-sellers au classement du USA Today. Suivez les aventures de Doreen Montgomery, jardinière et détective en herbe, et de ses adorables assistants (un chat, un chien et un perroquet) dans leurs enquêtes criminelles dans la jolie ville de Kelowna au Canada.

Du luxe à la misère… Du contrôle au chaos… Quant au meurtre… eh bien, peut-être…

Le succès de Doreen dans sa résolution de meurtres s'est ébruité dans tout le pays, mais elle n'a qu'une envie, rester toute seule. Elle a des antiquités à présenter à une vente aux enchères et une relation avec le brigadier Mack Moreau à démêler, sans parler de sa nouvelle amitié avec Penny, sa première amie à Kelowna. Doreen ne veut pas tout gâcher.

Mais lorsqu'une accusation surprise est portée (au sujet de George, le mari décédé de Penny, et lancée par l'un des hommes que Doreen l'a aidée à évincer), elle se dit que ça ne peut pas faire de mal d'enquêter sur le passé de sa nouvelle amie.

Avant d'en prendre conscience, Doreen se retrouve avec une nouvelle affaire sur les bras, une affaire classée et un probable meurtre par compassion… qu'elle doit creuser tout en entretenant ses relations avec Penny, Mack et ses animaux de compagnie : Mugs, le basset, Goliath, le chat Maine coon et Thaddeus, le perroquet gris bien trop bavard. Depuis le temps, Mack devrait être habitué au manège de Doreen, mais quand elle se jette à corps perdu dans une autre de ses affaires, il a de plus en plus de mal à le supporter…

Inscrivez-vous ici pour être informés de toutes les nouveautés de Dale !

https://geni.us/DaleNews

Chapitre 1

CELA AVAIT ETE une journée si éprouvante… et elle n'était pas encore terminée. Doreen poussa un grognement. Au moins, son incident avec Hornby appartenait au passé. Même si c'était aujourd'hui qu'il avait eu lieu, elle avait l'impression que tout n'était que le commencement. Elle avait déjà dit ça plusieurs fois depuis que son futur ex-mari l'avait remplacée par son nouveau trophée, l'ancienne avocate chargée de son divorce, rien que ça.

Mais c'était dur d'être en colère contre cette situation aujourd'hui. Si elle était restée dans ce mariage avec cet homme manipulateur, elle n'aurait jamais connu toutes ces merveilleuses expériences depuis qu'elle avait emménagé dans sa nouvelle maison, la vieille demeure de sa grand-mère. Et grâce à toutes les affaires que Doreen avait résolues depuis son arrivée à Kelowna, eh bien… elle avait aidé beaucoup de monde à faire son deuil.

Et désormais, peut-être une personne de plus, Penny, même si Doreen se débattait toujours avec les accusations de

Hornby selon lesquelles Penny aurait pu tuer son mari. Doreen aurait pu les considérer comme de l'amertume venant d'un homme qui prenait la direction de la prison pour le reste de sa vie, mais… s'il y avait une once de vérité dans tout ça ?

Mack avait réussi à mettre la main sur Penny. Elle lui avait fourni sa version officielle au sujet de la disparition de son beau-frère, dont il avait désormais été confirmé que l'assassinat avait été commis par Alan Hornby, et elle était revenue chez elle après sa visite chez son ami à Vernon. Dès qu'elle avait débarqué en ville, elle s'était rendue chez Doreen. Quand cette dernière avait ouvert sa porte d'entrée, Penny l'avait prise dans ses bras.

— Je vous remercie tellement de m'avoir apporté des réponses, pleura Penny avant de l'enlacer de nouveau. (Après un moment, elle recula et dit :) Je suis tellement désolée. Je ne voulais pas vous abandonner. Mais je ne savais pas ce que cet homme affreux avait l'intention de faire. Je ne pouvais pas rester plus longtemps dans les parages pour le savoir.

— C'est bon, répondit Doreen. Horny ne peut plus vous faire de mal.

Ressentant le besoin de marcher et de parler, les deux femmes étant trop nerveuses pour se contenter de rester assises à l'intérieur, elles firent une petite promenade dans le jardin de Doreen, pendant laquelle cette dernière donna à Penny tous les détails. Lorsqu'elles furent à court de questions et de réponses, Penny remarqua les larges plates-bandes le long de la clôture.

— Ce sera joli, affirma-t-elle en désignant une longue portion du jardin envahi de mauvaises herbes.

— J'ai encore un long chemin à parcourir pour que ça redevienne comme au temps où Nan vivait ici, rétorqua

Doreen. C'est beaucoup de boulot.

— Je comprends. C'est pareil chez moi, ajouta Penny. Et pas sûre d'en avoir envie en ce moment. Avant que Johnny disparaisse, j'adorais le jardinage. Puis c'est devenu un moyen d'estomper les soucis et la tension accumulés toutes ces années, mais après la mort de George…

— Je le laisserais tel quel à ta place, conseilla Doreen. Tu vas vendre, et ton jardin n'a pas si mauvaise allure.

— Et pourtant, vendre la maison, c'est comme trahir George.

Doreen regarda Penny.

— Tu étais heureuse avec lui ?

Penny afficha un grand sourire.

— Très heureuse. C'était un homme remarquable et un bon mari qui subvenait à nos besoins.

Doreen ne savait pas si elle devait poser des questions à propos du décès de George. Ce n'était pas un sujet facile. Parce que Hornby avait porté des accusations, ça ne signifiait pas que tout était faux, mais ça ne voulait pas non plus dire qu'il n'était là que pour causer des problèmes.

— Comment George est-il mort déjà ?

— Crise cardiaque, répondit Penny, le visage impassible. (Elle porta une main à son cœur.) Il est parti très vite.

Penny marcha vers l'arrière de la propriété, où une large bande d'échinacées était disposée. Elles n'avaient pas encore fleuri, mais elles promettaient de s'épanouir bientôt.

— Toutes mes condoléances, exprima Doreen. Ça a dû être très difficile.

— Oh oui ! confirma Penny. Ça l'a été, en effet.

Doreen baissa les yeux sur le carré d'échinacées et sourit.

— Je me rappelle à quel point tes plantes sont bien plus grandes que les miennes. (Elle les désigna et ajouta :) J'ai des tas de végétaux qui peuplent mon jardin, dont certains que je dois déplacer, comme des digitales, des belladones, des solanacées…

Son regard glissa sur le côté, vérifiant la réaction de Penny à la liste de plantes toxiques, mais ne perçut absolument rien de fâcheux. Satisfaite, Doreen noua son bras à celui de Penny et fit face à sa nouvelle copine jardinière.

— Je suis contente que Mack ait mis la main sur toi avant que tu l'entendes ailleurs.

— Je suis sûre que je dois te remercier pour ça, approuva Penny. Je devrais rentrer maintenant.

Elle regarda de nouveau vers les jardins de Doreen tandis qu'elles se dirigeaient vers la crique. Elle pointa du doigt un autre massif d'échinacées.

— Tu sais quoi ? Étant donné qu'on a trouvé la dague de Johnny dans les dahlias à la maison et ensuite son médaillon dans mon jardin de devant, je ne regarderai plus jamais un parterre de plantes sans me demander si d'autres preuves y sont cachées.

L'esprit de Doreen sursauta, se répétant *preuve dans les échinacées, preuve dans les échinacées*. Mais ce n'était pas l'affaire du jour. Cela devrait attendre. En souriant, elle reprit :

— Oublie tout ça pour le moment. On pourra parler de jardinage, de plantes et de preuves un autre jour.

Penny gloussa.

— Ça me paraît bien. Au moins, on a quelque chose en commun.

Doreen acquiesça.

— En effet. On plante des trucs, toutes sortes de graines et même des idées dont on n'avait aucune idée… dit-elle d'un ton énigmatique.

Penny scruta sur les côtés, mais Doreen ne fit que sourire et suggéra :

— Peut-être devrais-tu assembler un jardin du souvenir, en mémoire de Johnny. (Au regard surpris de Penny, elle s'expliqua :) Je sais que ça sort de nulle part. Mais je me disais, tu sais, pendant que je regardais les échinacées, que tu avais perdu Johnny et George et que tous deux adoraient ta maison.

— Mais je la vends, contesta Penny. Tu t'en souviens ?

Doreen hocha la tête.

— C'est peut-être une bonne façon de la quitter, alors, en tant que foyer que vous avez tous partagé. Créer un jardin du souvenir avant de déménager serait une bonne chose pour les honorer. Si les nouveaux propriétaires l'enlèvent, eh bien, qu'il en soit ainsi ! Tu n'aurais pas besoin d'en faire trop. Simplement mettre en place deux cercles de pierres et une petite pierre tombale au centre de chacun d'eux, puis prononcer quelques mots par-devant. Tu devrais récupérer le médaillon de Johnny ainsi que son couteau au bout d'un moment, par l'intermédiaire de la police. Il y a aussi une petite croix.

Penny observa d'un air réfléchi la crique.

— Tu veux me faire tourner la page, c'est ça ?

— En effet, confirma Doreen qui était également en train de penser à autre chose qui ne la laisserait pas en paix. Pour ton propre bien. En plus, tu ne sais pas combien de temps prendra la vente de ta maison. Mais si tu y réfléchis, ça pourrait mettre quelques mois ou même une année. Tu ne l'as pas encore mise sur le marché, si ?

Penny secoua la tête.

— Je ne pouvais pas tant que tu menais l'enquête, indiqua-t-elle sobrement. Ça paraissait être une mauvaise idée à ce moment-là. Maintenant que tu as fini et que nous savons ce qui est arrivé… (Elle branla du chef.) George a passé la majeure partie de sa vie d'adulte à chercher son frère, et il ne l'a jamais retrouvé… Mais en seulement quelques jours, vois ce que tu as accompli !

— Je suis vraiment désolée pour ce long épisode sans réponses, dit Doreen, la voix compatissante. Je crois que l'une des situations les plus difficiles que les gens puissent vivre, c'est de ne jamais connaître la vérité.

— Et tu l'as découverte si vite, ajouta Penny, ébahie. C'est vraiment ce qui m'a coupé le souffle. Je t'ai seulement parlé, quoi… mardi dernier, mercredi ? Et alors, tout à coup, on est dimanche et tu as déjà résolu l'affaire.

Doreen ne savait pas quoi rétorquer. Pendant qu'elle réfléchissait à une phrase, Penny éclata :

— Pourquoi la police n'a-t-elle pas fait ça, il y a quelques années ?

— Parce qu'alors, les gens gardaient ça pour eux, pour diverses raisons. Les choses étaient différentes. Ils ne révélaient pas leurs secrets, probablement par crainte, expliqua lentement Doreen, pensant à ce qui avait été entrepris pour que les réponses remontent à la surface. Et je crois que Hornby faisait profil bas et a même quitté la ville dès qu'il a pu. Une fois qu'un certain laps de temps était passé, il s'est dit qu'il ne risquait plus rien à revenir.

— Ça n'a aucun sens, s'indigna Penny. Il a tué ces trois garçons, pour rien !

— Oui, acquiesça Doreen, s'exprimant lentement. Cela a aussi aidé Hornby à garder son secret, Susan ne se souvenant de rien depuis son accident de voiture. Elle était sous l'influence de drogues et planait constamment, alors ce n'est pas étonnant que les flics ne l'aient pas prise au sérieux. De plus, c'est la seule qui a persisté à affirmer qu'un véhicule de toutes les couleurs était impliqué, tandis qu'Alan expliquait que c'était arrivé si vite qu'il ne se rappelait rien d'autre qu'une petite voiture. Noire, pensait-il, mais il n'en était même pas sûr. Elle aurait pu être verte ou bleu sombre. Apparemment, il luttait contre Susan.

— Et, évidemment, tout était un simulacre de toute manière, murmura Penny. C'est simplement incroyable.

— En effet, mais franchement, la vérité est souvent la solution la plus simple.

— Ils n'avaient aucun ADN pour les mener à un quelconque suspect. Ils ne possédaient aucune preuve digitale à ce moment-là, ajouta Penny. Ils ne pouvaient pas attendre que Johnny se pointe dans un autre comté, par exemple.

Doreen hocha la tête.

— Et, bien sûr, le père d'Alan a pris la défense de son fils, lui a fourni un alibi, croyant qu'il était à la maison. Et monsieur Hornby n'a jamais vu de corps dans le camion-poubelle. La famille de Julie n'était pas en reste. Personne ne voulait pointer Alan Hornby du doigt, alors que personne ne l'appréciait. Même Julie n'avait aucun moyen de savoir qu'une querelle ni même le fait de choisir un homme plutôt qu'un autre aurait causé ce genre de réaction.

— Mais de là à imaginer que c'est un triangle amoureux qui a mal tourné… souffla Penny perplexe. Et que tout ça soit resté secret pendant toutes ces années… Nous n'étions même pas au courant de la relation entre Johnny et Julie.

— Ça a dû arriver il y a vingt-neuf ans, mais mère Nature abandonne ses secrets un jour ou l'autre, dit Doreen. Pense à la dague. Pense au médaillon. Pense à la croix.

— Aucune chance que le corps de Johnny soit retrouvé, si ?

— J'en doute, déclara Doreen doucement mais fermement. J'ai peur que cette option doive être mise de côté. Il
était situé dans la vieille décharge. Là-bas, tout était mélangé
à la paille et recyclé, et maintenant, un nouveau lot de
résidences a été bâti dessus. Je crois que la communauté de
Wilden s'y trouve désormais.

Penny la regarda.

— Toutes ces nouvelles et grandes jolies maisons à
Glenmore ?

— Je crois bien, oui, confirma Doreen. Si ce n'est pas
dans cette zone, c'est dans une autre pas loin. (Elle observa
son amie, essayant toujours de tout assimiler, de faire la paix
avec ça.) Viens. Tu es un peu secouée, et j'ai besoin de
marcher. On te ramène à la maison.

— Tu es sûre ? demanda Penny, qui paraissait néanmoins reconnaissante. J'admets que je me sens assez
tremblotante. Savoir que c'est fini, que tout ce qui nous a
tourmentés, ce qui a hanté presque tout mon mariage, est
terminé. Si seulement tu avais emménagé à Kelowna il y a
des années, blagua-t-elle, alors George aurait su ce qui était
arrivé avant de mourir.

— Le truc, c'est qu'à cette époque, je n'aurais probablement pas été impliquée dans des affaires classées comme je le
suis aujourd'hui.

— Pourquoi cela ?

— Parce que je suis une personne très différente de celle
que j'étais il y a quelques années, expliqua Doreen en
souriant à moitié. Mugs ! Tu veux aller te promener ?

Son chien basset – qui avait perdu son pedigree depuis
longtemps, ainsi que les bonnes manières que son ex avait
tenté de lui inculquer – apparut, sauta et tournoya sur ses
pattes arrière. Elle gloussa.

— Si seulement on pouvait gagner de l'argent avec un numéro de cirque, souffla-t-elle.

Elle s'accroupit, lui donna rapidement un câlin, puis sortit la laisse de sa poche arrière pour l'accrocher.

— Normalement, tu ne l'attaches pas, si ? demanda Penny.

— Non, répondit Doreen. Pas depuis que j'ai emménagé ici, mais il a été éduqué avec une laisse. Je me dis juste que, de temps en temps, je devrais conserver cette habitude.

À ces paroles, elles posèrent les pieds sur le chemin vers la crique, et une traînée orange se rua vers elles. L'énorme Maine coon de Nan avait été livré avec la maison. Il faisait partie de la famille de Doreen désormais.

— Goliath, tu veux venir te balader ?

Comme d'habitude, le chat l'ignora totalement.

De la véranda jusqu'à l'arrière de la demeure, Doreen pouvait entendre Thaddeus appeler : « Attendez-moi ! Attendez-moi ! » Doreen rit.

— Je crois que Thaddeus veut nous accompagner aussi.

Le grand et beau perroquet bleu-gris avec une grande queue de plumes rouges faisait également partie de l'héritage anticipé de Doreen, tout comme la maison de Nan. *Que ferais-je sans eux ou Nan pour me tenir compagnie ?*

Penny semblait fascinée en voyant Doreen s'accroupir, attendant que l'oiseau se dandine vers elles. Elle tendit le bras, et Thaddeus sauta sur le revers de sa main. Il se déplaça de côté tout du long jusqu'à son épaule, d'où il frotta son bec contre sa joue. Elle lui caressa doucement le dos.

— Je ne serais pas partie sans toi, mon grand.

Comme s'il comprenait, il la frôla plusieurs fois puis s'installa. Alors qu'elle s'apprêtait à faire un pas, il causa : « Hue ! Hue ! »

Elle se tourna vers lui et lui lança :

— En aucun cas, je ne vais obéir à *tes* ordres.

Il tordit sa tête pour la regarder à son tour, cligna ses grands yeux et cancana : « Thaddeus part. »

— Oui, lâcha-t-elle, exaspérée. Tu peux dire que tu t'en vas quelque part. Tu es sur mon épaule, et nous sommes déjà en dehors de la maison.

Il parut ensuite se tasser, sans plus de cérémonie. Comme elle regardait Penny, sa nouvelle amie essayait de contenir son rire. Doreen roula des yeux.

— C'est pas très joli quand l'oiseau me traite comme une vieille jument grise, grommela-t-elle sèchement. Oh, attends ! (Elle retourna à la maison, réactiva les alarmes des portes avant et arrière, puis rejoignit ses animaux et Penny.) Maintenant, allons nous promener.

— J'ai entendu les bips. (Penny jeta un coup d'œil à la maison.) Tu mets toujours une alarme quand tu pars en promenade ? Tu ne me sembles pourtant pas être du genre nerveux.

— Normalement, je ne devrais pas. Mais j'ai un revendeur en antiquités qui vient demain, pour jeter un œil à quelques pièces, expliqua-t-elle en modifiant précautionneusement la vérité. Je n'aimerais pas que quelqu'un entre et se serve.

Penny hocha la tête.

— Oh, mon Dieu, non ! Quand je pense à toutes ces heures qu'ont passées George et Nan à se disputer à propos de ses antiquités…

— Pourquoi se disputer ?

— Parce que George estimait qu'elle devait les vendre, et Nan répondait qu'elle avait une autre idée en tête.

Le cœur de Doreen se réchauffa lorsqu'elle se mit à penser à l'*autre idée* de Nan.

— Oui, elle les conservait pour moi, lui apprit-elle avec un sourire pensif. Ma grand-mère est très spéciale.

— Oh ! elle est *spéciale*, d'accord, reprit Penny en gloussant. Quand George revenait de ses visites chez elle, même s'il était plus joyeux et plein de rires, il disait que Nan était particulièrement folle.

— Beaucoup de gens m'ont expliqué qu'elle appartenait à cette espèce. J'ai peur qu'elle ait perdu un peu de sa mémoire, cependant.

— Elle a probablement arrêté de prendre les compléments dont George lui avait parlé. C'étaient des charmes pour elle.

— Quel genre de compléments ?

Penny haussa les épaules.

— Je vérifierai. J'ai les notes quelque part, à la maison. George a toujours entretenu une fascination pour les remèdes naturels. Nan avait des soucis en ce temps-là.

— Et ils l'ont aidée ?

Penny hocha vivement la tête.

— Oh oui ! George avait pour habitude d'en parler tout le temps !

— Si tu pouvais m'avoir cette liste, ce serait chouette, dit Doreen. Je n'ai absolument aucune notion sur les suppléments nutritionnels. Et je n'aime vraiment pas les médecins.

— Pourtant, une fois que tu prends connaissance de certaines informations comme les conditions cardiaques de George, tu te rends compte à quel point la profession médicale en connaît un rayon, en fait. Ils aident beaucoup la plupart du temps, mais il est vrai qu'à certaines occasions, tu en es à te demander s'ils ne veulent pas juste mettre les gens sous drogues.

— Exactement, confirma Doreen. Mais si tu as des compléments efficaces à la place, ce serait énorme.

— Je crois que c'est la même liste que celle qu'il m'a donnée, alors je trouverai sûrement quand j'aurai un moment. Tu crois que Nan les prendrait de nouveau ?

Doreen hocha la tête.

— En particulier si je lui précise que ce sont ceux que George lui conseillait.

— Ça pourrait marcher, estima Penny. Ces deux-là étaient vraiment comme larrons en foire. Nan était assez bouleversée à ses funérailles.

— J'en suis certaine. L'une des choses les plus difficiles quand tu vieillis, ce doit être de voir tous tes amis mourir avant toi.

— On ne peut plus vrai, confirma Penny.

Comme elles marchaient vers la maison de Penny une bonne heure plus tard, Penny fit un signe et proposa :

— Si tu veux entrer quelques minutes, je peux chercher cette liste.

Doreen s'illumina. Elle était en train d'essayer de trouver un prétexte crédible, puisqu'elle n'avait jamais été invitée chez quiconque en ville ailleurs qu'à la maison de retraite de Nan ou chez sa voisine meurtrière, Della. Doreen hocha la tête et lança :

— Bien sûr ! Merci beaucoup.

Ensemble, tous les cinq pénétrèrent dans la maison de Penny.

Chapitre 2

Dimanche après-midi…

À L'INTERIEUR DE la maison de Penny, Doreen jeta un coup d'œil circulaire. Elle était meublée de canapés aux jolis motifs floraux, de larges peintures de fleurs et, oui… de tapis floraux. C'était aussi immaculé.

— Tu n'as pas commencé à emballer tes affaires, hein ?

— Ce n'est pas comme si j'avais déjà vendu ma maison, répondit Penny d'un ton sec.

Doreen observait le grand salon de Penny. Il n'était pas très encombré, mais bourré de souvenirs.

— Si tu bénéficies d'une équipe pour du *home staging* ou d'un agent immobilier, je suis quasi sûre qu'ils vont insister pour enlever toutes les peintures du mur ainsi que tout ce qui se trouve sur les plans de travail, et pour retirer toutes les étagères. Ces gens peuvent être assez brutaux.

La mâchoire de Penny en tomba.

— Tu sais quoi ? Je pensais faire venir un décorateur ici pour voir combien ça me coûterait. Mais on dirait que tu en sais beaucoup sur le sujet.

— Pas forcément, la contredit Doreen, mais j'ai regardé pas mal d'émissions à la télé. Et mon mari achetait et revendait beaucoup.

— D'accord, conclut Penny.

Doreen pouvait presque discerner dans l'esprit de Penny que ce qu'elle considérait comme un défaut venait d'élever son statut de plusieurs crans. Elle ne savait pas comment cela fonctionnait, car, bien sûr, les gens devraient faire leurs propres investigations et recherches sur ce genre de choses avant de prendre une décision. De plus, dans l'esprit de Doreen, elle devrait être rétrogradée, et non promue, pour les activités de son mari.

— As-tu choisi un agent immobilier ?

— Absolument. Simi Jeron, l'informa Penny. Je connais sa famille depuis trente ans, voire plus.

— Oh ! parfait, lâcha-t-elle, ça rendra la chose facile. Demande-lui au sujet du *staging* et du désencombrement lorsqu'elle sera là.

— Elle est déjà venue une fois, mais nous n'avons encore rien signé.

— Ce sera fait quand le marché sera un peu moins prospère, gloussa Doreen.

— Je n'espère pas ! répondit Penny.

Elle entra dans sa cuisine, s'approcha d'un grand placard et l'ouvrit. Elle en sortit un petit calepin placé sur le dessus d'une boîte remplie de tubes de vitamines, l'apporta à la table de la cuisine et s'assit, en feuilletant les pages.

— Ah ! Voilà ! lança-t-elle. Une page juste pour Nan. (Elle leva le carnet et le lut :) Vitamine D, ginkgo, B12 et… je ne suis pas certaine de déchiffrer l'autre.

— Je peux jeter un œil ? demanda Doreen, tendant la main.

Penny lui donna le carnet. En le parcourant, Doreen dit :

— Je n'en suis pas sûre non plus. Je peux en faire une copie ?

— On photocopiera les deux côtés.

Pendant que Penny s'attelait à la tâche, les animaux, tout aussi curieux de l'intérieur de ce nouvel endroit, ne semblaient pas s'ennuyer. Mugs errait, Goliath fouinait sur le tapis, la queue qui se balançait. Thaddeus était sagement assis sur son épaule, et c'est ce qui l'inquiétait le plus. Il semblait se blottir de façon affreusement proche. Elle tendit une main et murmura à son intention. Il se pencha à son toucher.

— Merci, dit Doreen en acceptant les feuilles de Penny.

Doreen donna à la liste un regard désinvolte, se demandant si Nan l'écouterait. Peut-être, si elle choisissait le moment parfait pour lui parler. En attendant, elle mit les papiers dans sa poche et suivit de nouveau Penny dans la cuisine, où cette dernière replaça le livre dans le coin des vitamines.

— Ça devait être sympa que George s'intéresse autant à la santé, supposa Doreen.

— Ça ne l'a pas beaucoup aidé, répondit amèrement Penny avant de grimacer. Je suis désolée. Je n'aurais pas dû dire ça.

— Je suppose que tu es en colère à cause de sa mort, hein ?

— N'est-ce pas là le plus stupide ? lâcha Penny. Même après un an, je continue de regarder partout dans la maison et de m'énerver contre lui. On avait plein de projets pour la retraite, tellement de choses qu'on allait faire maintenant qu'il ne travaillait plus, et voilà qu'il me claque entre les doigts.

— Ne peux-tu pas les réaliser toute seule ?

— Je pourrais. Mais je n'en ai pas vraiment envie. Il y en

avait qu'on devait faire *ensemble*. C'étaient *nos* projets.

— Et les tiens ?

Penny s'immobilisa un moment et acquiesça lentement.

— Très pertinent. (Elle jeta un coup d'œil à sa montre et s'exclama :) Oh, seigneur ! Je dois y aller, j'ai un rendez-vous.

— Oh, bien sûr ! Désolée, lança Doreen. On va te ficher la paix et te laisser partir.

Goliath avait trouvé place au milieu du grand fauteuil relax de George. Doreen le prit dans ses bras, Thaddeus toujours sur son épaule, et Mugs trottait derrière eux.

— C'était une agréable visite, observa-t-elle, et je suis contente d'avoir eu de bonnes nouvelles te concernant finalement. Maintenant, ta vie peut revenir à la normale.

Comme Doreen descendait les marches de devant, Penny ajouta :

— Une fois encore, merci. Je vais définitivement mieux dormir maintenant.

Faisant un petit signe, Doreen observa Penny, son sac à la main, entrer dans son véhicule, sortir de son allée et descendre la rue. Même si Doreen savait qu'elle aurait également dû partir, elle s'arrêta dans le chemin. Elle ne devrait *vraiment* pas mettre en œuvre ce dont elle mourait pourtant d'envie. Mais c'était assez difficile de lui ôter cette idée de la tête. Ne prêtant pas attention à ce doute, elle décida que ça la préoccuperait et qu'elle ferait mieux d'apaiser sa conscience.

Elle posa Goliath à terre et se dirigea vers le jardin de Penny, à l'arrière, à l'endroit où Johnny adorait s'asseoir. Doreen ignorait pourquoi le parterre d'échinacées la chiffonnait, mais elle se dit qu'elle avait lu quelque part que ces fleurs étaient utilisées dans toutes sortes de médecines. Ce n'était certainement pas – autant qu'elle le savait – une plante meurtrière, mais n'importe quoi pouvait tuer si on en abusait.

Doreen entreprit un rapide tour du jardin de Penny, griffonnant mentalement ce qu'elle y voyait – soucis, lys, callas, rudbeckies. Aucune n'avait encore fleuri. Les marguerites bourgeonnaient… Ce serait un jardin vivant lorsque l'été arriverait. Elle appréciait sincèrement la grande variété, avec même quelques tulipes tombantes. Elle s'arrêta et les regarda, secouant la tête.

— Mais pourquoi vous pendez de cette façon ?

Elle s'arrêta pour étudier les courtes tiges d'un massif d'échinacées, s'élevant vers le ciel. Elles ne fleuriraient pas avant un mois ou deux, et ce parterre était bien trop peuplé pour qu'elles le fassent convenablement. Puis la belladone et la digitale s'étaient mêlées à l'ensemble également. *Crotte.* Elle espérait que certains de ces végétaux ne se trouveraient pas ici. Leur présence était-elle si mauvaise ? Elle n'aurait su l'affirmer. Mais puisque les mêmes plantes vénéneuses se trouvaient dans le jardin de sa grand-mère… peut-être que Nan et George partageaient un amour pour les plantes toxiques tout comme pour les antiquités ?

Scrutant les alentours, Doreen remarqua le peu d'ombre dont les échinacées allaient probablement bénéficier aux heures du jour, placées contre la barrière comme elles l'étaient, ce qui n'aiderait pas leur croissance. Comme elle s'agenouillait devant le grand massif vert – d'au moins un mètre de diamètre, avec une douzaine de plantes –, elle fronça les sourcils, se rendant compte que leurs racines seraient complètement tordues les unes avec les autres. Les échinacées aimaient la compagnie, surtout celle de leur espèce, mais, à un certain point, elles combattraient et finiraient par se détester, exactement comme n'importe quelle famille le ferait.

Confinés ensemble et trop proches, cela causait un conflit d'intérêts.

Elle vérifia le sol autour des racines, incapable de s'en empêcher, et découvrit qu'il était également très sec. La terre ici était pauvre, avec plein de cailloux qu'on pouvait apercevoir. Même des déchets. Elle retira un petit bout de plastique sur le bord et le jeta sur le côté. L'échinacée *pouvait* survivre dans un sol pourri, c'était aux fleurs de s'épanouir. Et là encore, en lançant un regard circulaire au jardin, elle pensa que ce qui avait été autrefois la fierté et la joie de Penny était probablement devenu une source constante de travail et de mauvais souvenirs. Comme Doreen passait à côté des échinacées, elle crut apercevoir quelque chose d'autre enterré au milieu des plantes. Mais, au-delà de la barrière, côté route, juste à ce moment, un homme demanda :

— Hé ! Vous faites quoi, là-bas ?

L'air coupable, elle sortit du jardin de Penny par la barrière, qu'elle laissa ouverte pour ses animaux, et afficha un sourire lumineux sur son visage.

— Je suis rentrée avec Penny, dit-elle, mais elle a dû partir. Je voulais juste jeter un rapide coup d'œil à son jardin. Elle a fait un si bon boulot ici, ajouta-t-elle en injectant une chaleur lumineuse dans sa voix.

L'homme la regardait avec suspicion.

Elle l'observa, du sommet de son mètre quatre-vingts à ses baskets sales, et lui tendit la main.

— Je suis Doreen Montgomery, et vous ?

— Je suis Steve, lui annonça-t-il en lui serrant la main avec réticence.

Elle hocha la tête et lança :

— Eh bien, si vous voyez Penny et que vous voulez lui

raconter que j'étais dans son jardin, ça ne me pose pas de problème. Elle sait que je suis également une dingue de jardinage. J'étais en train de regarder ses échinacées.

— Échinacées ? répéta-t-il, soupçonneux, en regardant la grosse tache verte contre la clôture.

— Échinacées, rétorqua-t-elle avec fermeté. On discutait des miennes, chez moi, plus tôt.

À ces mots, le visage de l'homme parut se dérider, et ses épaules s'affaissèrent avec soulagement.

— Pas de quoi s'inquiéter, reprit-elle. Je ne suis pas une voleuse. C'est moi qui ai aidé à élucider la disparition de Johnny.

Là, la lumière se fit dans les yeux de Steve. Évidemment, la lente approche de Mugs, la tête baissée et bougeant d'un côté et de l'autre comme un taureau énervé, demanda plus d'attention à Doreen. Tout comme la traînée orange qui courait entre les jambes de Steve. Alors, il arbora un large sourire.

— Maintenant, je vois qui vous êtes.

Thaddeus, pour ne pas être en reste, brailla : « Non, c'est faux. Non, c'est faux. »

— Oui, désolée pour ça… dit Doreen. (Elle fit à Steve un petit signe du doigt.) Et maintenant, je vais rentrer chez moi avant que mes monstres décident que le jardin de Penny est mieux que le mien.

Steve observa Doreen et ses animaux avancer tranquillement vers la crique.

— Pourquoi vous marchez le long du ruisseau ? questionna-t-il en poussant la voix derrière elle.

— Parce que j'aime ça ! répondit-elle. C'est mon lieu de balade favori.

Il haussa les épaules et lâcha :

— Y a rien d'autre que de l'eau sale là-bas. C'est plein de canards et d'autres oiseaux d'eau.

— Avec de la chance, j'en verrai aujourd'hui.

— Vous ne me prendrez pas à traîner dans cette flotte qui leur sert de toilettes !

Et sur ce, il s'éloigna.

Elle progressa de quelques pas et se retourna pour regarder. Il disparaissait à grands pas, sans avoir expliqué sa présence sur la propriété de Penny. Doreen fronça les sourcils et y réfléchit avant de lui envoyer un SMS.

Me suis arrêtée pour jeter un bref coup d'œil à tes échinacées. Un étranger du nom de Steve est arrivé et n'a pas paru très amical. Pas vraiment sûre de ce qu'il faisait dans le parc, derrière ta maison. Je voulais juste te prévenir. Et elle en resta là.

— Allez, Goliath, Mugs…

Thaddeus cria en se dandinant vers elle, mais alors, Mugs vint en courant avec Goliath sur ses talons et, d'un mouvement rapide surprenant, le perroquet sauta sur le chien, criant autant que le lui permettaient ses poumons : « Hue, Mugs ! Hue, Mugs ! »

Doreen secoua simplement la tête avec un petit sourire en coin. *Ma famille.*

Au moment où elle avait atteint le petit pont qui allait la mener à son jardin, Thaddeus avait abandonné depuis un moment Mugs, ayant préféré marcher. Mais maintenant, il avait enfoncé sa tête dans le creux de son cou, se balançant à chaque pas. Pendant que Doreen traversait la passerelle, son téléphone annonça l'arrivée d'une réponse. **C'est un voisin adorable, mais il n'aime pas les étrangers. Ces échinacées vont très mal. Tout comme pas mal de mes autres plantes. Des suggestions ?**

Doreen afficha un rictus. Moyen parfait pour en apprendre davantage. **Absolument. Peut-être pourrions-nous prendre le thé un autre jour et vérifier tout ça. Quand tu veux.**

prendre davantage. **Absolument. Peut-être pourrions-nous prendre le thé un autre jour et vérifier tout ça. Quand tu veux.**

Chapitre 3

Dimanche, fin d'après-midi…

DE RETOUR CHEZ elle, Mack remontait l'allée alors qu'elle se tenait sur le seuil. Caporal Mack Moreau, l'homme le plus intéressant de la ville et aussi le plus exaspérant. Il suivait la ligne droite même quand elle souhaitait qu'il la dépasse juste un tout petit peu. Cependant, elle ne pouvait que l'admirer pour sa prise de position.

Il savait différencier le bien du mal, et c'était plus que ce que son ex sournois avait compris. Mack marchant vers sa maison, il leva le petit sac qu'il portait.

— Vous avez apporté tout ce qu'il faut ? Car je meurs de faim !

— Vous mourez toujours de faim, compléta-t-il, ses grandes enjambées le portant jusqu'à la cuisine. Je vais commencer, vous pouvez préparer le café.

Complaisamment, elle était ravie de s'exécuter puisqu'elle avait enfin confiance en sa capacité à servir une bonne tasse de café. Tandis qu'elle le regardait, Mack se lava les mains puis sortit les pâtes froides du frigo.

— Qu'est-ce qu'il y a dans le sac ?

— Des artichauts, répondit-il avec un sourire satisfait,

comme demandé.

Elle poussa un soupir de ravissement et l'observa ouvrir le bocal pour en sortir quatre des choses les plus étranges qu'elle ait vues. Son sourire s'effaça.

— Je ne sais pas ce que sont ces trucs-là.

Il s'immobilisa et la dévisagea, surpris.

— Des artichauts ?

Elle secoua la tête.

— Je ne suis pas certaine qu'on parle de la même chose, corrigea-t-elle délicatement. Parce que les artichauts que je connais ressemblent à des pommes de pin.

Il rit.

— Absolument, les artichauts entiers s'y apparentent. Ça, ce sont des cœurs d'artichaut. Ils ne vont certainement pas mettre des feuilles d'artichaut dans vos pâtes.

Elle plissa le front et dit :

— Je ne sais pas. À quoi ressemblent les feuilles ?

— À des pétales de pommes de pin, lâcha-t-il sans ménagement. Vous pourriez les consommer ? Ou les avez-vous mordillées ?

Elle branla la tête.

— Non, je les mangeais une fois dans le plat.

— Alors, ce qu'ils vous donnaient, c'étaient des cœurs d'artichaut.

— Oh… répondit-elle. Puis d'une voix plus douce, elle demanda : Pourquoi les pommes de pin ont-elles des cœurs ?

Il la regarda et elle observa la bouche de Mack faire en sorte de contenir son hilarité. Elle posa les yeux sur les siens, les mains sur les hanches et l'avertit :

— N'y pensez pas.

Mais c'était trop. Il se laissa tomber sur la chaise la plus proche, les bras serrés contre son torse, et alors, comme un ballon qui aurait été trop gonflé, il explosa de rire. Elle marcha d'un pas lourd jusqu'à lui et fit prendre de l'élan à son bras, mais il leva les yeux sur elle et prévint :

— N'y songez même pas.

Elle renifla, recula de quelques pas et questionna :

— Comment saviez-vous ?

Lorsqu'il vit le verre d'eau dans sa main, il le fixa.

— Vous ne l'auriez quand même pas déversé sur moi, si ?

Elle lui rendit simplement son regard et il s'esclaffa de nouveau :

— J'ignore si les pommes de pin ont des cœurs ou non. Les artichauts, oui, dit-il. La prochaine fois, si j'y pense, je ramènerai un artichaut entier et on le décortiquera.

— D'accord, accepta-t-elle, satisfaite de cette réponse. Vous auriez fait un bon professeur, vous savez ?

— C'était mon second choix de carrière, alors merci.

— L'école publique a été la grande perdante quand vous êtes parti vers le domaine de la légalité.

— Espérons que j'ai causé plus de dommages au monde criminel que je n'aurais pu le faire à ces jeunes esprits vulnérables.

Elle pensa avoir deviné ce qu'il sous-entendait, mais ne releva pas. Car, soudain, elle vit un morceau d'artichaut qui ressemblait presque à ceux dont elle avait l'habitude. Elle s'en saisit et le plaça délicatement entre ses lèvres, pour le goûter. Et alors, elle eut un grand sourire.

— Oh, mon Dieu, mais c'est ça !

Puis elle l'engloutit en entier. Il en coupa quelques-uns de plus et les mit sur le côté. Elle en piqua un qui avait plus de feuilles plutôt que celui avec un cœur mou. Elle demanda :

— On peut manger tout ça ?

Il hocha la tête. Elle pouvait déceler quelle partie était le cœur tendre et où commençaient les feuilles à l'intérieur. Elle mangea celui-là aussi et, une fois que tout fut parti, elle lâcha joyeusement :

— C'est divin.

— Je peux pas dire que j'en ai eu beaucoup pour pouvoir juger, taquina-t-il en en jetant un dans sa bouche, mais il acquiesça :

— Alors, commençons par les pâtes. (Il désigna les spaghettis restants.) On peut les laisser entières.

— Je ne pense pas, contredit-elle. Elles sont dures et froides et seront impossibles à manger comme ça. (Elle secoua la tête.) Ce n'est pas comme ça que les chefs font leur salade de pâtes.

Mack saisit un saladier, y versa de l'huile d'olive et la mélangea aux pâtes avec ses mains. Presque instantanément, elles se séparèrent en de jolies nouilles tortillées.

— Maintenant, reprit-il, vous pouvez les émincer ou utiliser les ciseaux.

— Ah ! s'écria-t-elle, j'ai l'outil parfait !

Elle farfouilla dans l'un des tiroirs de la cuisine et en sortit une grande paire de cisailles. Il la regarda, surpris et elle annonça :

— Tenez les nouilles !

Alors, il tint un bouquet de spaghettis tendus de toute leur longueur, ses poings maintenant les extrémités opposées, et elle découpa les pâtes entre ses mains afin qu'elles soient divisées en trois tas. Il hocha la tête et déclara :

— Ça marche parfaitement.

Avec les nouilles coupées dans un autre saladier, il incorpora la sauce italienne. Ébahie, elle l'observa ajouter ensuite une cuillerée de moutarde. Une fois tout cela mélangé, elle tamponna délicatement le bout de son petit doigt dans la salade et goûta. Elle en fut ravie.

— Mais comment vous arrivez à faire ça ?

— Beaucoup d'essais et d'erreurs, dit-il en riant.

— Beaucoup d'essais, peut-être, mais je doute fortement qu'il y ait eu beaucoup d'erreurs.

— Vous seriez surprise.

Ayant suffisamment de pâtes pour leur dîner, il laissa tomber les artichauts sur le dessus, sortit trois tomates Roma qu'il coupa en petits morceaux et les ajouta. Il ouvrit une boîte d'olives noires, les égoutta, puis en versa la moitié pendant que Doreen contemplait avec fascination ce repas, si similaire à celui qu'elle avait déjà adoré, qui était en train d'être concocté devant elle. Lorsqu'il sortit la feta et qu'elle en vit un gros bloc, elle s'écria de surprise.

Il la regarda attentivement.

— Et comment la feta arrive chez vous normalement ?

— En petits carrés parfaits, précisa-t-elle en fronçant les sourcils. Mais celui-ci est vraiment énorme.

Il hocha la tête.

— Vous avez une spatule ?

Elle lui en amena une en métal. Il la dévisagea et dit :

— Parfait.

Il coupa une partie du bloc qu'il détailla ensuite en petits cubes. Elle sourit avec délectation.

— Vous savez quoi ? Si j'avais eu la moindre idée que c'était ce que faisaient tous les chefs chez mon mari, alors je me serais rendu compte qu'on les payait beaucoup trop.

Cela fit hurler de rire Mack.

— Je n'en suis pas certain parce qu'ils étaient de toute évidence doués, sinon votre mari ne les aurait pas gardés dans son sillage.

— C'est vrai, mais il en virait tous les six mois ou plus. Il était vraiment exigeant.

— Je ne suis pas surpris, répondit-il sans rien ajouter.

Mais elle connaissait déjà l'opinion qu'il avait de son ex. Elle hésita à évoquer le frère de Mack, qui avait proposé de jeter un œil dans la mauvaise gestion de son divorce par sa propre avocate. Puis elle décida que non, elle ne voulait pas ruiner un chouette dîner.

Il jeta doucement les ingrédients et demanda :

— Vous voulez autre chose dedans ?

— Des pignons, indiqua-t-elle.

Il la regarda avec attention et annonça :

— Je n'en ai pas acheté. Vous ne les aviez pas mentionnés.

— Oh ! regretta-t-elle avant de hausser les épaules. Ça ira alors.

— Laissez-moi vérifier le frigidaire, proposa-t-il. (Il s'y dirigea, ouvrit la porte et aperçut la ciboule.) Parfait. (Il en sortit une et la coupa en de très petits anneaux qu'il versa sur le dessus.) Maintenant, que diriez-vous de trouver des assiettes ?

— J'ai déniché ça au fond d'un tiroir, la semaine dernière, expliqua-t-elle en sortant deux bols hautement colorés, presque de façon criarde, en orange et en rouge. Je n'étais pas certaine de ce à quoi ils étaient supposés servir, mais j'ai pensé que ce serait pratique pour un plat comme celui-là.

Il rit.

— Ce sont des bols pour pâtes.

Elle le regarda avec étonnement et réagit :

— Mais pourquoi… pourquoi est-ce qu'ils sont…

— C'était une mode. Tout le monde les a eus. On versait les pâtes dans un saladier, puis on les mangeait ensuite dedans.

Elle hocha la tête pour marquer sa compréhension.

— Oui, c'est logique. On utilisait des chauffe-plats argentés à chaque dîner.

Il haussa un sourcil, mais il ne dit rien d'autre après ça. Il servit leur salade de pâtes et lui tendit un des deux bols.

— Où voulez-vous vous asseoir ?

Elle jeta un œil vers la table de la cuisine puis vers lui.

Il désigna la terrasse extérieure.

— C'est une belle journée, pourquoi ne pas s'installer dehors ?

Chapitre 4

Dimanche, fin d'après-midi…

D OREEN LUI REPONDIT d'un grand sourire et fit un pas dehors. Elle posa son bol sur la table de la véranda et retourna à l'intérieur pour prendre les couverts et de l'eau. Lorsqu'elle revint, elle vit que Goliath avait piqué sa place. Thaddeus se trouvait sur le dossier de sa chaise, à fixer ses nouilles des yeux, et Mugs s'était déjà installé sous la table, au cas où quelque chose en tomberait.

— On a encore du vin rouge d'hier soir, informa Mack. On n'en a jamais bu avec nos repas.

Il en versa dans deux verres, et ils s'assirent sur la terrasse avec leur salade de pâtes et leur vin.

Doreen mastiqua bruyamment sa salade et gémit de plaisir.

— C'est délicieux. Tellement différent de la nuit dernière. Et c'était si facile ! Dire que vous avez cuisiné des nouilles pour deux repas en même temps !

— C'est simplement occuper habilement son temps, minimisa-t-il.

Elle acquiesça et se tendit pour atteindre son verre. Elle le leva et lança :

— Santé !

— Santé, répéta-t-il, et félicitations pour avoir résolu une autre affaire.

À ces mots, elle lui adressa un grand sourire, prit une goulée de vin et toussota.

Il but une gorgée, fit tourbillonner le liquide dans sa bouche et avala. Il reposa son verre, la regarda et lui demanda :

— Est-ce que ça va ?

Elle cherchait de l'air, hocha la tête et répondit :

— Mais peut-être que vous apprécierez le mien aussi.

Il déversa le vin de Doreen dans son propre verre.

— Absolument !

Elle soupira.

— J'attendais ça avec impatience.

— Vous n'avez pas aimé ?

Elle ouvrit la bouche puis la referma. Il lui fit un clin d'œil.

— De toute évidence, ce n'est pas une cuvée à laquelle vous êtes habituée. Je vous ai avertie qu'il était bon marché et parfait pour cuisiner. Cependant, je n'ai jamais appris à les différencier. Je suis plutôt bière.

— Dans ce cas, je préférerais une bière.

Il la regarda fixement.

— Vous buvez de la bière ?

— Je crois, oui, répondit-elle en plissant le front.

— Vous croyez ?

Elle acquiesça.

— En fait, certaines des boissons que je prenais étaient mélangées à de la bière, il me semble, expliqua-t-elle lentement. Et le vin est bon. Mais je vous ai précisé, ajouta-t-elle précipitamment, que je n'aimais pas le *rouge*.

— Oui, exact. On essaiera peut-être un blanc la prochaine fois.

Soulagée, elle se rassit.

— Oui, ce serait chouette. Je ne voulais pas vous offenser, dit-elle en se mâchouillant la lèvre inférieure.

Il sourit simplement.

— Comment pourrais-je me sentir vexé d'avoir deux verres de vin rien que pour moi ? blagua-t-il en levant le sien.

— Vous pouvez boire le reste de la bouteille aussi.

Il la regarda et rétorqua :

— Il n'y avait plus que ça.

— Je ne me souviens pas que vous ayez cuisiné avec le vin, soupira-t-elle.

— Je l'ai versé dans la sauce, lorsque j'ai ajouté les nouilles à l'eau salée, hier soir, plus ou moins au moment où Hornby devenait difficile.

Elle fit la moue en entendant ces mots.

— S'il vous plaît, annoncez-moi qu'il ne ressortira plus de prison.

— Non, jamais. Pas avec trois meurtres sur les bras.

— Et Susan ? demanda-t-elle. Vous croyez qu'on doit vérifier la cause de son décès ?

— Non, répondit-il. J'ai déjà parlé à son médecin. Elle n'en était pas à son premier combat face au cancer du sein, mortel. Ça a été une maladie récurrente pour elle pendant au moins dix ans. Elle a finalement perdu la bataille.

Doreen grimaça.

— Le cancer, c'est le diable, commenta-t-elle doucement. Je suis tellement désolée pour elle.

— Le médecin a expliqué qu'elle avait traversé une longue période de toxicomanie après l'accident.

— Comme si, peut-être, elle s'était sentie coupable ?

supposa Doreen en hochant la tête. Ou que, dans son subconscient, elle comprenait ce qui était arrivé ?

— Je me suis moi-même posé la question. Mais aucun moyen de le savoir, plus maintenant.

Elle branla de nouveau la tête.

— Ça reste triste.

— Ça l'est, en effet. Alors, qu'avez-vous trouvé chez Penny ? interrogea-t-il sans crier gare.

Elle en fut presque choquée. Lorsqu'elle eut éclairci sa voix, elle le regarda et lui demanda :

— De quoi parlez-vous ?

Ses yeux se contractèrent face à elle. Elle travailla dur pour afficher cet air innocent sur son visage, mais il n'était pas efficace puisque Mack étrécissait un peu plus son regard. Puis il tapota sa fourchette contre son bol et dit :

— Doreen…

Elle soupira.

— Vous êtes méchant, lui annonça-t-elle.

— Je suis méchant ? s'étonna-t-il, stupéfait. Ça fait deux soirs d'affilée que je vous prépare vos repas !

Elle grimaça.

— OK, alors maintenant, c'est très méchant.

Il secoua la tête et lança :

— Je me demande si je vous comprendrai, un jour.

— Évidemment que vous me comprendrez ! Qu'est-ce que vous ne pigez pas ?

— Alors, je suis méchant quand je vous cuisine deux plats, et ensuite, je suis très méchant parce que quoi ?

— Parce que vous parlez de ça, expliqua-t-elle patiemment. Ça n'a fait qu'ajouter un petit tour au vilain pieu que vous avez plongé dans mon cœur.

Les lèvres de Mack tressautèrent et il rit. Elle l'observa. Il leva les mains en signe de paix.

— Vous avez un tourbillon de pensée intéressant, exprima-t-il.

Cela lui fit froncer les sourcils.

— Cela ressemble à du vieux français.

— J'essayais d'être gentil, répondit-il, exaspéré. Peu importe. Je vais manger mon dîner.

— Oh, parfait ! s'exclama-t-elle avant de faire la même chose.

Lorsqu'elle leva de nouveau la tête, il était en train de la dévisager.

— Vous avez fait ça exprès, non ?

Elle le fixa et souffla :

— Je ne sais pas de quoi vous parlez.

C'est à ce moment que le téléphone de Mack sonna. Il poussa un grognement, reposa sa fourchette, sortit son portable et décrocha :

— Que se passe-t-il ?

— Vous devez vous rendre à Rosemoor, commanda la personne à l'autre bout du fil.

Doreen pouvait entendre la voix de là où elle se trouvait.

L'agent ajouta :

— Un grabuge avec un couple de pensionnaires.

Doreen s'exclama.

— Ne dites rien, le coupa Mack. Laissez-moi deviner… Nan est impliquée, c'est ça ?

L'agent au bout du fil se mit à rire.

— Absolument. Quelque chose en lien avec un pari gagné, mais Ritchie semble penser qu'il devrait obtenir la moitié des gains.

— Oh ! doux Jésus, murmura Doreen en se levant. (Elle entra dans la cuisine, saisit son sac et lança :) Je déteste manger avant de courir, mais j'y vais.

Comme elle filait vers la porte d'entrée, Mugs aboya comme un fou à ses gestes brusques. Elle put entendre Mack crier derrière elle :

— Doreen, vous, vous revenez ici !

Comme si elle allait obéir !

Chapitre 5

DOREEN SE GARA à Rosemoor et se dirigea vers la petite suite en angle de Nan, progressant sur le chemin en pierres aussi vite qu'elle le pouvait. Elle atterrit à l'arrière du patio et essaya la porte vitrée, mais elle était verrouillée.

— Mince, râla-t-elle.

Elle tapa assez fort, mais aucune réponse ne lui parvint. Elle fit rapidement son chemin autour des dalles jusqu'à la porte d'entrée principale de la maison de retraite, juste à temps pour voir Mack s'arrêter.

Il lui lança un regard noir.

Elle leva les deux mains, paumes vers le haut.

— Quoi ? demanda-t-elle. Je dois protéger Nan. Vous n'avez pas l'autorisation de la contrarier. (L'air stupéfait de Mack la fit grogner.) Ce n'est pas que vous le feriez consciemment, mais…

Il secoua simplement la tête et dit :

— Venez. Allons voir ce qu'il se passe.

— Je sais déjà ce qu'il se passe, lâcha-t-elle, morose. Nan a probablement parié sur Alan Hornby.

— Non, c'est faux !

La voix stridente de Nan se fit entendre dans tout le foyer, où au moins la moitié d'une douzaine d'autres résidents s'étaient réunis.

— Elle pourrait trouver la solution. C'est votre petite-fille, lança Richie à Nan.

— Quelqu'un a appelé la police, remarqua Nan en roulant des yeux. Comme si on avait besoin d'aide.

Les autres résidents acquiescèrent en marmonnant.

Ce qui fit soupirer Mack.

— Quelqu'un a appelé la police parce qu'il y avait du grabuge, annonça-t-il. Vous ne pouvez pas me blâmer parce que je me pointe pour faire mon boulot !

Nan parut s'apaiser.

— Au moins, tu as amené Doreen avec toi.

— Non ! s'écria cette dernière, se précipitant vers elle. Je suis arrivée avant lui.

Le regard de Nan passa de Doreen à Mack.

— Comment ça, avant lui ?

— On était en train de dîner, expliqua Doreen, quand l'agent a appelé. Dès que j'ai entendu ce qu'il se tramait, je suis sortie en courant devant lui.

L'expression de Nan devint maligne. Elle fit face à Richie.

— Tu vois ? Je te l'avais dit.

Richie surprit Doreen en frappant dans ses mains, de joie.

— On va doubler la mise sur celui-là, Nan ! s'écria-t-il d'une façon presque hilarante.

Doreen regarda sa grand-mère, puis Richie et de nouveau Mack.

— J'ai raté un épisode ?

— J'en doute. Allez, Nan. On va avoir une petite discussion. (À cet instant, un autre véhicule s'arrêta.) On dirait que Darren est là aussi, annonça Mack.

— Oh non ! réagit Richie. Il est temps pour moi de partir alors.

Il se tourna et tenta de filer, mais Mack le saisit par le bout de son peignoir qui traînait et l'avertit :

— Non, ça n'arrivera pas, Richie. Si tu appelles la police pour qu'elle vienne, tu en paies les conséquences.

— On n'a pas appelé la police, révéla Nan. Pourquoi crois-tu le contraire ?

— Je suis sûr que tu ne l'as pas fait, corrigea Mack, s'efforçant de garder patience. Mais si tu es responsable d'un tel chahut que la police en vient à être prévenue, alors tu dois en accepter les répercussions.

— Pourquoi n'as-tu pas expliqué ça en premier ? s'insurgea Nan. (Elle jeta un rapide coup d'œil à Richie et grimaça un sourire.) Peut-être qu'ils vont nous mettre les menottes et nous emmener en cellule. (Elle tendit ses poignets.) Je n'ai jamais été arrêtée avant ça.

Doreen s'avança et rectifia :

— Si, c'est déjà arrivé, Nan.

Nan se tourna vers sa petite-fille et souffla :

— Chuuuut, tu n'avais pas à lui dire ça. Ça avait été un si bon moment ! Je veux juste recommencer.

Richie observa Mack et leva les mains pour qu'on le menotte également.

— Si elle se fait arrêter, moi aussi. Pas moyen que je meure avant de savoir ce que ça fait d'être en prison.

Darren passa la porte – un flic que Doreen reconnut, mais qu'elle ne connaissait pas réellement. Il lança un regard à Richie et l'interrogea :

— Grand-père, qu'est-ce que tu fabriques ?

Doreen ricana.

Le nouvel arrivant la dévisagea et marmonna.

— C'était évident que vous seriez derrière tout ça.

— Je suis venue protéger ma pauvre Nan ! rétorqua-t-elle, outrée.

Il renâcla également à cette phrase.

— La dernière chose dont *votre pauvre Nan* a besoin, c'est de protection, fulmina-t-il d'un ton cinglant. Elle mène *mon pauvre grand-père* sur le chemin de la criminalité.

La mâchoire de Doreen tomba en voyant Nan se pelotonner contre Richie.

— Oh ! doux Jésus, lança-t-elle, je n'ai vraiment pas envie de savoir ce que ces deux-là trafiquent.

— Oh si, vous voulez le savoir ! rectifia Mack. (Il l'agrippa par l'épaule et la poussa gentiment vers l'avant.) Vous vous souvenez ? Vous vouliez venir ici pour défendre votre Nan.

Elle leva les yeux vers lui.

— Je devrais rentrer chez moi finir mon repas, annonça-t-elle. Et puisque vous n'avez pas terminé le vôtre, je le mangerai aussi.

Nan rit.

— Vous deux, vous ressemblez déjà à un vieux couple marié, glissa-t-elle, un pur ravissement dessiné sur son visage.

Richie montra son accord.

— C'est vrai, en effet ! C'est vrai, en effet.

Même Darren gloussa.

— Ça y est, vous êtes cuits, parce qu'une fois que ces deux-là jouent les entremetteurs, vous savez ce qui arrive.

— Ils peuvent également mettre fin aux entremises qu'ils ont en tête, protesta Doreen, se redressant de toute sa taille. (Elle baissa les yeux sur Nan.) Nan, ne t'aventure pas sur ce terrain-là, tu m'entends ?

Nan tenta d'adopter un air sombre approprié, mais n'y parvint pas et finit par éclater de rire. Elle tapota la main de Mack et lui dit :

— Mon cher, rentre à la maison et finis ton assiette. Ça ira pour nous ici.

— Je ne peux pas, regretta Mack avec un profond soupir. Même si j'aimerais. Qui a appelé la police ?

Doreen entendit une petite voix. Elle se tourna et vit Maisie, se tenant à l'écart, sur le côté, avec un petit doigt levé.

— C'est moi.

— Et pourquoi avez-vous fait ça ? lui demanda Mack.

Cette dernière recula d'un pas. Doreen se plaça entre les deux.

— Baissez d'un ton, ordonna-t-elle à Mack. Maisie est timide et facilement effrayée.

Il regarda la femme d'un air surpris, mais adoucit sa voix :

— Alors, Maisie… Qu'ont-ils fait pour vous déranger ?

Elle renifla et posa les mains sur ses joues, comme si elle n'était pas certaine de savoir quoi raconter maintenant que tous les regards étaient posés sur elle.

— Évidemment que c'était elle, marmonna Nan dans le dos de Doreen.

Doreen se tourna et lui lança un regard mauvais. En réponse, Nan tira la langue. Doreen fit son possible pour ne pas rire. Elle se retourna et proposa :

— Maisie, vous voulez que je vous ramène à votre chambre ? Je me doute que tout cela est assez perturbant.

La résidente eut l'air pathétiquement reconnaissante.

— Où est-elle ? lui demanda Doreen.

— À l'autre bout du bâtiment, indiqua-t-elle.

— Bien. Laissez-moi vous y conduire. Qu'est-ce qui vous a contrariée ?

Elle savait que les autres personnes rassemblées dans le hall observaient leur progression. Maisie se pencha plus près et murmura :

— Votre Nan n'est pas très gentille.

Doreen se mordit la langue.

— Elle a ses moments, observa-t-elle gentiment. Mais son cœur est pur et bon.

— Peut-être… mais je n'en suis pas sûre. Joe et moi avons rompu. Il veut se remettre avec Nan.

Doreen regarda Maisie et vit des larmes dans ses yeux. Elle se rappela comment s'était sentie Nan lorsque Maisie était venue se balader dans sa chambre, racontant que Joe avait besoin de sa sieste *après ça*. Elle soupira et compatit :

— Les triangles amoureux sont compliqués, hein ?

Les yeux de Maisie se remplirent de larmes.

— Oui, ils le sont, souffla-t-elle.

Elles arrivèrent à la porte de sa chambre. Elle l'ouvrit et fit un pas à l'intérieur. Même sur le seuil, Doreen avait du mal à supporter les odeurs qui en émanaient.

— Vous aimez vraiment l'encens, hein ?

— Oh non, ce sont des désodorisants ! rectifia Maisie. J'adore le parfum de patchouli.

— Oh ! quel plaisir…

L'estomac de Doreen se tordit. S'il y avait bien une odeur qu'elle ne pouvait pas supporter, c'était celle du patchouli.

— Bref, je pense que Mack aura besoin d'échanger quelques mots avec vous parce que vous avez contacté la police. Racontez-lui simplement ce que vous savez, et tout ira bien.

— Merci, dit Maisie. J'apprécie sincèrement votre gentillesse.

— C'est facile d'être gentil. Mais je vous en prie, pas de mensonge. Vous avez eu raison de vous exprimer, et vous avez parfaitement le droit de vous sentir en sécurité ici. (En reculant, elle vit Mack se diriger vers elle. Elle désigna la chambre et lui lança :) Maisie vous attend.

Il était sur le point de répondre quelque chose, mais Doreen secoua la tête et pointa de nouveau la porte ouverte. Il opina du chef et entra.

— Alors, Maisie, vous pouvez me raconter ce qu'il se passe, ici ?

Doreen sourit à sa voix, professionnellement agréable et forte, car même si elle ressemblait à celle d'un homme d'affaires, elle était très douce. Elle gloussa. Il fallait croire que même Mack pouvait être éduqué. Avec cette pensée en première ligne dans son esprit, elle retourna à l'espace ouvert où les gens grouillaient toujours. En réalité, leur nombre avait doublé. Elle eut un regard circulaire, à la recherche de Nan, mais ne distingua aucun signe d'elle. Elle s'approcha de Richie qui discutait avec Darren.

— Richie, où est passée Nan ?

— Probablement partie s'allonger, je suppose. Avec tout ce bazar, on a tous besoin d'une sieste, vous savez ? dit-il en fusillant son petit-fils du regard.

Darren remit simplement son chapeau, se pinça l'arête du nez et gronda :

— Et je serais content de rentrer chez moi et de finir ma propre assiette, mais à chaque fois que *tu* es impliqué dans un raffut ici, c'est *moi* qu'ils appellent.

— Eh bien, ils ne devraient pas, hein ? rétorqua sèchement Richie. Ils devraient s'adresser à n'importe qui d'autre en service.

— Nous sommes un petit commissariat, grand-père. Quand ça concerne la famille, on essaie de laisser ça aux mains d'un de ses membres.

— Hein… Alors, pourquoi Mack vient toujours pour Nan ?

Darren afficha un sourire en coin.

— Tu as la réponse à cette question.

Doreen entendit le commentaire de Richie et la réplique de Darren. Elle voulait intervenir et demander des explications quand quelqu'un d'autre dit :

— Je ne comprends pas.

Richie se tourna et précisa, d'un ton suffisant :

— Parce que Mack fait toujours attention à Doreen.

— Ah… commenta l'autre résident qu'elle ne connaissait pas. Eh bien, c'est logique. Ces deux-là sont en couple, non ?

Elle secoua la tête, avança et annonça :

— Si ça ne vous dérange pas, je vais aller voir ma Nan.

Elle tourna les talons aux commérages et s'en alla. Elle détestait vraiment les ragots.

— Pas de problème, répondit Darren. Je suis quasi certain que Mack arrivera dans quelques minutes.

Le dos de Doreen se raidit. Elle regarda par-dessus son épaule pour lui lancer un regard noir, vit son grand rictus et pivota promptement pour descendre le couloir jusqu'à Nan. Elle devait faire quelque chose pour stopper ces rumeurs, et vite. Maintenant, si seulement elle avait une idée de la façon de s'y prendre…

Chapitre 6

Dimanche soir…

DOREEN ENTRA DANS la suite de Nan et s'assit en face d'elle sur le petit canapé.

— Nan, arrête de perturber cet endroit, lui intima-t-elle, avant d'ajouter prudemment : Et je veux que tu cesses ces bobards à propos de Mack et moi.

Nan leur versa une tasse de thé puis regarda sa petite-fille, les yeux brillants, et demanda :

— Maintenant ? Et pourquoi ça ?

— Personne n'aime être la cible de ragots, Nan, la réprimanda doucement Doreen. Tu le sais.

— Je ne m'embête jamais avec les potins, éluda-t-elle en balayant ces propos de sa main. Mais tu dois apprendre à vivre un peu, ma chérie. Tu devrais faire attention à ce que tu fais à l'instant présent plutôt que t'inquiéter de la façon dont les autres le verront. De plus, les gens parlent tout le temps. C'est la nature humaine.

Les épaules de Doreen s'affaissèrent. Elle en conclut que c'était l'une de ces discussions « leçon de vie ». Elle reprit d'un ton plus ferme :

— Ce que je fais ne regarde personne d'autre.

— Tant que tu continueras de trouver ces corps et de résoudre toutes ces affaires, dit Nan en agitant le doigt, la langue des gens continuera de remuer. C'est logique qu'ils incluent automatiquement Mack dans la conversation.

Nan marquait un point. Doreen ne voulait simplement pas y penser.

— Qu'as-tu fait pour causer ce raffut ?

— Ça n'avait absolument rien à voir avec Richie et mon débat, répondit-elle avec complaisance. Mais c'était malin de ta part de comprendre que Maisie avait appelé, car elle était en colère contre moi.

— C'est un gâchis des ressources de la ville, indiqua calmement Doreen. Et si quelqu'un avait eu besoin de la police à l'autre bout de la ville ?

— Il y a d'autres flics, lança Nan. En plus, je ne gâcherais pas les heures des forces de l'ordre comme ça. Tu vas devoir en parler à Maisie.

— Je le ferai, grommela Doreen, mais je doute qu'elle m'écoute plus que tu ne le fais.

À ces propos, Nan pencha la tête sur le côté, réfléchit au problème, puis hocha.

— Tu as raison là-dessus. Maisie aime les drames.

— C'était un sacré drame dans le hall de réception, taquina Doreen, entre toi et Richie, c'est certain.

— Oh, ma chérie, c'est juste pour s'amuser. À notre âge, on ne nous permet pas de faire grand-chose.

— Pour s'amuser ? répéta Doreen. (Elle secoua la tête.) Je dois admettre que ce terme a un sens différent selon les gens…

— Évidemment ! encouragea Nan. (Elle tapota la main de Doreen et lui sourit.) Pour toi, résoudre des affaires est plaisant. Mais tellement de gens ne voudraient absolument rien à voir à faire avec ça. Ils ne voudraient pas s'attirer d'ennuis, se mettre en danger, désobéir à la loi, trouver des corps ou ce genre de choses. Là où toi, ma chérie, tu sembles être parfaitement taillée pour ça.

Doreen fit la grimace.

— Je dois admettre que c'est intéressant comme boulot.

— Admets-le. Tu trouves que c'est particulièrement amusant.

— Est-ce que ça signifie que quelque chose cloche chez moi ? s'inquiéta-t-elle soudainement.

Stupéfaite, sa grand-mère secoua la tête.

— Absolument pas. Tu es une sainte, honnêtement.

— Une sainte ?

Doreen se demanda si Nan s'en allait vers l'une de ses digressions quand elle reprit :

— Oui, tu as trouvé une occupation qui est sympa, excitante, qui te fait bondir hors du lit tous les jours. Tu as toujours aimé jardiner, et cela t'a menée à un autre passe-temps encore plus stimulant.

— Oui, mais ça n'est pas vraiment un passe-temps.

— Tu appellerais ça comment ? la défia Nan. Les gens viennent te voir pour ça maintenant.

— Juste cette fois, protesta Doreen. N'allons pas trop loin.

— Bien sûr. Oui, oui, ironisa Nan en riant. Une personne cette semaine, peut-être une autre la semaine prochaine. Qui sait ? En six mois, une douzaine de personnes pourraient te contacter.

— Eh bien, ils ne peuvent le faire s'ils ignorent qui je suis, précisa Doreen. La seule raison pour laquelle Penny m'a approchée, c'est parce qu'elle a entendu parler de moi après ma découverte de Paul et qu'il était porté disparu depuis vingt-neuf ans, soit depuis aussi longtemps que son beau-frère.

— Bien sûr, et elle est du coin, alors elle était au courant de l'affaire Paul, ajouta Nan en hochant la tête. Tu sais ce que tu devrais faire ?

Doreen saisit la tasse de thé que Nan avait posée devant elle.

— Tu devrais créer un site Internet.

Doreen faillit en cracher son thé.

— Un site Internet ?

— Absolument. Lui donner un nom du genre… *Qui trouve garde.*

Ça… c'était si… *mal* que Doreen ne parvenait même pas à formuler un début de réponse.

— Peut-être pas ce nom en particulier, reprit Nan en se tapotant le menton, pensive. Donne-moi un peu de temps. Je trouverai quelque chose de plus percutant.

— Je n'essaie pas de monter un business pour cette activité, protesta Doreen. Ce serait affreux.

— Pourquoi affreux ? lui demanda Nan en la regardant avec surprise. Sérieusement, tu pourrais te faire pas mal d'argent avec ça.

— Je ne suis pas une détective privée agréée. Et c'est seulement sympa parce que je me préoccupe de l'affaire et que je creuse jusqu'à en trouver le fond, admit-elle, probablement pour la première fois à elle-même. Mais ce sera différent si les gens veulent que j'effectue toutes sortes de missions qui ne m'intéressent pas.

— Oh, tu marques un bon point ! reconnut Nan. On devra préciser que tu n'acceptes que les affaires qui t'intriguent. Alors, chacun essaiera de rendre son cas aussi intéressant que possible, et tu pourras ainsi les étudier.

Doreen se dit qu'elle ne voulait pas aller plus loin.

— Et si on mettait ce projet de côté pendant un temps ? Cette journée a été assez dingue comme ça. Je suis vraiment, vraiment fatiguée. Je n'avais pas prévu de venir ici ce soir. Pour l'amour du ciel, je n'ai résolu l'affaire Alan Hornby que ce matin ! Je n'ai même pas eu l'occasion d'avoir les idées claires aujourd'hui.

— C'est bien, répondit Nan d'une voix ferme. Des jours entiers pour soi sont de bonnes journées. Et quand tu auras mon âge et que tu comprendras à quel point certaines d'entre elles sont vides, tu seras de nouveau en quête d'occupation.

— Oh, ce sera probablement le cas !

Elle était désolée que Nan s'ennuie la plupart du temps.

— Enfin, en tout cas, tu as complètement oublié que les antiquités partaient demain, ajouta Nan.

À ces mots, le visage de Doreen s'illumina.

— C'est vrai ! Je n'y aurais pensé que par moments demain, avant de me rendre compte que c'est le jour J.

— Alors maintenant, rentre chez toi. Repose-toi, ne te tracasse pas avec le site, ne te soucie pas de trouver une nouvelle affaire, rien du tout, suggéra Nan. Si j'entends parler de quelque chose d'intéressant, je te le ferai savoir. Pendant ce temps, concentre-toi sur les antiquités de ta maison, d'accord ?

— Ça me paraît bien, acquiesça Doreen.

En plus, elle ne voulait pas penser à Penny ni aux idées folles que Doreen avait eues à propos de la mort de George. Elle posa sa tasse de thé vide sur la table, fit à Nan un petit câlin, lui embrassa la joue et dit :

— Et pour une fois, reste en dehors des problèmes, d'accord ?

Les yeux scintillants de Nan montraient qu'elle avait

entendu, mais qu'elle n'avait aucune intention d'écouter. Comme Doreen était à la porte, sa grand-mère l'interpella :

— Et les animaux ? Pourquoi ne les as-tu pas amenés ?

— Je suis sortie de la maison si vite que je n'en ai pas eu le temps.

— Ils me manquent. Prends-les la prochaine fois, s'il te plaît.

— Je le ferai, affirma Doreen.

Elle sortit dans le couloir, soulagée que le hall de la réception soit désormais vide. Une fois dehors, elle remarqua à quel point il était tard. Elle respira profondément à plusieurs reprises, leva les yeux vers la lune et le ciel, et secoua la tête.

— Ça s'est bien passé, indiqua Mack à côté d'elle.

Surprise, elle se retourna pour le regarder. Il s'assit sur l'un des grands pots de fleurs en briques devant le bâtiment, les bras croisés sur sa poitrine.

— Vous en avez fini ici ?

— Oui. Je vous attendais. (Il pencha la tête.) Et vous, vous avez terminé aussi ? interrogea-t-il.

Elle fit oui de la tête et poussa un soupir.

— Je l'aime, mais…

— Nous aimons tous Nan, dit-il fermement. Ne faites pas attention aux « mais ». On en a tous.

— Vraiment ? s'étonna-t-elle.

Il rit et répondit :

— Venez. On va vous ramener à la maison.

— Il est si tard, lâcha-t-elle en bâillant. Je suis contente qu'on ait mangé avant… Enfin, qu'on ait *un peu* mangé.

— Moi aussi. Et c'était bon. J'ai vraiment apprécié ce repas, c'était nouveau pour moi.

— Je dois encore nettoyer la cuisine.

Elle grogna. En arrivant à sa voiture, elle se tourna pour

observer Mack.

— Vous retournez au poste ?

Il fit non de la tête.

— Si vous voulez, je peux venir vous aider à nettoyer la cuisine. Autrement, je rentre à la maison pour dormir.

Elle dirigea un geste vers le véhicule de Mack.

— Allez-y, dit-elle. Je mettrai la nourriture dans le frigo et laisserai la vaisselle jusqu'au matin.

Il opina du chef, et ils partirent chacun de leur côté.

Chapitre 7

Lundi matin…

QUAND DOREEN SE réveilla le lendemain matin, elle avait la tête lourde et le corps douloureux. Elle n'était pas certaine de savoir ce qu'elle avait fait pour mériter ça, mais cela avait probablement un lien avec le matelas disposé sur le sol sur lequel elle dormait. Tout en étant allongée dessus, elle se souvint de quel jour c'était. Elle se mit précipitamment debout, bondit du lit et courut jusqu'à la douche. Aujourd'hui, Scott, l'antiquaire de chez Christie's, venait avec son équipe pour emballer ses meubles.

Une fois sortie de la salle d'eau, enveloppée d'une serviette, elle se rappela qu'elle n'avait pas complètement nettoyé la cuisine hier soir. Après un regard circulaire dans sa chambre, elle se rendit compte qu'elle n'avait pas non plus pris le temps d'en nettoyer le bazar. Elle devait en faire plus avant que les déménageurs débarquent et emballent tout. Pourquoi la journée d'hier avait-elle été si chargée ? Mais, évidemment, ça avait été la folie entre la visite d'Alan puis de Penny, ainsi que celle, impromptue, chez Nan. Elle n'avait pas eu beaucoup de temps pour elle de toute la journée. Et Mack était venu pour le dîner et avait préparé un repas absolument merveilleux pour eux. Elle se demanda si elle pouvait piocher dans les restes pour son petit-déjeuner, car elle ne disposait pas de beaucoup de temps pour prétendre à mieux. Elle vérifia sa montre et grimaça. Il était déjà neuf heures. Elle était sérieusement en retard.

Elle s'habilla rapidement, ses cheveux ramenés en arrière dans une queue de cheval avec de courtes mèches qui pendaient librement sur sa tête. Elle ramassa son linge sale, courut à l'étage inférieur et mit en route une machine. Ainsi, ses affaires avaient débarrassé le plancher. Elle retourna ensuite à sa chambre pour ranger autant qu'elle le put. Elle avait encore tellement de vêtements de Nan à trier et la pièce était encore remplie de tant de désordre. Elle fit le lit – sa paillasse sur le sol – du mieux qu'elle put et retourna ensuite au rez-de-chaussée.

En arrivant en bas, elle trouva Thaddeus assis sur son perchoir dans le salon, qui la regardait avec ses yeux grands ouverts. Elle s'approcha, tendit une main, et il sauta dessus. Elle le pelotonna tout contre elle, caressa les plumes sur sa poitrine et son cou et lui dit :

— Bonjour, Thaddeus.

« Bonjour, Doreen », causa-t-il en retour.

Elle s'exclama de surprise.

— Quand as-tu appris à prononcer mon nom ?

« Doreen, Doreen ».

Elle gloussa et se sentit excessivement heureuse.

— Eh bien, enfin ! s'exclama-t-elle, et je t'aime bien aussi.

Elle déposa un baiser sur le sommet de sa tête et se dirigea vers la cuisine. Avant toute chose, elle fit couler le café, tandis que Thaddeus parcourait son chemin jusqu'à son épaule en vue de s'installer sur son perchoir préféré et observer Doreen pendant qu'elle s'attelait à la tâche. La cafetière enclenchée, elle éteignit les alarmes de sécurité et se rendit dans le salon, se demandant à quel point elle allait devoir nettoyer avant que les déménageurs arrivent. Tout était si chaotique dans la maison, et Christie's allait embarquer de si gros meubles, que Doreen savait qu'ils auraient besoin d'un large passage et laisseraient du désordre derrière eux.

Les minutes défilant, elle remplit l'évier de la cuisine avec de l'eau chaude savonneuse et nettoya la vaisselle de la nuit précédente. Elle avait indiqué à Mack que ce n'était pas grand-chose, mais comme elle s'était réveillée en retard, elle se sentait pressée par le temps. Elle savait que ça n'aurait pas d'importance pour l'expert que sa vaisselle soit lavée ou non, mais d'une manière ou d'une autre, ça en avait pour elle.

Une fois cette tâche accomplie et se rendant compte qu'elle faisait les choses à l'envers, elle chercha de la nourriture dans le frigo. Il ne restait qu'un peu de la salade de pâtes. Elle la sortit, la regarda et hésita entre la manger dès sa sortie du réfrigérateur ou attendre qu'elle prenne la température ambiante. Elle décida de la faire chauffer et la mit dans le micro-ondes deux minutes. Le sourire aux lèvres, elle s'assit ensuite avec une tasse de café et mangea les restes du repas de la veille. Elle craignait que Mack puisse lui en vouloir. Bien qu'elle soit quasiment sûre que non, elle se demanda pourquoi elle se sentait si ébranlée à cette idée. Finalement, elle ne put s'en empêcher : elle prit une photo, lui envoya et écrivit : **Des restes pour le petit-déj. J'espère que ça ne dérange pas.**

Au lieu de lui répondre par un autre message, il lui téléphona.

— Pourquoi ça dérangerait ?

— C'est vous qui l'avez payé et préparé, et vous avez péniblement obtenu votre part, se justifia-t-elle.

Il soupira lourdement.

— Il y a encore un long chemin à parcourir avec vous, hein ?

Elle fronça les sourcils en observant son portable.

— Je ne vois pas de quoi vous parlez.

— Je vous expliquerai plus tard. Quand arrive votre expert ?

— Je ne sais pas et j'ai dormi tard, alors j'ai eu envie de manger un peu puis de réfléchir à ce que je devais faire d'autre. J'admets me sentir assez stressée.

— Ne paniquez pas. Il y a des chances pour qu'ils restent là des heures. N'ont-ils pas précisé qu'ils pouvaient en avoir pour deux jours ?

— C'est possible, confirma-t-elle. Cela dépend des difficultés qu'ils rencontreront. Je suis certaine que les petites pièces ne poseront pas de problèmes, mais le lit et le canapé… Enfin, j'en sais rien.

— N'êtes-vous pas supposée chercher l'origine de tous ces meubles ?

Elle s'exclama.

— J'avais complètement oublié ! Je vais y aller.

Elle raccrocha et mangea aussi rapidement qu'elle le put, ce qui était une honte tant ce repas était bon. Elle finit par se forcer à ralentir et dit, tandis que Thaddeus fixait la tomate dans l'assiette :

— Je n'ai pas besoin de me presser pour tout.

« Doreen, Doreen ».

Elle regarda le perroquet.

— Qu'est-ce que tu voudrais, Thaddeus ?

Mais il avait déjà sorti un bout de ciboule de son assiette

et avait couru à l'extrémité de la table avec. Elle sourit.

— Pas sûre que tu aimes ça. Ça pique un peu.

Ralentissant davantage la cadence, elle finit son assiette à un rythme plus raisonnable. Puis elle se leva, fit tomber sa vaisselle dans l'eau chaude savonneuse et se tourna pour prendre soin de nourrir ses trois animaux avant de nettoyer le reste de la cuisine. Finalement, elle remplit sa tasse de café et prit une grande inspiration.

— Au moins, ce sera suffisamment propre.

Elle vérifia son téléphone et vit que la batterie était presque à plat. Elle avait oublié de le mettre en charge cette nuit.

— Merde.

Elle monta les escaliers et brancha son portable. En dix minutes, elle pourrait obtenir un pourcentage de batterie décent. Ce qu'elle redoutait, c'était que Scott Rosten la contacte et qu'elle ne puisse prendre son appel. Comme elle était de nouveau dans la chambre, elle en profita pour récupérer d'autres boîtes pour les œuvres de charité et les déposa en bas des escaliers de devant. Elle n'avait pas réussi à toutes les descendre lors de son dernier voyage. Elle n'était pas non plus certaine d'avoir rassemblé tous les objets destinés à Wendy. Elle se dirigea à l'étage une fois de plus.

— Wendy. (Elle fronça les sourcils et jeta un coup d'œil à son portable en charge.) Tu ne m'as jamais rappelée après que j'ai déposé ce dernier chargement, vendredi.

Elle se demanda si elle devait lui passer un coup de fil. Doreen avait compris que Wendy arrivait là-bas tôt pour l'ouverture, mais elle était supposée revenir vers elle après avoir vérifié les derniers cartons renfermant les affaires de Nan. Si Wendy ne pouvait vendre certains de ces objets, elle devait l'appeler pour qu'elle vienne les récupérer. Elle plissa le front à cette pensée.

— Peut-être que ta vie est aussi dingue que la mienne, s'imagina-t-elle. Je ne sais pas comment s'en sortent les gens. Ils ont leur boulot. Ils ont des enfants et pourtant, parfois, toute cette folie vient s'entasser sur le dessus. (Elle secoua la tête.) C'est à moi de m'en occuper.

À ces paroles, Mugs aboya.

Elle le regarda et lui sourit.

— Et toi…

Il était sur son dos, étendu sur son matelas au sol, les quatre pattes en l'air, content. Elle s'accroupit et lui gratta le ventre. Il soupira simplement de contentement. Elle rit.

— On devrait ranger davantage ici. Les déménageurs ne pourront même pas circuler avec tout ce bazar.

Elle se dit qu'elle devait débarrasser plus de vêtements des tiroirs et commodes. Elle disposait encore de cartons qu'elle n'avait pas eu l'occasion de trier.

Soucieuse, elle décida de les déplacer dans la chambre d'appoint, au moins les affaires qui étaient sorties des commodes et de la coiffeuse. Elle ne voulait pas faire ça trop vite avec les vêtements de Nan puisqu'il y avait de l'argent à dénicher. Qui pourrait oublier sa manie d'oublier son argent dans ses fringues ? Cependant, Doreen devait déblayer tout ce désordre.

Ceci fait, elle entendit des véhicules au-dehors. Elle regarda par la grande fenêtre et, sans surprise, Scott était là. Elle courut dans les escaliers et ouvrit la porte d'entrée. Elle lui adressa un grand sourire.

— Hé, je ne savais pas quand vous deviez arriver.

— J'ai essayé d'appeler plus tôt, mais le téléphone sonnait occupé, expliqua-t-il, alors je suis venu directement. J'espère que ça vous va ?

La tête de Doreen s'agita en guise d'acquiescement.

— Bien sûr ! Entrez, je vous en prie. Je suis tellement terrifiée à l'idée que les choses se passent mal que j'ai eu du mal à vous attendre. Ça a été un week-end très stressant, raconta-t-elle.

Scott rit.

— Eh bien, nous sommes là, maintenant, dit-il.

Elle regarda derrière lui pour voir les hommes qui l'accompagnaient.

— Oh, bien, vous avez amené quatre personnes avec vous ! s'exclama-t-elle.

— Oui, je me suis dit que ce serait sûrement plus simple d'ameuter plus de monde et voir si on pouvait boucler tout ça en une journée plutôt que de rester en ville avec seulement deux gars.

— Je suis étonnée que ça puisse prendre autant de temps en vérité, avoua-t-elle, car un camion de déménagement et deux hommes pourraient tout sortir d'ici en une heure.

Le contremaître la fixa. Elle grimaça.

— Je suppose que vous devez faire plus attention à ce genre de pièces.

Scott confirma d'un hochement de tête.

— Absolument. Je serais fusillé si nous réalisions du sale travail. De plus, avec un ensemble de meubles pareil, vous savez que c'est très particulier.

— J'entends bien, admit-elle. Je cherche encore les papiers d'ailleurs. J'espère qu'une fois que vous aurez sorti les gros meubles, j'aurai un peu plus de place pour continuer à fouiller.

— On s'y efforcera, précisa-t-il. Vous pouvez vaquer à vos occupations désormais. Nous nous excusons d'avance pour le temps que nous passerons chez vous.

— C'est bon, le rassura-t-elle en souriant. Laissez-moi reformuler : je suis ravie que vous soyez là, alors n'hésitez pas à m'indiquer si vous avez besoin de quoi que ce soit.

Elle fit demi-tour et les abandonna dans le salon.

Seulement, elle n'y arrivait pas. Elle continua de jeter des coups d'œil dans la pièce pour les regarder retirer avec précaution les tiroirs, les emballer, envelopper les pieds de la table basse, non sans avoir pris des tas de photos de chaque angle et de chaque côté des pièces concernées. Ils travaillaient par deux, l'un photographiait, puis ils enveloppaient et scotchaient. Les premières antiquités furent rapidement chargées dans le camion. Scott finit par se diriger vers elle.

— Vous êtes curieuse ou inquiète ?

— Les deux, répondit-elle en gloussant. Curieuse, car je n'avais pas compris à quel point vous alliez dorloter le mobilier. Mais quand vous l'avez emballé puis recouvert de papier bulle avant de le placer dans des couvertures matelassées… Je suis ébahie, indiqua-t-elle.

— Pendant qu'ils étaient en votre possession, ils ont été utilisés avec soin. Mais une fois qu'ils sont entre nos mains, nous ne voulons plus aucun impact dessus. Nous demanderons également à nos gens de la restauration de jeter un œil aux pièces à la salle des ventes.

— Restauration ?

— Certaines égratignures peuvent être facilement réparées, expliqua-t-il. Certaines pièces devraient avoir besoin d'huile. D'autres, un petit coup de polissage. On peut essayer de les vendre tels quels ou on peut les réparer et ensuite les céder. Je peux vous établir un devis pour les deux.

Elle hocha la tête, l'esprit agité.

— Vous savez que je choisirai l'option qui ne nécessite pas d'investissement préalable, n'est-ce pas ?

Elle serra les bras contre sa poitrine, voyant ses rêves de grand jour de paie s'envoler par la fenêtre. Mais il se trouvait que rien n'était jamais gratuit.

— Aucune des deux solutions ne nécessite une avance d'argent, précisa Scott en secouant la tête. Nous n'effectuerons rien qui ne soit pas nécessaire de toute manière. Mais vous souhaitez obtenir le prix fort pour toutes ces pièces. Dans ce cas, on vous éditera un devis pour le travail à réaliser, on honorera la prestation et ensuite on vendra les meubles. Alors, le montant de la facture sera déduit du profit.

— Oh ! souffla-t-elle. Eh bien, dans ce cas, j'attendrai de voir les devis.

— Bien, dit-il. Vous tirerez un gain décent de ces antiquités, mais si elles se trouvent dans de meilleures conditions et si elles ont l'air neuves et brillantes, vous en obtiendrez un plus important. C'est dingue à quel point le public réagit à ce qui resplendit.

— Je comprends, articula-t-elle lentement. Comme tout le monde, je suis plus sensible à ce qui a l'air éclatant et neuf qu'à ce qui est vieux et usé.

— Vieux et usé, c'est bien, et si cela peut être rendu plus rutilant et donner l'impression d'avoir été bien entretenu, ça fait une sacrée différence, précisa-t-il. Ça ne pourra jamais redevenir *neuf*. Ce n'est pas ce que nous prétendons non plus. Nous vendons des antiquités, des choses qui ont vécu et survécu pendant longtemps grâce à une merveilleuse précaution. Combler quelques égratignures, revêtir d'une couche d'huile ou polir de plus grosses éraflures et ajouter une tache qui corresponde ne sont pas les mêmes choses. Mais à cause de l'ancienneté des meubles, tout doit concorder, alors la restauration peut coûter cher. Nous ne réaliserons pas ce travail sans votre accord.

Elle secoua la tête.

— Je ne veux rien entreprendre qui fasse chuter la valeur des antiquités, et on dirait que c'est ce qu'il adviendrait.

— Avec certaines méthodes utilisées, oui. Moi-même, je n'irais pas dans cette direction.

L'un des déménageurs appela Scott. Il s'éloigna, et ils se rassemblèrent autour d'une chaise, à la recherche de marques. Elle se mâchouilla la lèvre inférieure et les observa, inquiète. Quand ils reculèrent et continuèrent de prendre des photos, elle se demanda si elle pouvait leur demander ce qui clochait, mais elle se rendit compte qu'elle ne ferait que ralentir le processus. Au vu de leur nombre, ces hommes pouvaient tout sortir d'ici aujourd'hui, et elle en avait besoin. Il fallait que ces pièces soient entre leurs mains, où ils seraient responsables de leur sécurité. Et, pour que cela arrive, elle devait prendre ses distances et les laisser effectuer leur travail. Elle marcha jusqu'à la cuisine, se versa une tasse de café et s'adressa aux animaux :

— Allons dehors, les amis. On est sur leur chemin.

Mugs ne s'était pas du tout calmé. Il avait erré dans le salon et reconnu Scott, mais avait été en proie au doute en ce qui concernait les autres hommes. L'un d'eux n'aimait pas les chiens, et cela n'avait pas joué en sa faveur. Un des comparses de son mari n'aimait pas les animaux, et Doreen avait été invitée à maintenir Mugs éloigné du bureau de son époux. À cet instant, elle sortit une laisse, car Mugs continuait de retourner au salon. Elle la fit cliqueter, et il arriva en courant. Elle l'accrocha et appela Goliath qui ne faisait que l'observer depuis la dernière marche en bas de l'escalier, sa queue se balançant comme s'il disait *Oui, je suis là, et donc ?*

Chapitre 8

Lundi, en milieu de matinée...

DOREEN POUSSA UN soupir.

— Allez Goliath. On va dehors. On les gêne.

Elle maintint la porte ouverte et descendit les escaliers, espérant que Goliath *choisirait* de suivre le mouvement. Il était assez difficile d'ordonner quelque chose à ce chat. Jusqu'à ce jour, il avait fait ce qu'il voulait. Lorsque ses volontés s'alignaient avec celles de Doreen, ils étaient tous les deux ravis, mais cela ne signifiait pas qu'il déciderait d'être agréable aujourd'hui.

Comme elle descendait le chemin vers la crique, Mugs à ses côtés, Thaddeus sur son épaule, Goliath passa à côté d'elle comme un éclair. Elle rit.

— Tu vois ? Je t'avais dit que c'était une bonne idée.

Il ne lui répondit que par un regard qui signifiait « Ouais, c'est ça. »

À la crique, elle s'arrêta et se demanda ce qu'elle était maintenant supposée faire. Elle était agitée. Les déménageurs honoraient les tâches prévues. D'un côté, c'était ce qu'elle désirait, mais de l'autre, ils seraient là pendant des heures. Elle ne pouvait pas simplement se poser et se relaxer. Elle n'avait pas spécialement envie de jardiner, même si elle devrait s'y atteler. Au lieu de ça, ses pieds la menèrent vers la maison de Penny, comme s'ils avaient appris le chemin par cœur. Doreen grommela en arrivant à l'endroit où elle franchissait la crique en temps normal.

— Nous ne sommes pas toujours obligés d'aller dans cette direction, vous le savez, les amis ?

Mugs essayait déjà de traverser, mais la laisse ne lui permettait pas une grande marge de manœuvre. Elle poussa un soupir et lança :

— Allez. Continuons de marcher sur le côté du ruisseau.

Et elle dépassa le fameux endroit. Dès que Mugs comprit qu'ils avaient changé de cap, il accourut avec enthousiasme. Cela la fit sourire. C'était toujours agréable d'avoir de la compagnie, et ces escapades étaient sympas pour les animaux également.

Elle essaya d'éviter Penny tout comme ce petit pincement persistant au fond de son esprit qui lui soufflait que, peut-être, quelque chose ne tournait pas rond par ici. Mais Doreen n'avait aucune raison de penser ça, et la dernière chose qu'elle souhaitait était d'enquêter de trop près du côté d'une personne qui pourrait être une amie. Doreen n'en avait pas beaucoup, et c'était une riche idée de trouver quelqu'un à ce moment de sa vie. Ses autres « amies » avaient été jugées appropriées pour son style de vie de l'époque. Son mari les avait toutes approuvées, et elles étaient généralement les femmes trophées d'hommes d'affaires avec qui il travaillait. Elle avait cru que c'était de l'amitié. Mais dès qu'elle fut plongée dans ce divorce compliqué, tout le monde avait pris ses distances avec elle, l'aidant à prendre conscience qu'il n'y avait pas tant d'*amis* que ça dans cette bande.

Aujourd'hui, même si Penny était bien plus âgée, ça restait agréable de savoir que Doreen avait quelqu'un chez qui se rendre pour une tasse de thé en dehors de sa propre grand-mère, et, pour être honnête, elle n'avait ni le temps ni l'envie de sortir et de se sociabiliser avec n'importe qui d'autre. Elle avait été si occupée à travailler sur les affaires classées qu'elle n'avait fourni aucun effort pour s'intégrer ici. Penny avait bien raison à cet égard. En fait, cela aidait Doreen à se sentir vraiment bien.

Ensuite, évidemment, son esprit dériva vers Steve. Au moins, Penny n'avait pas semblé trop perturbée qu'elle se soit rendue dans son jardin. C'était une bonne chose, mais elle avait eu l'impression de dépasser les limites en agissant ainsi, et maintenant, il fallait qu'elle fasse machine arrière. Elle marcha le long du ruisseau, ses pensées étant occupées à essayer d'éviter d'imaginer ce qu'il se passait dans sa maison. Il fallait que ce mobilier parte et que Scott lui donne les noms d'autres spécialistes en antiquités à contacter à propos des petits meubles dont elle voulait également se débarrasser.

En parlant de ça, elle devait encore trouver ce qu'avait pris exactement Darth, le voleur, et qui n'avait pas été retrouvé à l'arrière de son fourgon. De plus, il avait forcément coopéré avec quelqu'un. Doreen aimerait savoir qui. Elle voulait aussi assister à son procès. Elle faisait confiance à Mack pour rendre les objets qu'on savait volés, mais il pourrait en manquer. Alors, elle lui envoya un SMS. **Re. Darth, il m'a volé quoi d'autre ? Avec qui il bossait ? Quand a lieu son audience ?** Elle avait à peine remis son téléphone en poche qu'elle entendit un bip. Elle ressortit son mobile une fois de plus, surprise de recevoir une réponse si rapide de Mack.

Je vous ferai savoir ce que je peux dès que nous aurons trouvé.

Du Mack tout craché. Finalement, lassée par toutes ces pensées, elle s'arrêta à un endroit particulièrement peu profond du ruisseau, où elle balança ses sandales avant de marcher dedans. C'était une belle journée ensoleillée, et, à condition que rien d'autre ne vienne la contrecarrer, c'était agréable d'être près de l'eau et de simplement écouter les sons délicieusement calmes pendant quelques instants. Elle trouva une pierre plate particulièrement large et s'assit dessus, donnant délibérément des coups de pied dans le ruisseau pour arroser Mugs qui dansait autour d'elle en aboyant. Goliath se posa sur une autre roche plate à côté d'elle. Thaddeus fit le show pour elle et pour lui-même en sautant de pierre en pierre.

— Les amis, vous avez le droit de vous amuser, dit-elle, mais pas de déterrer quelque chose.

— Et pourquoi ça ? demanda un homme derrière elle.

Elle se tourna et vit Steve. Elle fronça les sourcils.

— Je suis surprise de vous voir ici.

Les sourcils de son visiteur se soulevèrent.

— Ouah, et tout le monde ici prétend que vous êtes amicale. Je suppose qu'on s'est levée du mauvais pied ?

Elle haussa les épaules.

— Vous n'étiez pas particulièrement amical vous-même, quand je vous ai vu la dernière fois.

— Je m'en excuse, reconnut-il, mais vous étiez en train de rôder autour de la propriété de Penny. J'aime garder un œil sur elle. C'est une amie chère.

Se demandant si elle s'était, en effet, comportée de façon douteuse à ce moment-là, Doreen admit :

— C'est logique. Mais vous m'aviez fait peur.

— Oh, Seigneur ! lâcha-t-il en marchant quelques pas derrière elle avant de s'asseoir sur une pierre pas loin. Je ne voulais pas. (Puis il plissa le front et ajouta :) Enfin, peut-être que si. J'ai pensé que vous n'étiez peut-être pas là dans un but bienveillant.

Son intonation était douce et ses manières différaient tellement de la dernière fois qu'elle le crut presque. Elle n'avait aucune raison de ne pas lui accorder du crédit. Elle hocha la tête et dit :

— Eh bien, dans ce cas… Salut !

Il rit en observant Thaddeus donner un coup de bec à un morceau de bois flotté.

— Je ne crois pas avoir déjà rencontré quelqu'un qui se baladait avec trois animaux de compagnie comme les vôtres.

— Ils aiment me suivre partout, répondit-elle chaleureusement. Ils rendent clairement ma vie plus intéressante et amusante.

— J'en suis sûr, exprima-t-il avec étonnement. Et le chat ?

— Goliath *choisit* de m'accompagner, expliqua-t-elle. Il a son caractère, et il adore observer la crique.

— Vous arrivez à le faire aller dans l'eau ? demanda-t-il, surpris.

— Oh, Seigneur, non ! Mais il adore s'asseoir ici et apprécier la vue avec moi, tandis que Mugs, là-bas, indiqua-t-elle en désignant son basset, je ne crois pas qu'il soit heureux tant qu'il *n'est pas* mouillé.

Et juste à cet instant, celui-ci sauta plus profondément dans le ruisseau, ses oreilles flottant sur la surface de l'eau tandis qu'il aboyait et nageait gaiement.

— Vous ne craignez pas qu'il s'éloigne ?

Elle secoua la tête.

— C'est un bon nageur. Et nous avons passé tellement de journées à jouer dans cette crique.

— Je ne vous avais jamais vus dans le coin auparavant, fit-il remarquer.

— Je vis un peu plus bas, l'informa-t-elle. On ne va pas marcher aussi loin d'habitude, mais ce matin, je désirais juste sortir de la maison.

— Vous vous sentiez oppressée ?

— On pourrait dire ça, confirma-t-elle avec un sourire ironique. Parfois, on a simplement envie de changement.

— Vous êtes Doreen, c'est ça ?

Elle acquiesça.

— Oui, je suis certaine de vous l'avoir indiqué la dernière fois.

Il eut un sourire.

— Vous vous méfiez, là. Pourquoi ?

— Parce que je ne veux pas découvrir que vous êtes un journaliste ou je ne sais quoi. (Elle le regarda avec suspicion.) Que faites-vous dans la vie ?

Il aboya un rire à cette question.

— Je suis avocat, lui apprit-il.

À cet instant, elle se sentit rentrer dans sa coquille.

— Oh !…

— Une abondance d'émotions s'entend dans cette exclamation ! lança-t-il gentiment. Je suppose que vous n'aimez pas non plus les avocats ?

Son visage afficha une grimace.

— Je suis sûre que certains sont bien… (Elle se remit sur ses pieds, lui adressa un grand sourire et ajouta :) Je dois vraiment rentrer maintenant. C'était agréable de vous revoir.

Elle avait essayé de ne pas donner l'impression de fuir, mais, quand il se mit à rire, elle comprit qu'elle avait échoué.

— Je ne voulais pas être grossière.

— Mais vous ne pouvez pas vous empêcher de prendre

vos jambes à votre cou. Je dois avouer que je n'entends généralement pas ce genre de réponse quand je dis aux gens que je suis avocat.

— Je traverse actuellement un vilain divorce, l'informa-t-elle. Mon avocate m'a entubée.

Il afficha un sourire aimable.

— Je suis un avocat d'entreprise. Je ne m'occupe pas des séparations.

— J'ai compris. De plus, tous les avocats ne se ressemblent pas, j'en suis sûre.

Il s'esclaffa et se leva.

— Quand vous le voudrez, nous pourrons sortir et prendre un café, lui proposa-t-il. Je promets de vous prouver que je me différencie de tout autre avocat.

Elle sourit et conclut :

— Peut-être un de ces quatre. Merci pour l'invitation.

Sur ce, elle pivota et descendit le chemin. Elle ne se retourna pas volontairement, mais elle pouvait sentir ses yeux perçants dans son dos. Elle aurait dû lui demander son nom de famille. Juste « Steve » ne suffisait pas. Et déjà, elle réfléchissait à contacter Mack à son sujet. Découvrir si ce mec était honnête ou véreux, comme l'était son ex-avocate. Toutefois, pourquoi Mack ferait ça ? Ce n'était pas comme s'il avait le droit d'enquêter sur les gens sans raison, si ? Mais si elle connaissait son nom de famille, elle pourrait en réaliser beaucoup par elle-même.

Comme elle passait à côté de chez Penny, elle se demanda si elle devait l'interroger à propos de ce type, puis se dit que ce serait stupide. Cependant, elle sortit son téléphone et lui envoya un SMS. **Coucou, je viens de tomber sur ton ami Steve à la crique. Un mec passionnant.**

Sa réponse arriva plutôt rapidement : **Et il est céliba-**

taire et aisé. Tu pourrais trouver pire.

À cette réponse, Doreen rebondit : **Je n'arrive pas à me souvenir de son nom de famille. Je sais qu'il est avocat, mais je n'arrive pas à le remettre...**

Allbright, lui apprit Penny. **C'est un avocat très en vue qui bosse pour les sociétés. C'est vraiment un bon gars.**

Intéressant, écrit Doreen. **Merci pour son nom. Au moins maintenant, je vais arrêter de me torturer l'esprit.**

Pas de problème. Tu veux peut-être venir, et on pourra discuter dans mon jardin un moment.

Bien sûr. Je suis à la crique, là.

Viens, alors. Je vais mettre en route la bouilloire.

Avec cet événement qui lui indiquait fermement une direction à prendre, Doreen retourna sur ses pas via des pierres plus accessibles pour traverser le ruisseau et se dirigea vers la maison de Penny. Elle ne savait pas où se trouvait Steve actuellement, et elle n'osait pas scruter. Comme elle arrivait de l'autre côté, elle le vit se diriger chez Penny également.

Il s'arrêta, la regarda et leva un sourcil. Doreen haussa les épaules.

— Je parlais à Penny. Elle m'a invitée pour le thé.

— D'accord. C'est là que je me rends également.

Et il lui emboîta le pas.

Elle se sentait un peu maladroite, à vouloir l'interroger sur lui, mais elle ne pouvait pas faire grand-chose. Comme ils approchaient de la maison de Penny, celle-ci ouvrit sa porte d'entrée et rit.

— Voyez-vous ça ! Vous deux, ensemble ! Entrez !

Mais Steve secoua la tête et annonça :

— Non, je dois me rendre en ville. Je l'accompagnais

simplement jusque chez toi. On discutera une autre fois, Penny.

Il fit un signe et s'en alla.

Doreen l'observa s'éloigner et, comme elle se retournait, le visage de Penny se tordit d'une curiosité lumineuse.

— Eh bien, de toute évidence, tu es intéressée, dit-elle avec joie. C'est un homme bien.

— Peut-être, avoua Doreen avec le sourire. Mais le fait qu'il soit avocat ne joue pas en sa faveur.

Cela fit rire Penny.

— Possible, mais il ne fait pas le genre de boulot que la plupart d'entre nous imaginent.

— Probablement pas, reconnut Doreen, mais quand même. Alors, qu'y a-t-il à propos de ton jardin ? As-tu décidé de ce que tu voulais faire ?

— Ton idée de mémorial est super, indiqua-t-elle chaleureusement. Et j'ai signé le mandat avec l'agent immobilier pour vendre la maison.

— Oh, chouette ! s'exclama Doreen, surprise. Ça a été rapide.

— Oui, je retournerai probablement dans l'Est, plus près de mes filles, j'ai trouvé un appartement pas loin, annonça-t-elle. Mais je verrai bien.

— Quand vont-ils mettre un panneau ? interrogea Doreen en se tournant pour regarder.

— Dans deux jours, je pense. Un entrepreneur doit leur installer. Et on a une session photo à faire.

— As-tu demandé à profiter du *home staging* ?

— Elle a seulement expliqué que si je le souhaitais, on pouvait.

— Et à propos du désordre ?

Penny secoua la tête.

— Elle n'avait pas l'air de considérer ça comme un problème.

Intérieurement, Doreen fronça les sourcils.

— Intéressant, souffla-t-elle prudemment. De tout ce que j'ai lu et entendu, une maison se vend mieux quand elle est peu meublée, car cela permet de libérer l'espace pour les affaires des acheteurs.

— Peut-être, éluda Penny. Mais pour le moment, ça me va. En espérant que quelqu'un fasse une proposition au prix de vente pour que je puisse partir très vite.

Se disant que son amie était probablement en train de rêver sur tous les points, mais sans aucune certitude, Doreen se contenta de sourire. Elles burent leur thé dehors, dans le jardin arrière, et continuèrent leur discussion autour de toutes sortes d'options, de l'achat de nouvelles plantes au réarrangement de certaines d'entre elles.

— Et tu es d'accord pour aménager le mémorial ici, même si tu vends, c'est ça ?

— Je laisse cet épisode de ma vie derrière moi et je quitte les lieux alors… (Elle haussa les épaules.) Cela semble être la meilleure chose à faire.

— Tu veux planter un petit buisson ou davantage de fleurs ? À quoi penses-tu ?

Penny désigna la bordure autour des échinacées.

— Il y a là-bas des briques estampées. Tu ne peux pas vraiment les voir d'ici, car les plantes sont trop grandes, mais j'ai pensé que, peut-être, je pourrais changer quelque chose à cet endroit qui est vraiment rude pour essayer d'y mettre un petit arbre, un pleureur, un érable rouge ou autre, expliqua-t-elle avant d'émettre un petit rire. Le pleureur est sans doute approprié.

— Absolument, réagit Doreen.

Elle s'approcha des échinacées, contente d'avoir l'occasion d'y jeter un œil sérieux avec Penny, et se pencha pour tirer une des briques estampées mentionnées par Penny.

— Celles-ci sont plutôt jolies. Si tu les décrasses avec le tuyau d'arrosage et que tu utilises une brosse à récurer, elles se nettoieront aisément.

— Peut-être, admit Penny, mais ça augure beaucoup de sale boulot. Je n'aurai pas beaucoup de temps, car les visites de l'agent immobilier arriveront vite.

— C'est vrai. Et souviens-toi. Peu importe ce que tu entreprends, le nouvel acheteur pourrait tout enlever.

Penny acquiesça.

— Mais je le fais pour moi, répondit-elle fermement.

— C'est bien. (Doreen se leva et recula.) Tu devrais t'amuser avec ce projet.

— À vrai dire… hésita Penny. Je me demandais si je pouvais t'embaucher pour t'en charger.

Doreen la regarda avec surprise et ravissement.

— Me payer pour quoi exactement ?

— Je n'ai pas beaucoup d'argent, mais je me disais que pour deux centaines de dollars, tu pourrais créer quelque chose de sympa.

Doreen maîtrisa son expression pour ne pas montrer la joie qu'elle sentait hurler en elle.

— Pour quand voudrais-tu ça ? questionna-t-elle prudemment.

— Au plus tôt. Je songeais au jardin de derrière, si tu estimes que c'est là qu'il serait le mieux, bien qu'il y ait ce parterre qui n'est pas encore terminé devant.

— Allons y jeter un œil. (Doreen passa à côté des échinacées et ajouta :) Tu veux juste un arbre ou tu veux déplacer certaines de ces plantes là-bas aussi ?

— Je n'en suis pas sûre. Je suis perdue en ce moment. J'ai cru que je savais de quoi je parlais quand tu es venue pour la première fois, mais désormais, on dirait que j'ai plus d'options que ce que j'imaginais au début.

— Pas de problème, la rassura Doreen. Je peux t'aider à concevoir quelque chose de sympa. Mais si on met en place un truc trop compliqué, ça prendra plus de temps.

— Non, lança Penny. Je ne veux pas du tout faire quelque chose de complexe.

Dans le jardin de devant se trouvait un parterre circulaire avec un massif de fleurs qui faisait vraiment peine à voir.

— Pourquoi ne prends-tu pas le petit érable au centre derrière pour le mettre ici ? demanda Doreen. Prévois-tu de placer une petite pierre ou plaque, ou d'y enterrer un objet qui montre que c'est un mémorial ?

Penny opina du chef.

— Non, ce serait un lieu rien que pour moi, mais ce parterre a l'air vraiment triste, et pour donner une bonne première impression, je suppose que ce serait le meilleur endroit pour le créer.

Doreen y réfléchit un moment et dit :

— C'est assez fourni là où se trouve l'érable actuellement. Ça ferait un meilleur emplacement ici. Si tu veux, je peux d'abord m'assurer que le sol y est décent avant de transplanter cet arbre. Puis je pourrai bouger les briques du jardin pour construire une bordure.

— Je crois que George en a mis autour du parterre de devant. Elles doivent être recouvertes.

— Ce sera ça de moins à déplacer alors, lança Doreen en souriant.

Penny eut l'air surexcitée.

— Et tu peux t'en occuper bientôt ?

— Je ne peux pas commencer aujourd'hui. Les déménageurs sont chez moi, en train d'emballer les antiquités. C'est l'une des raisons pour lesquelles je suis sortie marcher. Pour échapper à tout ce chaos.

Penny hocha la tête.

— Ils peuvent être assez turbulents, hein ?

— Absolument. Je pourrai probablement m'arrêter ici demain et commencer. Tu as des pelles avec lesquelles je peux creuser ?

Penny acquiesça de la tête.

— Tu sais quoi ? J'en ai. Il y a beaucoup d'outils de jardinage dans le coin.

— Si tu penses à d'autres plantes que tu veux que je mette en terre, pourquoi ne pas les sortir quand je commencerai à creuser. Je pourrai ainsi savoir où placer quoi… et peut-être réussir à créer quelque chose que George aurait apprécié.

— Ça me semble de mieux en mieux, dit Penny en tapant dans les mains. George a toujours pensé que tout ce parterre devait être refait, mais je n'ai jamais trop su comment m'y prendre parce que rien ne paraissait pousser comme il le fallait.

— Je peux m'en charger, assura Doreen, confiante. Rassemble tout ce que, selon toi, George aurait aimé planter ici, et ça deviendra tout bonnement son parterre.

— Merci, lança Penny. Je suppose que j'aimerais que ce mémorial soit celui de George et de Johnny.

— Si tu disposes d'une pierre sur laquelle tu veux peindre, alors n'hésite pas, suggéra Doreen. Peut-être pourrais-tu prendre deux pierres plates et, avec un feutre permanent, écrire leurs noms ou leurs initiales dessus, quelque chose pour se souvenir d'eux. Écris vos trois noms, car tu t'en vas. Une fois que la maison sera vendue, tu feras partie de ce mémorial, ajouta-t-elle.

Cette pensée parut intriguer Penny.

— Ce n'est pas une mauvaise idée non plus. D'accord, je te vois demain matin alors, dit-elle alors que son téléphone se mit à sonner. Je dois rentrer et prendre cet appel.

En hochant la tête, Doreen lui tendit la tasse de thé, appela ses animaux et attendit que Penny se soit ruée dans la maison. Elle se tint là un certain temps, à étudier le parterre. Il y avait de l'herbe morte sur le devant, ce qui signifiait qu'il n'y avait pas eu d'eau de façon régulière. Elle aurait dû demander à Penny si une quelconque irrigation souterraine se trouvait là, car cela ferait une sacrée différence également. Elle déplaça deux des roches rugueuses qui étaient présentes sur le dessus. Ce serait un sacré boulot. Quelque chose qu'elle n'avait jamais vraiment compris avant qu'elle dise qu'elle s'en occuperait. Bien que ça représente beaucoup de travail, c'était également une belle somme d'argent pour elle.

Pas seulement ça, c'était son deuxième job en tant que jardinière. Se sentant plus légère et ravie, elle rappela les animaux pour retourner à la crique, et ils se dirigèrent vers la maison.

Chapitre 9

DES QUE DOREEN entra dans la cuisine, elle remarqua le silence presque assourdissant. Elle accourut au salon, mais il était vide. Elle se rua à la porte d'entrée et vit les hommes emporter certains meubles du salon dans le camion. Scott l'aperçut et lui lança :

— Vous voilà ! Nous avons tout emballé, excepté le divan. Ensuite, nous nous occuperons de la chambre. Mais nous voulions nous charger de ces petits meubles en premier.

Elle regarda le gros camion-fourgon et hocha la tête.

— Quand j'ai franchi la porte de la cuisine, je me suis demandé où vous étiez.

— Pas de quoi s'inquiéter, l'apaisa Scott. Nous sommes toujours là. Ça va nous prendre toute la journée. Cependant, nous avons espoir de finir à temps.

— Parfait, dit Doreen en retournant à la maison.

Avec la table basse et les deux fauteuils en moins, il y avait plus d'espace.

— Au fait, j'avais espéré que vous pourriez me transmettre les noms d'autres experts en antiquités, pour les interroger au sujet des petits meubles. (Elle les désigna.) Un cambrioleur est déjà venu ici pour voler plusieurs pièces, et elles sont actuellement conservées par la police en tant que preuves pour l'enquête.

Scott parut anxieux.

— Oh, mon… C'est affreux.

— Je sais, confirma Doreen. On l'a pris sur le fait, heureusement, mais il avait rédigé une liste de ce qu'il avait déjà emporté et ça, c'est une mauvaise nouvelle. Il était également au courant à propos des plus gros meubles, alors je suis vraiment contente que vous soyez venus aujourd'hui pour les emporter. Le week-end a été éprouvant, à attendre.

— Je le suis également, ajouta Scott, et assurément, je vous enverrai quelques noms par e-mail. J'avais déjà dit que je le ferais, non ? Je suis vraiment désolé, ma chère. J'ai dû oublier.

— Ce n'est pas grave, minimisa-t-elle. Au moins, les autres éléments sont petits, alors ils devraient être faciles à expédier.

— Sauf s'ils doivent être envoyés encore plus loin.

— C'est vrai. Mais je ne veux pas m'en préoccuper pour l'instant tant que je n'en sais pas plus.

— J'y réfléchirai. Laissez-moi continuer mon travail. Ce gros canapé va nécessiter un certain temps. Je sais qu'ils pourront le porter à quatre, mais je veux être là pour superviser la tâche, expliqua-t-il, l'air inquiet en regardant vers la fenêtre du salon.

— Bien sûr. Faites donc ça. Je vais vous préparer du café.

— Si cela ne vous dérange pas, acquiesça Scott. Je sais qu'ils auront envie d'une tasse. Nous ferons également une pause après le canapé pour déjeuner.

Elle hocha la tête, et il ressortit de la maison. Elle mit en route une cafetière de café tout frais, après s'être versé le reste de l'ancien dans sa tasse qu'elle mit au micro-ondes. C'était encore inenvisageable pour elle de gaspiller de la nourriture. Elle avait conscience que c'était stupide, car elle préparait une nouvelle tournée, mais il n'y avait aucune raison pour qu'elle ne prenne pas le vieux café et que ces hommes ne bénéficient pas du frais. C'était eux qui travaillaient dur. Sûrement pas elle.

Quand le café fut prêt, elle jeta un œil dans le salon. Les hommes étaient occupés à envelopper, emballer et attacher avec du ruban adhésif. Fascinée, elle constatait que le canapé entier était solidement emmailloté. Le sentiment de perte qu'elle ressentait la surprenait. Ce meuble lui manquerait réellement. Pas parce que c'était confortable de s'asseoir dessus, car ce n'était pas le cas. Pas parce que c'était son style, car il n'était pas à son goût. Pas parce que c'était un meuble qu'elle avait adoré admirer, car ce n'était pas le cas non plus. Mais c'était une partie de son héritage, de son ascendance, et cela lui procura une sensation de vide inattendue. Lorsque les hommes tentèrent de le soulever et de le porter à l'extérieur, elle grimaça.

— Il passera la porte ?

Scott se tint à ses côtés.

— Il faut espérer, dit-il en observant les hommes qui penchaient le canapé pour tester la largeur de la porte. Est-ce que les fenêtres du salon s'ouvrent ?

— Oui, acquiesça Doreen.

Pendant que les déménageurs continuaient d'essayer de faire passer le canapé par l'entrée, elle ouvrit l'une des grandes fenêtres. En pointant celles-ci du doigt, Scott demanda à ses hommes de s'arrêter. Ils hochèrent tous la tête, revinrent sur leurs pas et manœuvrèrent le canapé à travers l'ouverture dans le mur, deux d'entre eux étant placés à l'intérieur et les deux autres à l'extérieur. Doreen ressentit un tel soulagement lorsqu'il fut finalement chargé dans le camion qu'elle se tenait debout avec la main recouvrant sa bouche, incrédule.

Elle referma la fenêtre et Scott l'interrompit :

— Vous devriez la laisser ouverte. Je ne sais pas encore comment on fera sortir le lit d'ici.

— Oh, mon… J'avais déjà oublié. Je déteste l'admettre, mais je craignais que cela pose un problème dès le début.

Il opina du chef et désigna le salon.

— Cette pièce paraît incroyablement vide désormais.

Elle tourna sur elle-même, les bras grands ouverts.

— C'est tellement mieux comme ça !

Quelques morceaux de papier se trouvaient sur le sol. Ils avaient dû tomber lorsqu'ils avaient délogé le canapé. Doreen se pencha et les ramassa. L'un mentionnait *Penny Jordan.* Elle rit et le montra.

— Je viens de boire un thé avec Penny Jordan !

Elle le regarda et sourit.

Doreen glissa le premier papier dans sa poche et jeta un œil au second.

— Intéressant… souffla-t-elle. Il s'agit d'une liste de plantes.

— Je n'y connais absolument rien en plantes, reconnut Scott.

— Moi oui, mais je ne me sers certainement pas de celles-ci pour l'usage qu'on pourrait en avoir.

Il la regarda, confus, et Doreen ressortit le papier portant le nom de Penny. Elle fronça les sourcils et le retourna pour lire les notes écrites en pattes de mouche de l'autre côté.

— Qu'est-ce que vous entendez par là ? s'étonna Scott.

— Digitales, belladone, lut-elle. Ce sont toutes des

plantes qu'on utilise en médecine.

— Rien de mal à ça, si ? Notre médecine traditionnelle a eu recours à des herbes et des plantes à un moment donné. Au moins jusqu'à ce que les industries pharmaceutiques créent des versions plus peaufinées.

Elle acquiesça, replia les morceaux de papier et les mit de côté. Ce qu'elle ne lui avait pas révélé, c'était que les notes avaient été écrites de la main de Nan, et cela voulait dire qu'elle devrait lui demander ce que ça pouvait bien signifier. Et pendant combien de temps ces plans avaient été discutés.

— Si votre café est prêt, reprit Scott en désignant les hommes, ils sont disposés à prendre une pause.

Comme elle les regardait, les quatre déménageurs sautèrent du camion et, au lieu de se rendre vers la maison, ils sortirent leurs sandwichs d'un sac. Elle les appela :

— Si vous souhaitez l'accompagner de café…

Tous hochèrent la tête. Elle retourna à la cuisine, remplit quatre tasses et, avec l'aide de Scott, leur apporta. Ils étaient tous assis dehors et bavardaient en mangeant.

— Vous les avez achetés dans le coin ?

— Oui, confirma Scott. Chez le traiteur, juste en bas de la route.

— Je sais qu'un petit centre commercial s'y trouve, dit-elle. Je n'ai pas eu bien le temps de l'explorer des masses.

— Vous devriez aller faire un tour chez eux, indiqua l'un des hommes. Ils cuisinent vraiment de bons produits.

Elle acquiesça et son téléphone sonna. Voyant qu'il s'agissait de sa grand-mère, elle prévint Scott :

— Je reviens tout de suite. (Elle entra et décrocha.) Nan, j'allais justement t'appeler.

— Bien ! répondit Nan. Est-ce que les gens de chez Christie's se sont pointés ?

— Oui, le salon a été vidé. Et après qu'ils ont enlevé le canapé, j'ai trouvé quelques papiers sur le sol, avec ton écriture.

Sa grand-mère rit.

— Évidemment ! Tu vas découvrir toutes sortes de choses maintenant. Que racontent-ils ?

— Penny Jordan et un paquet de noms de plantes, dit-elle lentement, avant de les citer de nouveau.

— Oh, oui ! réagit Nan. Je me souviens de ça. Avec Penny, on parlait de plantes qu'il était dangereux d'avoir dans son jardin.

— Mais celles-ci ne sont pas toujours néfastes, Nan, précisa Doreen. Et tant de gens les ayant dans leur jardin ne sont pas plus avancés.

— Non, mais je crois que Penny se renseignait dans un autre but. (N'ayant absolument pas conscience de la soudaine exclamation de surprise de Doreen, Nan ajouta :) De plus, je lui ai expliqué que celles-là pouvaient tuer quelqu'un.

— Intéressant… souffla Doreen en sortant les morceaux de papier pour les regarder de plus près. Avait-elle une raison de se documenter ?

— Évidemment qu'elle en avait une ! J'ai toujours pensé qu'elle avait tué George. J'attendais juste que tu puisses le prouver.

Chapitre 10

C ET APRÈS-MIDI ETAIT encore plus éprouvant pour les nerfs que la matinée. Les hommes de chez Christie's n'avaient pas pris une trop longue pause, et Doreen fut assez nerveuse au moment où ils se remirent au boulot. Son salon étant débarrassé, elle souriait de soulagement, mais elle savait que l'étage prendrait tout autant de temps. Le lit posait notamment un énorme problème. Elle montra le chemin aux hommes, qui commencèrent par la coiffeuse. Lorsqu'elle entendit des murmures de jurons, elle estima que sa place se trouvait n'importe où sauf ici. Elle se faufila en bas et se mit à dresser le bilan du salon, les mains sur les hanches.

— Mugs, que crois-tu que nous devrions faire ici ?

Le chien aboya simplement à côté d'elle, mais il s'évertuait à retourner à l'étage. Elle fut forcée de le mettre en laisse et de le garder avec elle tout le temps. Il voulait « aider » tout le monde. Sans un meuble de salon sur lequel s'asseoir, elle disposa deux chaises dépareillées qu'elle présumait ne rien valoir au milieu de la pièce et apporta l'aspirateur pour nettoyer minutieusement le tapis.

C'était une autre pièce qu'elle jugeait pouvoir vendre

également. Il était supposé valoir extrêmement cher, mais cela ne voulait pas dire qu'il intéressait Christie's. Elle le nettoya aussi bien que possible, puis s'occupa du reste du salon. Les deux chaises droites restantes paraissaient modernes.

Elle trouva cela étrange que Nan les ait achetées. Mais peut-être était-ce à une période différente de sa vie et qu'elle avait eu envie de quelque chose de plus contemporain. Il restait trois lampes, l'une était plutôt branlante – Doreen n'était pas sûre de sa valeur –, et les deux autres ne seraient pas trop mal si elle pouvait trouver un support sur lequel les poser. Et, bien sûr, il y avait un autre souci. Elle avait deux fauteuils, mais était-ce tout ce qu'elle désirait ? Utilisant la brosse de l'aspirateur, elle nettoya derrière la porte, autour de la première marche d'escalier et tout le couloir, s'assurant que le salon redevenait tel qu'il était du temps de sa toute première condition : étincelant. Les chaises placées en dehors du tapis, elle attendit que Scott descende pour l'interroger à leur sujet. Elle fut satisfaite lorsqu'il apparut, discutant avec l'un des gars, et qu'elle vit son regard attiré par le tapis et un petit sourire poindre.

Son poing serra la poignée de l'aspirateur pendant qu'il bondissait dans les dernières marches. Hésitante, elle lança :

— Je sais qu'il ne fait pas partie de l'ensemble, mais il me semble que c'est vous, ou bien Fen, qui avez dit qu'il avait de la valeur.

Scott ne prononçait pas un mot. Une loupe à la main, il étudiait les tissages et les crochets… était-ce le terme correct pour les boucles d'un tapis sur lesquelles il tirait ? Il retourna le coin afin de voir l'envers. L'un des autres hommes se pencha, et ils parlèrent tous deux à voix basse. Scott finit par se redresser et demanda :

— Y êtes-vous attachée ?

Elle lui adressa un sourire amusé.

— Non, répondit-elle. Y a-t-il une bonne raison de m'en séparer ?

— Environ quinze mille dollars, l'informa-t-il. Peut-être plus, je ne peux pas encore le préciser. Il a besoin d'un bon nettoyage, mais je ne veux pas que vous vous en chargiez, se dépêcha-t-il de préciser.

Elle le regarda en fronçant les sourcils.

— Vous insinuez que je pourrais l'abîmer ?

— Je ne saurais l'affirmer, mais nous devons déterminer la nature de ces fibres et ensuite adapter l'entretien en conséquence.

Considérant qu'elle l'aurait probablement et simplement frotté avec le balai à franges d'un aspirateur de location bon marché, elle était contente qu'il l'interpelle à ce propos.

— Si vous pouvez en obtenir quinze mille, énonça-t-elle lentement, alors vous devriez essayer.

— N'oubliez pas qu'on garde une commission dessus également.

Mentalement, elle récapitula la fortune qui allait devenir une agréable petite aubaine. Elle lança :

— C'est plutôt pas mal.

— Ça l'est, confirma-t-il en l'appréciant de près. Il y a une chance pour que ce soit plus, mais je dois faire nettoyer certains de ces coins pour m'en assurer.

Elle se pencha au-dessus de celui dont il parlait.

— On dirait qu'il y a une signature ici. Pourquoi ?

— Les artisans avaient pour habitude de laisser leurs marques dans une série de coutures spéciales quand ils finissaient une pièce, pour signifier qu'il s'agissait là de leur travail, expliqua-t-il. Mais quelque part le long de la ligne, cela a été modifié, ou alors un nouvel envers a été réalisé.

— Ou bien cela a été fait en même temps, suggéra-t-elle.

— C'est possible aussi. Cela remonterait à la fin du dix-huitième siècle.

Elle le fixa, les yeux ronds.

— Et pourtant, ça ne vaut que quinze mille ?

— Non, non, je n'ai pas affirmé ça. Il pourrait valoir trois fois ce montant. Je ne sais pas. Cela dépend de ce que raconte la signature, ce qui explique pourquoi je ne veux pas que vous le nettoyiez. N'importe quel solvant pourrait non seulement abîmer les fibres, mais aussi effacer la marque. Je peux le prendre avec moi, et nous pourrons essayer.

Elle exprima son accord.

— Je sais que Fen a dit qu'il avait de la valeur, mais je ne me souviens pas s'il m'a donné un chiffre. Je vérifierai mes notes.

— Il n'y a pas de quoi s'inquiéter, la rassura-t-il. Une fois que nous aurons apporté toutes les pièces chez Christie's, je pourrai le faire estimer par un autre expert et vous transmettre un compte précis.

Elle hocha la tête.

— Ce serait gentil de votre part, réagit-elle avec un sourire radieux.

Il se tourna vers les deux hommes qui se trouvaient avec lui au rez-de-chaussée et annonça :

— Puisqu'il est là, je suggère qu'on l'embarque et qu'on le charge avant de s'occuper des autres pièces de la chambre.

Ils acquiescèrent puis se dirigèrent vers le camion, en sortirent des couvertures et ce qu'elle prit pour du papier de soie. Elle observa, ébahie, toute la surface du tapis être recouverte de tissu avant d'être roulée dans le sens de la longueur, le plus long côté devant, jusqu'à ce que le tapis entier soit emballé dans un paquet serré. Puis ils saisirent la couverture pour l'envelopper. Pour finir, le tout fut ficelé et le bout fermé. Et avant qu'elle s'en aperçoive, bien que ça ait pris au moins une heure, si ce n'est deux, il était jeté sur les épaules des hommes et porté précautionneusement jusqu'au camion.

Une sorte de vieux tapis avait été laissé derrière, dissimulé sous le premier, bien plus beau. Elle le désigna et questionna :

— Pourquoi c'est là, ça ?

Scott le scruta, afficha une drôle de tête et répondit :

— Les gens font des trucs bizarres. C'était peut-être pour isoler le beau tapis du sol.

Elle n'était pas sûre de comprendre pourquoi un tapis devrait être protégé d'un parquet qui, elle le voyait maintenant, avait vraiment besoin d'être verni. Elle saisit de nouveau l'aspirateur comme Scott retournait à l'étage, et les deux déménageurs revinrent du camion pour le rejoindre. Elle dépoussiéra tout autour de la vieille carpette moche, se demandant si elle ne devait pas simplement la jeter. Mugs, détestant le tuyau d'aspirateur, finit par arriver et renifler dès qu'elle l'eut éteint. Elle le dévisagea et lâcha, en le reculant gentiment :

— Hé, hé, hé ! Ce sont de gros bisous que tu lui fais là, mon grand !

Mais il tira sur la laisse et refusa de bouger.

En soupirant, elle remit la poignée d'aspirateur, qu'elle posa doucement sur le sol en bois dur. Maintenant, elle se préoccupait de savoir si ce vieux tapis avait aussi de la valeur. Elle s'accroupit à côté de Mugs, au niveau du coin qu'il était en train de flairer, et elle le souleva. En le retournant, elle fut pétrifiée de stupéfaction. Il y avait une poignée insérée en plein dans le parquet, lasurée dans la même finition. Elle était certaine qu'elle n'aurait pas pu le remarquer sans avoir bougé tous les meubles ainsi que la carpette sous le tapis. Mais sans les aboiements de Mugs, elle ne l'aurait pas trouvée, ça tombait tellement bien !

Elle ôta lentement le tapis défraîchi, se rendant compte que Scott avait plutôt vu juste : c'était juste un morceau d'un vieux truc en loques, ou quelque chose comme ça, qui n'avait pas de bordure finie. Quelqu'un l'avait juste coupé et posé à terre puis avait placé un beau tapis par-dessus. C'était aussi très fin. Elle le roula avec précaution et, puisqu'il n'était ni trop grand ni trop lourd, elle le traîna dehors sur le porche et le laissa sur le garde-corps de devant. Puis elle revint avec l'aspirateur et nettoya toute la saleté et la poussière qui se trouvaient dessous. Comment était-ce possible qu'il y en ait eu autant ? Mugs tirait sur sa laisse, soit loin de l'aspirateur, soit vers l'espace secret, en alternance. C'était uniquement grâce à lui qu'elle avait pu connaître l'existence de cette poignée.

Elle ne voulait pas non plus que les hommes en haut soient au courant. Pas avant qu'elle ait inspecté davantage. Elle retourna vers le fameux endroit, ses doigts caressèrent doucement le morceau de bois qui paraissait surélevé, et, en vérifiant autour d'elle pour être sûre que personne ne l'observait, elle essaya de tirer sur la poignée. Mais elle refusait de bouger. Elle fronça les sourcils, la regarda de nouveau et tapa doucement sur le bois tout autour. Elle entendit un écho creux. Excitée, elle marcha vers la cuisine et revint avec un couteau à beurre. Elle n'était pas certaine que ce soit la meilleure chose à faire, mais, étant donné l'état des sols, elle estimait que ça valait le coup d'essayer. Doucement, elle gratta le long de la bordure de ce qu'elle prenait pour une anse. Pourtant, après autant d'effort, quand elle tira de nouveau, rien ne se passa. Elle plissa le front et dit :

— Eh bien, Mugs, il y a des moments où on a tout faux. On doit être en train d'en vivre un.

Il se contenta de lui lancer un regard qui semblait signifier « Non, je n'ai pas tout faux. Mais toi, oui. »

À ce moment-là, elle entendit de nouveaux bruits de pas. Elle se remit sur pied, reprit le couteau et retourna d'une démarche décontractée à la cuisine pour le déposer dans l'évier. En revenant au salon, les hommes menaient le miroir de la coiffeuse dehors avec précaution, ainsi que chacun des tiroirs emballés dans ce qui semblait être une énorme quantité de papier bulle. Ébahie, elle suivait la scène. Elle voulait monter à l'étage et voir ce qu'ils étaient en train de faire, mais elle imaginait que sa chambre devait tendre vers le chaos avec tant de gens à l'intérieur.

Juste à cet instant, Scott redescendit. Il siffla en voyant le salon et lança :

— Je n'arrive pas à croire à quel point cette pièce est grande, maintenant.

Elle observa le regard de Scott scanner les alentours. Il jeta un coup d'œil au sol de bois dur en direction des chaises et grimaça avant de revenir sur Doreen. Mais d'aucune manière il ne parut remarquer la poignée. Il désigna les chaises.

— Je suppose qu'elles vous offriront de quoi vous asseoir jusqu'à ce qu'on sache ce que vous désirez à la place.

Elle lui sourit.

— Et je suppose, vu votre réaction en les voyant, qu'elles n'ont aucune valeur.

— Je suis sûr qu'elles en ont pour quelqu'un, lui assura-t-il. Mais pas dans le monde des antiquités. Ce sont des imitations bon marché, venant d'un endroit quelconque et qui ont moins de dix ans. Elles auraient difficilement une valeur historique. (Il regarda alentour.) Vous avez fait du bon boulot, en particulier en ajoutant ce tapis à votre collection en partance pour Christie's. (Il se tint debout au milieu du salon et ajouta :) Bien sûr, le sol est assez endommagé.

— Ce n'était pas ce à quoi je m'attendais, reconnut-elle. J'avais pensé que le tapis l'aurait protégé.

— Cela prouve que le sol a bien vécu avant qu'il soit posé, et peut-être est-ce la raison pour laquelle votre Nan l'a acheté. Pas uniquement pour sa valeur en tant qu'antiquité, mais parce que le parquet de son salon avait besoin d'être restauré. (Il pointa du doigt les éraflures et l'effet dépoli.) Mais c'est du bois dur véritable, ajouta-t-il, alors vous pourrez le refaire vernir et il aura l'air splendide. (Il sourit en jetant un coup d'œil circulaire.) Bien, et je ne vous ai jamais communiqué les noms des personnes qui pourraient examiner les petits meubles, si ? (Il se dirigea vers un vase qui avait des marques bleues et blanches.) Je ne crois pas que ce vase puisse être un Ming, dit-il, mais c'est une belle imitation en tout cas.

Au terme « Ming », les oreilles de Doreen sursautèrent.

— Si c'est un vrai, beaucoup d'argent serait en jeu, c'est ça ?

— Là encore, des milliers de dollars, rit-il. Puis-je ? demanda-t-il en tendant la main.

Elle donna son accord.

Comme il levait le vase, on entendit des cliquetis à l'intérieur. Elle haussa les épaules et avoua :

— Je n'ai même jamais regardé dedans.

En le tenant avec douceur, il y plongea lentement sa main et en ressortit plusieurs grosses billes. Il s'esclaffa.

— Des vestiges d'enfants qui ont vécu dans la maison, suggéra-t-il. Et c'est pourquoi j'aime les antiquités. Parce que certaines personnes ont tellement d'irrévérence envers elles qu'elles deviennent des objets communs de la maison dont tout le monde, y compris les enfants, peut profiter.

Il lui tendit les billes pour les lui donner, et elle les regarda fixement. Elles étaient plus grosses que celles de ses souvenirs d'enfance. Elle n'était même pas sûre qu'elles puissent être considérées comme telles, car quelque chose semblait se trouver à l'intérieur, comme un insecte ou un truc de ce genre. Elle haussa les épaules et les mit dans sa poche.

Elle attendit en retenant son souffle pendant que Scott étudiait le vase. Il regarda dedans, à la base, puis examina une marque sur le dessus.

— Eh bien, commença-t-il en expulsant lentement son souffle, je ne suis pas un expert dans ce domaine, mais il se pourrait que ce soit un vrai.

Son intonation était hébétée, comme si c'était la dernière chose à laquelle il s'attendait. Elle fit quelques pas en arrière et lâcha :

— Vraiment ?

Il confirma d'un signe de tête.

— J'ai besoin d'un endroit où le poser pour pouvoir le prendre en photo, et je contacterai un de mes collègues.

À ces mots, elle avait envie de sauter partout en hurlant. Au lieu de ça, elle saisit son téléphone et appela Nan.

— Hé, Nan !

— Oh, j'adore te savoir si près ! s'exclama sa grand-mère avec entrain. En quoi puis-je t'aider maintenant ? s'enquit-elle. As-tu progressé dans ton enquête pour savoir si Penny est une meurtrière ?

— Non, non, non, éluda Doreen. Ce n'est pas pour ça que je t'appelle. Tu te souviens de ce grand vase bleu et blanc sur ton manteau de cheminée ?

— Oh, ce vase Ming ? demanda-t-elle d'une voix forte.

Scott tourna la tête, regarda le téléphone de Doreen puis leva les yeux vers elle.

— Demandez-lui si elle a un reçu, souffla-t-il.

— J'ai entendu, dit sa grand-mère. Pas sûre de ça. Je l'avais déjà fait expertiser pour une assurance, cependant, ajouta-t-elle pensivement. Je ne suis pas certaine de savoir où ça se trouve non plus.

Doreen ferma simplement les yeux et se pinça l'arête du nez.

— Je suis encore en quête d'un bout de papier, lâcha-t-elle en se tournant pour scruter le salon. Maintenant que le mobilier est dans le camion, j'étais persuadée que ce serait quelque part ici.

Et son regard se posa sur le plancher qu'elle avait essayé de soulever.

— Tu sais quelque chose à propos de ce vase, Nan ?

— Oui, je l'ai déniché à un vide-grenier, il y a des années. Je l'ai trouvé joli, et puis un jour, un antiquaire ambulant est venu en tournée en ville, alors je me suis renseignée auprès de lui. Il a essayé de me le racheter. Pour pas mal d'argent, autant que je m'en souvienne.

— Tu te souviens du montant ? demanda Doreen.

— Mon Dieu, ça remonte à quelques années maintenant, mais je crois qu'il m'en a proposé sept ou huit mille dollars.

Le regard de Doreen accrocha celui de Scott qui haussa les sourcils avant de hocher lentement la tête. Elle sourit.

— Ça te pose un problème si je le vends ?

— Bien sûr que non, ma chérie, je te l'ai dit. Toutes ces antiquités sont ton héritage. Et tu as probablement envie de les vendre au plus tôt. Tu as besoin d'argent maintenant, pas quand je serai morte. De plus, des trucs dans cette maison nécessitent sans doute une réparation.

— On peut effectivement voir l'usure sur le sol du salon maintenant que le tapis est parti.

— Oh, exact ! s'exclama Nan. Je l'avais oublié. J'ai dépensé une coquette somme pour ça, il y a quelques années.

— Oui, on pourrait avoir besoin des reçus pour ça aussi.

— Ils sont tous ensemble. Où qu'ils soient, tu les trouveras tous, lança Nan gaiement.

— Une idée de là où elle a pu se le procurer ? interrogea Scott à ses côtés.

— Nan, tu te rappelles où tu as eu le tapis ?

— Auprès de quelqu'un qui liquidait ses antiquités, ma chérie. Il a essayé de me raconter que ça valait une grosse somme. J'ai pensé qu'il essayait juste de me soutirer plus que ce que je lui en proposais. Tu sais comment ça se passe, les négociations.

— Mais avait-il une preuve de son origine ?

— Non, je ne crois pas. C'est pourquoi je n'étais pas encline à payer plus cher. Évidemment, il a tenté de m'expliquer qu'il y avait une sorte de marque en dessous. Mais tout ce que j'y ai trouvé, c'étaient des noms à moitié effacés. Vraiment, il n'y avait pas matière à attester ses affirmations. Mais il était mourant et essayait de vider sa propriété avant que sa famille arrive et vende le tout pour quelques sous.

— C'est logique, reconnut Doreen.

Elle regarda Scott et leva les épaules, comme pour signifier « Que puis-je demander d'autre ? »

Scott hocha la tête et dit :

— Vous devez retrouver ces reçus.

— Oh, est-ce que l'expert est là ? questionna Nan à travers le téléphone. Salut, je suis la grand-mère de Doreen !

Sa voix n'était-elle pas devenue plus charmeuse ? Doreen leva les yeux au ciel.

— Oui, c'est Scott Rosten, confirma Doreen. Il est envoyé par Christie's.

— Tu devrais lui proposer de prendre le vase et de le faire évaluer comme il se doit, suggéra-t-elle. Je suis sûre que quelqu'un chez Christie's connaîtra sa valeur. Tu sais quoi ? Tu peux être spécialisé dans un certain domaine d'antiquités, mais c'est assez difficile de l'être dans tous. C'est pourquoi j'ignorais tout du tapis. C'est le seul que j'ai jamais acheté, mais je l'aime. As-tu reconnu les colibris qui figurent dessus ?

Doreen grimaça.

— Je ne crois pas, non, avoua-t-elle. Avec les années, il a perdu de sa superbe.

— En parlant de ça, je pense ne jamais l'avoir nettoyé. Je me demande si ça a fait baisser sa valeur, souffla Nan, pensive.

— Vous l'avez au contraire probablement maintenue, intervint Scott. Maintenant, on peut le traiter correctement et le nettoyer sans l'abîmer.

— Oh, bien ! lâcha Nan. J'ai toujours détesté le ménage.

Chapitre 11

Lundi, milieu d'après-midi…

DOREEN MIT FIN à sa conversation avec Nan et observa Scott qui photographiait avec attention le vase sous toutes ses coutures. Elle n'arrivait pas à croire à quel point cette maison était devenue une mine d'or. Et tout ça était le fruit de la prévenance de Nan envers Doreen. Elle pouvait sentir les larmes poindre au bord de ses yeux.

— C'est quoi cette histoire d'enquête pour savoir si Penny est une meurtrière ? demanda Scott.

Doreen balaya le sujet de la main, tout en sachant qu'il valait mieux satisfaire tout de suite sa curiosité.

— Quelqu'un a mentionné qu'un voisin avait eu une crise cardiaque, mais ses symptômes n'y faisaient pas penser.

— Un tas de facteurs peuvent en provoquer une, observa-t-il, et le meurtre en est souvent la cause principale.

— L'argent, l'avidité et la passion, précisa-t-elle.

— Et le pouvoir, ajouta-t-il en désignant la maison d'un signe de tête. Celui qui a le contrôle est souvent celui qui est tué.

Elle n'avait jamais considéré les choses ainsi. Comme elle se baladait dehors et contemplait le rangement du beau vase à l'arrière du camion, elle n'arrivait pas à comprendre comment, mentalement, elle en était arrivée à admirer la beauté de ce vase quand, avant cela, lorsqu'il se trouvait sur le manteau de cheminée, il n'avait été qu'un contenant pour fleurs. De retour à l'intérieur, elle observa Scott en train d'étudier tout ce qui se trouvait sur ce manteau.

— Faites-moi savoir si n'importe quoi d'autre est digne d'intérêt, l'intima-t-elle. Je suis sûre qu'une année de poussière recouvre le tout.

— C'est souvent ainsi que sont traitées les antiquités, lança-t-il. En tout cas celles dont on ignore la valeur. (Il prit plusieurs petits vases et les replaça avant de se retourner sur elle.) Tout ce que je peux dire pour le moment, c'est que je ne vois rien d'autre.

— Je présume que les lampes ne sont pas intéressantes ou ne valent rien ?

Il les regarda et secoua la tête.

— Non, beaucoup trop modernes pour que je m'y intéresse. Les chaises, les lampes… sont toutes à vous.

— Et pour ce qui est de la salle à manger ? demanda-t-elle. Elle est remplie aussi. Vous voulez y jeter un œil ?

Il la dévisagea avec intérêt.

— Je ne crois pas que nous l'ayons déjà mentionnée.

La maison de Nan disposait de beaucoup de petites pièces. Pas le style préféré de Doreen. Elle prit la tête de la traversée du salon jusqu'à la salle à manger. Scott marcha sur ses pas, et elle put l'entendre retenir son souffle. Elle se retourna pour le considérer tandis qu'il fixait des yeux la table.

— Alors, je présume que je vais manger dans la cuisine pour toujours, maintenant ?

Il passa une main dans ses cheveux.

— J'ai dû être tellement hébété par le mobilier du salon, admit-il, que je n'ai jamais pensé à m'aventurer dans la pièce attenante. (Il se tourna, regarda en arrière vers la porte et dit :) C'était fermé, n'est-ce pas ?

Elle acquiesça.

— Oui. Je pensais retirer la porte et agrandir l'ouverture afin de bénéficier d'un espace plus ouvert.

— Du moment que vous n'essayez pas de garder l'allure d'origine de la maison, c'est ce que je ferais également. Je sais bien que c'était une charmante demeure à son époque, mais toutes ces pièces fermées la rendent plus sombre et petite, vous ne trouvez pas ?

— Absolument, confirma-t-elle.

Elle le suivait des yeux pendant qu'il faisait le tour de la salle à manger. Le regard de Scott s'était posé sur une espèce d'énorme bougie placée au centre d'une longue jetée de table, puis ses mains caressèrent doucement la table elle-même. Elle constata que son intérêt sautait d'une chaise à l'autre comme s'il les comptait. Ensuite, il prit celle qui était la plus proche, s'accroupit à côté et l'inclina lentement vers le sol afin de pouvoir en voir le dessous. Elle sortit son téléphone et envoya un message à Nan. **Est-ce que l'ensemble de la salle à manger vaut quelque chose ?**

Nan répondit par un SMS en majuscule gras avec un tas de points d'exclamation : **OUI !!!!!!**

Doreen se laissa tomber sur la chaise située à proximité immédiate.

— Vous savez que je n'ai encore pris aucun repas à cette table ?

— Bien. C'est un fabricant complètement différent, l'informa-t-il, et pas aussi précieux que votre ensemble de salon, mais c'est de toute évidence un très beau mobilier, et le fait que vous ayez les huit chaises… (Il secoua la tête comme s'il en perdait les mots.) Nous n'aurons pas fini aujourd'hui, ma chère, dit-il en se redressant. Je ferai quelques recherches sur cet ensemble, et nous terminerons votre chambre. Il est déjà trois heures, ajouta-t-il après avoir jeté un œil à sa montre.

— Alors, demain aussi du coup ?

Elle ne voulait pas être insistante, mais elle désirait absolument savoir si cette table valait de l'argent et s'il allait la prendre. Elle haïssait l'avarice qui se réveillait en elle. Elle la regarda encore, cherchant à déterminer si elle l'aimait ou si elle s'en fichait. Elle était très sombre, et ça, elle n'aimait pas. Elle préférait largement le bois clair comme le placard en pin que Scott détestait. Même le chêne conviendrait mieux.

— Est-ce de l'acajou ?

Il s'assit à son tour et confirma.

— Oui, en effet. Et vraiment dans la couleur de son époque. (Il vérifia le tissu d'ameublement des chaises et ajouta :) Je ne suis pas certain que ce soit là le tissu d'origine, cependant. J'effectuerai quelques recherches là-dessus aussi.

Elle hocha la tête, comprenant que cela ferait évidemment décroître la valeur du mobilier. Mais peut-être pas de beaucoup. Scott soupira et demanda :

— Comment se fait-il que je n'aie rien su de cette pièce avant ?

— Parce que nous étions trop occupés à discuter de cet énorme ensemble du salon et du reste des meubles dans la chambre parentale…, répondit-elle.

Il acquiesça.

— Je ne suis même pas sûr que nous ayons fini tout ça demain, mais nous ferons de notre mieux. Tout doit retourner à l'entrepôt et être mis en conteneur. Puis transporté par pont aérien.

Elle haussa les sourcils en entendant cette information.

— Ça doit coûter cher.

— Oui, effectivement. Mais c'est surtout obligatoire.

Elle n'en avait aucune idée de toute façon et ne comptait pas en débattre avec lui. Elle étudia le tissu de chaque chaise.

— En tout cas, elles portent toutes le même tissu.

Il regarda la table et indiqua :

— Une rallonge complète la table. Une idée de l'endroit où elle pourrait se trouver ?

Le regard de Doreen fit le tour de la pièce.

— Il y a ici un vaisselier, mais je ne vois aucune rallonge coincée derrière. Je vais envoyer un message à Nan.

Il la suivit, ses mains caressant ce dernier meuble.

— Cet ensemble va avec celui de la salle à manger ! s'exclama-t-il de joie.

Il se tint là, simplement, à le fixer si longtemps qu'elle se rendit compte que c'était vraiment pour lui une découverte surprenante.

Elle se tourna vers le meuble à proximité et demanda :

— Et ce buffet en fait partie aussi ?

Il le regarda et fronça les sourcils.

— Il y ressemble, mais non, il ne correspond pas.

Elle pouvait être difficilement contrariée quand, de toute évidence, la table de la salle à manger, les huit chaises et le vaisselier faisaient tous partie de la même collection.

— Alors, peut-être que le buffet d'origine s'est perdu quelque part en chemin, supposa-t-elle, et que celui-ci est venu le remplacer. Il s'apparente aux autres meubles pour moi, mais je me doute que, pour vos yeux d'expert, ce n'est pas le cas.

Il secoua la tête.

— Non, et il apparaît que tous ses tiroirs sont pleins. Permettez-moi de prendre des photos. Nous partirons bientôt d'ici. Ils sont en train de préparer la commode basse là-haut, ainsi que la coiffeuse. Je ne suis même pas certain que nous puissions nous charger du lit aujourd'hui, nous ne disposons pas des bons tournevis. Ceux que nous avons apportés n'ont pas les bonnes têtes, et nous voulons vraiment nous assurer d'utiliser les outils adéquats pour chaque meuble.

Elle opina du chef.

— Du moment que vous parvenez à sortir les autres, c'est déjà ça.

— Alors, il ne me reste qu'environ une heure de travail ici, et je vous promets que nous reviendrons demain matin. (Il fixa avec fascination l'ensemble de la salle à manger, puis regarda Doreen.) Vous voulez les vendre, n'est-ce pas ?

La tête de Doreen s'agita de haut en bas.

— Pendant votre absence, j'emballerai tout ce que contiennent les tiroirs, si j'ai le temps. Je ne sais vraiment pas quoi faire avec la porcelaine en revanche. (Puisqu'elle l'évoquait, elle pensa à toute celle transmise depuis de nombreuses années.) Je vais demander à Nan si elle provient de mon arrière-arrière-grand-mère.

Elle n'avait reçu aucune réponse à son dernier message concernant la rallonge de table, mais Doreen en envoya tout de même un autre.

En entendant ça, les yeux de Scott se mirent à briller. Il marcha jusqu'au vaisselier, ouvrit les portes vitrées et en sortit une pièce de porcelaine, une petite tasse avec sa soucoupe. Il les fit pivoter et laissa échapper un petit sifflement.

— C'est du Flora Danica de la Royal Copenhagen, indiqua-t-il. Et ça aussi, c'est une jolie trouvaille. Chacune de ces œuvres aurait été peinte à la main. (Il se retourna et ajouta :) Votre Nan a vraiment réalisé quelque chose de spécial en s'assurant que tout ce qui est dans cette maison ait de la valeur. Et elle a bien fait de vous le léguer maintenant. C'est bien mieux que d'attendre que quelqu'un décède. Si elle n'était plus là, vous ne feriez probablement pas ça. Vous auriez sûrement amené tout ça à une association caritative.

Elle détestait l'admettre, mais cela aurait été une option.

Il recula délibérément et dit :

— Si cela ne vous dérange pas, je vais prendre plusieurs photos. De retour à l'hôtel, j'aurai une discussion avec des collègues. Je vais photographier deux objets sur le manteau de cheminée également, sur lesquels je ne sais rien.

Elle donna son accord.

— Nan a des goûts éclectiques. Elle n'aime pas seulement les antiquités, mais aussi certaines pièces plus modernes.

— Cela ne fait pas d'elle une collectionneuse, mais quelqu'un qui apprécie la vie, observa chaleureusement Scott.

Comme il rebroussait chemin, le téléphone de Doreen sonna.

— Je dois prendre cet appel, si cela ne vous ennuie pas. C'est Penny.

— La meurtrière ? demanda-t-il avec intérêt.

Elle fit la grimace.

— J'espère que non.

Il se mit à rire.

— Ma chère, comment pourriez-vous le savoir ?

Elle ne répondit pas et se dirigea vers la cuisine.

— Salut, Penny ! Comment vas-tu ?

— Je viens de me souvenir que ta journée doit être chaotique, dit Penny. Je n'aurais pas dû appeler, tu dois avoir l'expert chez toi.

— C'est le chaos, mais ces messieurs ont presque terminé. Que puis-je pour toi ?

— L'agent immobilier a expliqué que si nous devons faire du jardinage, ça doit être rapidement, par exemple ce parterre de fleurs devant la maison. Elle est d'accord pour qu'on réalise notre projet. L'attrait provoqué par l'apparence est important, et une fois que les photos seront prises et que les gens viendront visiter, il est essentiel que la maison et le terrain conservent leur aspect.

— Alors, tu veux que je vienne aujourd'hui ? reformula Doreen, grimaçant en jetant un coup d'œil à sa montre. Je suppose que je peux dégager une heure cet après-midi. Scott part bientôt, et il semblerait que j'aie un paquet d'énergie dont j'essaie de me débarrasser, rien que pour l'excitation de cette journée.

— N'est-ce pas chouette de découvrir que tu vas avoir de l'argent ? réagit Penny, envieuse. Et si tu pouvais passer ici, ce serait génial. Comme ça au moins, une fois que tu auras commencé, tu sauras comment gérer ton emploi du temps durant les deux jours à venir.

— Quand doit venir le photographe pour prendre des clichés de la maison ?

— Mercredi au plus tard, répondit Penny.

Mercredi…

— Ouille ! lâcha Doreen. Ça fait beaucoup de travail en perspective pour demain.

— Je crois même qu'il vient demain après-midi, voire à midi.

Doreen grommela.

— Ça représente une tonne de boulot. D'accord, je viendrai cet après-midi, dès que Scott sera parti.

Elle raccrocha et se retourna pour découvrir que sa coiffeuse était en train d'être descendue. Enfin, elle supposa qu'il s'agissait d'elle, par rapport à la taille. Elle ne pouvait rien voir du meuble, car il était intégralement recouvert de couvertures. Scott marmonnait tout seul dans la salle à manger, et elle n'osait pas mentionner le sous-sol ni le garage. Mais elle était quasiment certaine que ce dernier était rempli de bric-à-brac. Cependant, comment pouvait-elle le savoir si elle ne vérifiait pas ou ne demandait pas à Scott de les regarder de plus près ? Avec toutes les antiquités encore présentes dans la maison, elle devait également se prémunir contre les intrus. Elle espérait que tout serait parti aujourd'hui, mais maintenant qu'ils en avaient trouvé d'autres, il apparaissait que ça ne serait pas possible. Pile à cet instant, son téléphone sonna. C'était Mack.

— Ils sont partis ? questionna-t-il.

Elle sortit dans la véranda et lui répondit :

— Non, et ils ne pourront pas s'occuper du lit aujourd'hui.

— Oh… Eh bien, c'est vraiment dommage.

— Une histoire d'outils inadaptés, car certaines vis ont été remplacées depuis le temps.

— C'est logique. Et évidemment, ils ne doivent pas voyager avec une caisse à outils.

— C'est exact, confirma-t-elle avant d'ajouter prudemment : Il pense aussi que l'ensemble de la salle à manger pourrait avoir de la valeur.

Mack demeura silencieux un moment puis se mit à rire.

— Vous savez quoi ? Je ne suis même pas sûr d'avoir déjà vu la salle à manger. Vous gardez la porte fermée. C'est seulement quand on contourne la cuisine qu'on peut l'apercevoir. Et ça a toujours été l'une de ces majestueuses pièces dont personne ne se sert.

— Tout à fait, dit-elle. Alors, il veut effectuer quelques recherches ce soir. En ce moment, il prend des photos d'absolument tout, et ils reviendront demain matin pour s'occuper du lit et potentiellement de l'ensemble de la salle à manger.

— Eh bien, vous devez être surexcitée.

— Surexcitée et toujours terrifiée, car ça signifie que je dois garder cet endroit en sécurité et les meubles en bon état jusque-là.

— Bien, c'est pour ça que j'appelais. Pour m'assurer que les choses se passaient comme prévu.

Elle regarda fixement le jardin et lança :

— J'ai une faveur à vous demander.

— Quelle est-elle ? interrogea-t-il, son intonation laissant imaginer qu'il était retourné à sa tâche et n'écoutait qu'à moitié.

— Vous pouvez jeter un œil au rapport d'autopsie de George ?

Elle avait parlé si vite qu'elle n'était pas certaine qu'il ait compris.

Le silence résonnait à l'autre bout du fil.

— George Jordan ? reformula-t-il prudemment.

— Oui… Et je sais… je sais que ça va paraître stupide. C'est juste un élément que j'ai trouvé dans mon salon et un autre que j'ai vu dans le jardin de Penny. Je m'apprête à m'y rendre dès que Scott sera parti pour jardiner devant sa maison, car elle vient de la mettre en vente et l'agence immobilière veut venir prendre des photos mardi.

— Une minute, la coupa-t-il. Ce que vous dites n'a aucun sens. Pourquoi vous occupez-vous de son jardin si vous m'interrogez maintenant sur le rapport d'autopsie de son mari ? questionna-t-il d'un ton tranchant. Est-ce que vous la suspectez de l'avoir peut-être tué ?

— Je n'en suis pas sûre, mais cette pensée ne me quittera pas.

Il grogna.

— Vous ne pouvez pas chercher les ennuis partout où vous passez. Et pourquoi signeriez-vous pour jardiner pour elle si vous pensiez qu'elle a tué son mari ?

— Eh bien, premièrement, pour l'argent, précisa-t-elle sèchement. Vous vous souvenez, ce truc dont j'ai besoin à un rythme régulier ?

Ces propos le firent grommeler.

— Et deuxièmement, ce pourrait être un moyen d'en apprendre davantage.

Mack explosa. Doreen grimaça.

— Bien entendu, je ne ferai rien de dangereux.

— Vous ne connaissez pas le sens de ce mot, lâcha-t-il d'une voix menaçante. Je regarderai. Mais… n'allez pas, d'aucune façon, évoquer, mentionner ou faire quelque chose qui puisse inciter Penny à se dire que c'est ce que vous pensez d'elle.

— Bien sûr que non ! lança-t-elle en feignant l'innocence. Ce serait méchant.

Il ricana.

— Encore un truc que vous ne comprenez pas. Vous êtes la personne la plus agréable que j'ai jamais rencontrée.

Et sur ce, il raccrocha violemment son téléphone.

Elle entendit le bruyant *clac* et fit la grimace.

— Eh bien, bon boulot, une nouvelle fois, Mugs, dit-elle en sentant un corps collé à sa jambe.

C'est seulement en regardant en bas qu'elle vit Goliath serpenter entre ses mollets.

Elle rangea son portable dans sa poche et prit le chat dans ses bras.

— Je m'excuse, mon bébé. Tu n'aimes pas tous ces étrangers dans la maison, hein ?

Elle enfouit son visage dans le cou du chat tout en lui grattant vivement le museau et les oreilles. Son gros ronronnement guttural se fit entendre, et il se frotta franchement contre son cou et sa tête. Elle s'appuya contre le garde-corps sur lequel, à cet instant et sans surprise, Thaddeus, qui dormait tranquillement à l'étage jusqu'à ce que les hommes débarquent dans la chambre, était en train de faire les cent pas après être sorti en volant par la porte.

— Je vous promets, les amis, que les choses vont bientôt se calmer.

Seulement, elle ne savait pas ce que bientôt signifiait. Le perroquet sauta sur son épaule et se blottit contre elle. Maintenant qu'elle avait Goliath dans les bras, il tendit une patte comme pour chasser Thaddeus.

— Pas de jalousie, vous deux, ordonna-t-elle. Je suis fatiguée. Ça a été une très longue journée, et apparemment, il me reste encore beaucoup d'efforts physiques à fournir.

Elle poussa un grognement rien qu'à cette idée, mais, en même temps, cela pourrait l'aider à en apprendre plus sur la mort de George. Bien qu'elle ne sache pas comment ni pourquoi et qu'elle n'avait absolument aucun mobile pour lequel Penny aurait tué George, elle n'arrivait pas à laisser filer cette théorie…

Chapitre 12

Lundi, tard dans l'après-midi…

ÉPUISEE, MAIS TOUT de même consciente qu'elle était forcée de s'y mettre, Doreen saisit une bouteille vide et la rangea dans un petit sac. Elle avait son portable et la laisse de Mugs en poche. Il arriva en courant en entendant le cliquetis, tout comme Goliath. Elle baissa les yeux sur son chat et fit un large sourire.

— Je devrais vraiment te prendre un harnais.

Il se contenta de la regarder et se tendit, s'étirant le long de la porte de la cuisine.

— Oui, nous allons sortir.

À cet instant, la maison était silencieuse. Les hommes de chez Christie's avaient fini par partir, mais ils reviendraient le lendemain matin. Elle emballa des morceaux de fromage et une pomme, puis remplit sa bouteille d'eau. Elle verrouilla la porte d'entrée et enclencha les alarmes, se glissant par la porte arrière à temps. Avec Thaddeus sur son épaule, elle suivit la crique vers la maison de Penny.

Lorsqu'elle arriva, celle-ci était dehors, devant, observant le parterre en question. Lorsqu'elle aperçut Doreen, elle cria :

— Oh, parfait ! J'avais si peur que tu ne puisses pas venir.

— Je suis là, dit Doreen. Malheureusement, ça a été une journée vraiment longue et épuisante.

— Oui, et à cause du photographe, nous ne disposons pas de beaucoup de temps.

Elle avait deux pelles, et apparemment, elle allait travailler aux côtés de Doreen. Elle ne pouvait lui en vouloir. Elle avait besoin d'aide pour terminer ça au plus vite. Tandis que les animaux parcouraient le centre du jardin, Doreen et Penny déterrèrent les plantes situées dans le parterre.

— Alors, on enlève cet érable japonais ? questionna Doreen.

— Peut-être, répondit Penny, bien que je me demande si on ne devrait pas juste mettre des arbustes à fleurs.

— L'érable est une pièce maîtresse, indiqua Doreen. Mais on prend un risque en le déplaçant. Ce n'est pas qu'ils sont fragiles, mais ils peuvent être délicats à transplanter. L'autre souci, c'est qu'il semble que tu n'aies d'eau nulle part ici, pas d'irrigation souterraine. C'est exact ?

Penny confirma.

— Mais l'arroseur automatique parvient à atteindre le parterre, cependant.

Doreen estima où les lignes d'eau se trouvaient.

— Arroseur ou vaporisateur ?

— On trouve la tête de l'arroseur automatique qui dépasse, de ce côté, l'informa Penny. Il irrigue cette zone.

— Bien, c'est déjà ça. Si tu avais l'intention de mettre des arbustes ici, ils devraient être prêts à fleurir afin qu'il y ait de la couleur cette année, mais la transplantation pourrait également les retarder de plusieurs mois.

Le visage de Penny s'affaissa.

— J'espérais planter des échinacées.

— On peut en prévoir dans le lot. Elles sont vert pastel en ce moment, alors c'est un bon choix. Mais on devra prendre suffisamment de terre avec ces fleurs, histoire de rendre la transition plus facile.

Elles marchèrent jusqu'au jardin à l'arrière et regardèrent quelques buissons vivaces.

— Ce n'est pas une mauvaise idée, cependant, reconnut Doreen. Ce que tu souhaites, c'est quelque chose qui va fleurir durant les prochains mois, lorsque la maison sera ouverte aux visites, c'est ça ?

— Oui, acquiesça Penny, et ce parterre n'est pas très grand, mais… je ne sais pas quoi y mettre.

— Et si on réalisait un mélange de rudbeckies, d'échinacées et de marguerites ? Tu as des marguerites bariolées ici, et leur rose lumineux contrebalancerait l'adorable rose pourpre des échinacées et le blanc des marguerites courantes. Et, bien sûr, les rudbeckies sont jaunes et semblent prêtes à fleurir, mais elles viendront plus tard. Je ne peux pas garantir qu'elles fleuriront toutes en même temps, mais au lieu de ça, elles donneront une palette de couleurs intéressante tout l'été.

— Ce serait mieux si nous en avions qui sont en cours de floraison, non ?

— Tout à fait. (Doreen retourna au parterre du jardin de devant, étudia sa taille et en déduisit qu'il mesurait environ deux mètres sur deux mètres.) Ce n'est pas très grand, indiqua-t-elle. Nous creuserons un peu plus profond, et nous y mettrons de la tourbe et de la terre. Le sol est très rocailleux ici. Les fleurs ou l'érable ne supporteront pas la transplantation si on ne stimule pas la condition du sol. Tu as une bâche ?

Penny la regarda avec surprise.

— Oui, mais pour quoi faire ?

— Parce qu'on va devoir dérocher toute cette zone, expliqua-t-elle, et tu as une allée sympa ici que je ne veux pas ruiner avec un tas de terre. Si tu as une bâche, on peut la recouvrir, puis emporter cette terre ailleurs pour s'en débarrasser.

Une fois d'accord, Penny disparut dans le garage et ouvrit la double porte afin de pouvoir sortir par là. C'était la première fois que Doreen voyait l'intérieur du garage de Penny. Elle ne voulait pas être jalouse, mais le fait qu'il soit vide et abrite un véhicule la rendait très envieuse.

— J'aimerais que le mien ressemble à ça, murmura-t-elle.

Mugs aboya à ses côtés. Goliath s'était étiré, au soleil, sur les marches du porche, et Thaddeus piquait un somme sur le garde-corps derrière lui.

— C'était le domaine de George, dit Penny en riant. Il fallait toujours qu'il s'occupe. Je crois que ça lui permettait d'empêcher son esprit de vagabonder vers ce qui était arrivé à son frère.

— C'est compréhensible, compatit Doreen. (Elle planta la fourche à bêcher dans le sol et alla aider Penny à sortir une grande bâche.) Il n'était pas nécessaire qu'elle soit si grande, fit-elle remarquer prudemment.

— C'est la seule que j'ai, répondit Penny.

Elles finirent par l'étaler à côté du parterre de fleurs. Mugs était maintenant allongé dans l'ombre et les ignorait. En effet, la bâche mesurait au moins trois mètres sur trois mètres, mais Penny s'en fichait et lança :

— Comme tu as dit, on ne peut pas se permettre de tout salir avec notre projet.

Elles commencèrent à creuser et à déplacer les cailloux,

mais c'était un travail pénible. Penny prit la fourche à bêcher et dégagea légèrement le parterre, puis elle saisit la pelle et leva précautionneusement de la terre rocheuse pour la jeter doucement sur la bâche. Plus elle allait profondément, plus elle y trouvait de la terre et de la roche. Elle grommela et lâcha :

— C'est peut-être la raison pour laquelle rien ne pousse ici.

— Je crois bien, confirma Doreen.

Lorsqu'elles eurent creusé trente bons centimètres du parterre entier, elles trouvèrent encore plus de roches. Doreen se tourna alors et demanda :

— Aurais-tu une pioche, par hasard ?

— Es-tu assez forte pour t'en servir ? s'enquit Penny, surprise. J'en ai une. George l'utilisait, mais je ne me souviens pas pour quoi.

Elle retourna au garage et en sortit en traînant une large pioche.

Doreen soupira.

— Eh bien… quand faut y aller…

Elle la prit d'une main ferme, la souleva au-dessus de sa tête et frappa le sol énergiquement. Si elle la laissait seulement tomber, le rebond se propagerait dans ses bras et détruirait ses épaules. Mais de cette façon, elle encaissait le choc tout du long, et elle pouvait le ressentir jusque dans son dos. Elle semblait parvenir à créer une brèche. Elle porta dix coups de plus puis s'assit en soufflant :

— C'est un sacré boulot !

Lorsqu'elles furent parvenues presque à bout des roches, le soleil s'était faufilé derrière les nuages.

— Bon, on n'a pas beaucoup avancé, déplora Doreen, mais en toute honnêteté, on a été plus loin que ce que je pensais faire aujourd'hui. Et la journée n'est pas encore terminée.

Penny, le visage en sueur, s'était assise sur le côté pour reprendre son souffle avant de s'atteler à la suite.

— Tu crois que c'est assez profond ? Ça semble juste rempli de plus de pierres.

— J'en conclus qu'une grande partie de Kelowna est bâtie sur un sol rocheux, dit Doreen. (Avec la pelle, elle enleva les derniers cailloux libres.) Tu sais quoi ? On a probablement terminé ici. Il y a de la terre en dessous, et il semblerait qu'on tape dans un lit de glaise. On se servira de la pioche pour libérer tout ça, puis on y versera de la bonne terre sur le dessus pour aider à alimenter l'érable. (Elle regarda l'endroit et fronça les sourcils.) Il va vraiment te falloir du bon terreau ici.

— Comment ça, il va vraiment me falloir ? s'inquiéta Penny. Tu ne peux pas aller en prendre un sac ?

Doreen gloussa.

— Quel volume crois-tu qu'un seul sac puisse remplir ?

Penny grommela.

— On ne peut pas se servir dans le jardin de derrière ? Je n'ai pas vraiment d'argent à dépenser. Et les frais de livraison seront énormes.

— Probablement cinquante dollars, précisa Doreen distraitement. (Elle regarda le terrain arrière.) Je pourrais en récupérer. Allons y jeter un autre coup d'œil.

Elle saisit sa pelle et se dirigea vers la parcelle du fond. Cela éveilla les animaux qui coururent à ses côtés.

L'arrière de la maison, dans son intégralité, possédait un jardin délimité à un mètre de distance par une clôture. Doreen se balada jusqu'à un espace dans lequel rien ne poussait et demanda :

— Tu te souviens de ce qu'il y avait, là ?

— Il me semble que c'étaient des bulbes de dahlias, qui ne s'y sont pas bien sentis.

Doreen planta sa pelle dans le sol et sourit.

— Eh bien, c'est meuble ici. Je pourrais certainement y déplacer un massif et peut-être acheter six ou sept sacs pour combler.

— Si tu pouvais faire ça, ce serait bien mieux.

— Je ne le pourrai que si tu as une brouette.

Penny disparut dans le garage pour en chercher une. Doreen sourit.

— D'accord, demain, je prendrai de la terre d'ici pour la mettre dans le parterre de devant. Ce sera ma première mission du matin, ou dès que je le pourrai. Je sais que les déménageurs reviennent dans la matinée. (Elle afficha un air soucieux.) Peut-être que je les laisserai livrés à eux-mêmes pendant que je serai ici.

Mais elle détestait cette idée.

— Je vais rentrer, maintenant, je suis exténuée, annonça Penny en s'essuyant le visage. Je te vois dans la matinée, alors.

Puis elle s'éloigna, laissant Doreen debout dans le jardin de derrière avec sa pelle encore pleine de terre.

Chapitre 13

Lundi soir…

MEME FATIGUEE, LES animaux effondrés autour d'elle, Doreen n'avait pas encore quitté le jardin de Penny. Ses compagnons avaient couru en rond, dansé et reniflé autant qu'ils avaient pu, alors ils étaient plus que prêts à rentrer à la maison dès qu'elle le serait à son tour. Elle inspectait pour le moment le lit d'échinacées à l'arrière de la maison, où elle vit une feuille qui n'était pas à sa place.

Elle se pencha avec son téléphone portable et prit une photo. Elle n'était pas sûre de ce que c'était. De toute façon, elle pouvait extraire des échinacées d'ici et en disposer un peu dans le parterre à l'avant. Elle avait besoin de plus d'une plante afin d'apporter une touche multicolore, mais si elle y mettait de suffisamment petites, elles grandiraient toutes et se multiplieraient rapidement. Le parterre serait alors rempli en un rien de temps. Cependant, souvent, quand les nouveaux propriétaires arrivaient, ils détruisaient tout l'aménagement paysager, alors ça n'avait aucun sens de consacrer trop de temps, d'effort ou d'argent dans ce projet uniquement destiné à attirer l'œil, surtout avec le si peu de temps accordé.

De plus, elle avait certes accepté le prix proposé, mais

elle ne s'était pas attendue à trouver toute cette roche dans le sol ni à avoir à transporter la terre d'un jardin à l'autre. Toutefois, c'était sa responsabilité de ne pas avoir clairement défini ce qu'elle réaliserait pour ce tarif.

Elle en avait assez fait pour aujourd'hui. Lentement, elle retourna au jardin de devant, s'arrêta pour inspecter le travail qu'elle avait accompli et prit quelques photos, même si la lumière n'était pas au top. Qu'imaginait-elle à l'approche du crépuscule ?

Ensuite, avec les animaux dans son sillage, elle retourna flâner du côté de la crique. Dès qu'elle fut là-bas, elle mit les pieds dans l'eau, se pencha, se lava les mains puis le visage. L'eau du ruisseau n'était pas particulièrement claire, mais elle était bonne, rafraîchissante et lui retirait cette sensation de voile de sueur. Lorsqu'elle eut fini, elle sortit et vit Goliath assis sur une grosse pierre et Mugs assis au milieu de la crique, qui la regardaient simplement.

— Viens, Mugs.

Thaddeus, qui marchait avec eux, avait sauté de roche en roche. Désormais, il était campé à côté de Goliath, en attendant Doreen. Elle et Mugs, tous deux ébouriffés et trempés, reprirent leur marche.

— Rentrons à la maison.

Lorsqu'elle fut de retour chez elle, elle ressentit non seulement une accablante fatigue, mais aussi du soulagement.

— Ce n'est pas encore l'heure de manger, dit-elle tout bas aux animaux en se dirigeant vers la maison.

Elle y pénétra et éteignit l'alarme, jeta un coup d'œil à la pendule, jugea qu'il était trop tard pour un café et mit en route la bouilloire.

— Si j'ai encore de l'énergie au moment où je sortirai de la douche, je prendrai peut-être une tasse de thé.

Elle avait probablement besoin de se nourrir. Autrement, elle ne dormirait sans doute pas de la nuit. Mais d'abord, il lui fallait cette douche.

Elle se dirigea vers les escaliers, mais s'arrêta devant le salon en secouant la tête, consciente que l'état de sa chambre serait pire. Une fois en haut, comme l'énorme tête de lit se trouvait encore là, ça ne paraissait pas si différent. La coiffeuse et la commode étaient parties, laissant de larges espaces vides à la place, mais elle savait que tout le reste avait été réorganisé pour y avoir accès. Elle alla dans la salle de bains, enleva ses vêtements et fit un pas sous l'eau chaude. Il fallut trois shampoings pour que ses cheveux redeviennent propres, et elle n'entreprit rien pour nettoyer ni sécher Mugs.

C'était dans ces moments-là qu'elle aurait aimé avoir des domestiques dans le coin. Si elle était revenue à la maison fatiguée et que le chien avait été mouillé, deux d'entre eux se seraient occupés de lui, et ainsi, elle n'aurait pas eu à suivre les traces d'eau et de boue dans toute la maison. Bien sûr, son rôle aurait été de rentrer sous la douche pour se rendre parfaitement présentable, peu importe ce qu'il y avait de prévu pour la soirée. Comme elle sortait de sa salle de bains attenante, enveloppée d'une serviette, elle s'appuya contre la porte un long moment, juste pour se reposer.

— Ça, c'était avant, murmura-t-elle. La bonne nouvelle, c'est que tu n'as pas à être parfaite ce soir, car personne d'autre que nous n'est là.

Elle enfila son pyjama et descendit les escaliers. Bien que techniquement ce soit le printemps, cela avait été comme une chaude journée d'été, et elle pouvait sentir l'humidité de la douche former un voile sur sa peau avant d'arriver à la cuisine, même si elle était bien trop fatiguée pour s'en préoccuper. Elle se prépara deux toasts – enfin, en réalité, une tranche pour elle et une autre pour Mugs – qu'elle recouvrit de beurre de cacahuètes. Puis, avec son thé, elle emporta le tout et s'assit dehors sur la terrasse, appréciant l'air frais du soir. Même si elle avait eu de quoi préparer un dîner plus conséquent, elle n'aurait pas trouvé le courage de s'exécuter. Mugs l'imitait, mangeant bouchée après bouchée son toast chaud. Comment se faisait-il qu'il aimât autant le beurre d'arachide qu'elle ? Elle consomma rapidement sa nourriture puis rentra pour prendre un morceau de fromage ainsi qu'une pomme. Au moment où elle eut fini, elle était trop fatiguée pour garder les yeux ouverts.

Elle sortit son téléphone pour vérifier ses messages et vit que Mack l'avait appelée. Elle écouta le répondeur et fronça les sourcils. Elle était trop lasse pour ça. Elle fit défiler les photos qu'elle avait prises, cherchant celle de l'étrange feuille parmi les échinacées de Penny. Mais son téléphone n'était pas le meilleur outil pour réaliser ce genre d'analyse. Elle remporta son thé à l'intérieur de la maison, s'envoya les images par e-mail et les ouvrit sur son ordinateur portable.

Comme elle les passait en revue, elle s'arrêta à la photo du jardin situé à l'arrière de la maison. Quelque chose brillait dans le coin, près des échinacées. Ça n'avait aucun sens, car elle n'avait rien vu sur place. Mais le cliché avait été pris dans le crépuscule, ce qui rendait peut-être l'objet difficile à déceler. Alors, pourquoi son téléphone avait-il réussi à le capturer ? Peut-être grâce au flash. Elle avait également photographié plusieurs fois le garage de Penny pour se rappeler à quoi ça pouvait ressembler. Elle avait tellement de travail devant elle concernant celui de Nan que c'était épuisant rien que d'y penser.

Elle regarda ensuite le zoom réalisé sur le lit d'échinacées avec l'étrange feuille, et elle l'agrandit encore plus afin de mieux voir. Elle pourrait en ramener une partie à la maison et vérifier d'un peu plus près quand elle commencerait à creuser dans ce parterre, mais ça ressemblait pas mal à une digitale. C'était souvent confondu avec de la mauvaise herbe jusqu'à ce que ça fleurisse. Honnêtement, l'hortensia, un arbuste de fleurs commun, était l'une des plantes les plus dangereuses, et Penny en possédait plusieurs. Mais Nan également.

Comme Doreen jetait un coup d'œil par la fenêtre à son propre jardin, même sous la seule lumière de la lune, elle vit les douzaines de plantes qui étaient vraisemblablement toxiques. Mais jamais elle n'avait considéré Nan comme une meurtrière, pas une seule fois. Alors, pourquoi était-elle si suspicieuse envers Penny ? Elle ouvrit le navigateur, y saisit l'adresse de Penny Jordan et remonta de quelques années les images satellites de la carte pour voir à quoi ressemblait l'extérieur de la maison auparavant. Elle découvrit que quelques changements avaient été effectués au cours des dix dernières années.

Il y avait environ quinze ans ou plus de cela, ce parterre situé à l'avant avait été créé, d'après une photo de Google Earth estampillée à une date de cette époque qui révélait un grand trou béant dans le sol. Elle fronça les sourcils en le voyant bien plus profond que celui qu'elles avaient réalisé aujourd'hui. Pourquoi l'était-il autant autrefois ? Il n'y avait aucune raison de creuser si loin, mais de toute évidence les roches étaient encore là, ce qui signifie que, pour une raison quelconque, George les avait toutes remises dans le trou.

Elle n'avait effectué aucune recherche sur lui, hormis cette info se rapportant à Johnny ou Penny. Doreen devrait chercher l'historique des naissances et des certificats de mariage.

Juste à ce moment, son téléphone sonna. C'était Mack et elle sourit. Ce serait agréable d'entendre sa voix.

— Hé, Mack ! s'exclama-t-elle, mais il était hors de question de cacher la fatigue dans sa voix.

— On dirait que vous en avez trop fait aujourd'hui, lança-t-il. Vous êtes allée chez Penny ?

— Pour sûr.

Elle lui expliqua les problèmes qu'elle avait rencontrés.

— Vous avez utilisé une pioche ? demanda-t-il, stupéfait. Vous aviez une idée d'à quel point vous seriez courbaturée le lendemain ?

— Vous voulez dire mercredi ! Parce que je dois y retourner demain pour en faire davantage. Le photographe vient après-demain.

— Je comprends que Penny veuille obtenir le meilleur prix pour sa maison, mais elle aurait dû embaucher quelqu'un d'autre.

— Et pourtant, vous savez qu'il me faut cet argent, donc…

— J'espère sincèrement que vous tirerez un montant décent de ces antiquités, comme ça vous n'aurez plus à accepter ce genre de boulot.

— C'est ça, dit-elle, mais vous savez quoi ? Pendant un temps, je continuerai probablement de donner suite à ces propositions, car, au fond, j'ai l'impression d'en avoir besoin.

— Donc les déménageurs reviennent demain matin ?

— Oui, mais je ne sais pas s'ils se chargeront de la salle à manger. Mais ils vont au moins emballer le lit.

— C'est assez excitant pour vous, sur bien des points. Assurez-vous simplement de ne pas prolonger cet enthousiasme jusque dans les affaires classées en imaginant un truc qui n'existe pas.

Elle grimaça. Était-ce son habitude ?

— Je n'en ferai rien.

Cet appel terminé, elle parcourut les pages de la recherche qu'elle avait entamée. Elle avait toujours pensé que les résultats les plus pertinents, soi-disant, sur une requête venaient en première page, mais d'autres informations intéressantes pouvaient être trouvées quand vous creusiez plus profondément avec les liens connexes. Quelque part dans le tréfonds, elle avait débusqué l'avis de mariage entre Penny et George. Elle sourit puis lut le nom de jeune fille de Penny : Foster.

— Penny Foster, dit-elle. Intéressant.

Elle effectua une recherche sur Penny Foster et tomba sur plusieurs sites, l'un d'entre eux impliquant un frère et un père morts. Elle espérait qu'il ne s'agissait pas de la même Penny, mais cela expliquerait pourquoi le gros nounours qu'on appelait George l'avait attirée. Doreen découvrit que son père, Randy Foster, avait maltraité son fils, Anthony Foster, et qu'il était finalement mort de ses blessures. Elle trouva ça plutôt horrible, et elle pouvait désormais éventuellement établir le lien avec Penny. Et cela la rendait moins suspicieuse. Avec cette dernière pensée, elle se rendit à son lit et s'y écrasa.

Chapitre 14

Mardi matin...

DOREEN SE REVEILLA avec l'impression d'être exténuée, mais elle alla en bas et se prépara une omelette au fromage tout comme Mack le lui avait appris. Il lui fallait suffisamment de protéines pour travailler sur le projet de Penny. Pendant qu'elle était assise dans la cuisine, la sonnette de la porte retentit. Elle vérifia sa montre et découvrit qu'il était déjà neuf heures. Sa tasse de café en main, appelant Mugs pour qu'il cesse son vacarme d'aboiements, elle marcha jusqu'à l'entrée et y trouva Scott.

Il lui adressa un large sourire.

— Alors, vous voulez vendre votre table de salle à manger également ?

Elle le regarda par-dessus le bord de sa tasse puis hocha la tête.

— Oui, je le veux.

Il opina joyeusement du chef en se frottant les mains.

— Parfait ! s'exclama-t-il. Je n'ai pas pu faire de recherche sur le tissu qui recouvre les chaises, alors je prendrai de meilleures photos et m'en chargerai dès mon retour au bureau, où j'ai accès à plus d'informations. Mais, même s'il est possible qu'elles aient été rembourrées, ça reste de très belles pièces.

— Prenez-les alors, confirma-t-elle. Mais cela veut dire que vous n'aurez sans doute pas tout terminé aujourd'hui, si ?

— Nous essaierons. J'ai deux hommes de plus avec moi, aujourd'hui.

Elle leva les yeux vers les six déménageurs derrière Scott. Elle les invita tous à entrer d'un geste et lança :

— Allez-y ! (Puis elle se souvint qu'elle était supposée vider le vaisselier. Elle grogna et ajouta :) Si je vous donne des boîtes, vous viderez le vaisselier pour moi ?

— Si vous souhaitez le vendre, oui, répondit Scott. Je ne suis pas certain pour le buffet, en revanche.

— Ses tiroirs sont vides, alors peut-être qu'on peut y transférer tout le contenu du vaisselier. Sinon, je vous fournirai quelques cartons. Malheureusement, je dois me rendre chez une amie.

Scott hocha la tête.

— Ne vous inquiétez pas, ça ira pour nous. Nous allons d'abord sortir la table et les chaises de la salle à manger, et cela nous laissera suffisamment d'espace pour vider le vaisselier.

Sur ce, il commença à aboyer ses ordres et les hommes se dispersèrent dans sa maison.

Mugs, plus confus que jamais, s'assit à ses pieds et geignit. Elle s'accroupit et lui parla.

— C'est rien. C'est le dernier jour de folie.

— Sauf si vous trouvez d'autres antiquités, corrigea Scott avec entrain.

— Je ferais mieux de demander à Nan.

Il sortit la tête du coin et regarda Doreen avec étonnement.

— Vous ne l'avez pas encore fait ?

Elle secoua la tête.

— Non, mais il le faut. Elle saura quelles pièces ont le plus de valeur.

— Je pense aussi, confirma-t-il. Appelez-la tant que je suis ici. Qui sait ce que vous pourriez apprendre ?

Le problème, c'était que Doreen n'avait pas le temps. Elle observa sa ménagerie qu'elle ne pouvait laisser avec les déménageurs dans la maison, ce qui signifiait qu'elle devait les emmener à la jardinerie avec elle. Mais cela empiéterait sur son planning. C'était mieux qu'elle aille maintenant chez Penny et s'occupe du jardinage d'abord. L'éviter n'aiderait en rien.

— Je l'appellerai sur le chemin.

— Nous serons là quand vous rentrerez.

Elle s'arrêta et demanda :

— Aucune chance qu'il y ait des tiroirs secrets dans ce truc, n'est-ce pas ?

Il secoua la tête.

— Pas vraiment. C'est justement ce que je vérifiais. Je n'y trouverai aucune lettre cachée comme la dernière fois ni d'autres friandises.

— Si vous le démontez et découvrez quelque chose…

— Absolument, nous le mettrons de côté pour vous. Ne vous inquiétez pas. Nous savons que ceci est une part de votre héritage.

Ce que lui rappelait Scott la fit culpabiliser encore une fois. Elle prit plusieurs pommes et se dit qu'elle achèterait de quoi manger pendant qu'elle serait de sortie pour prendre du terreau. Elle emporta également une bouteille d'eau et remplit son gobelet de voyage avec du café. Puis elle appela les animaux, sortit par la porte de derrière et marcha jusqu'à la maison de Penny. Ce faisant, elle passa un coup de fil à sa grand-mère.

— Nan, tu savais que la table à manger avait de la valeur ?

— Bien sûr qu'elle en a, répondit jovialement Nan.

— Quelles autres antiquités puis-je montrer à l'expert ?

— Mais toutes, petite sotte !

Doreen secoua la tête, sur le point de contester le manque de précision de Nan, quand celle-ci se remit à parler.

— Comment vas-tu ? Tu n'as pas l'air dans ton assiette.

Les yeux de Doreen roulèrent dans leurs orbites.

— Merci, Nan. Ça me fait tellement de bien d'entendre ça.

— Tu n'as pas dormi la nuit dernière ?

— Si, comme un loir, affirma Doreen, qui remuait ses épaules courbaturées en marchant. Le problème c'est que j'ai fourni pas mal d'efforts physiques chez Penny. On a trouvé une tonne de roches dans ce parterre. Je suis en train d'y retourner, là. Elle me paie pour mettre en place un agréable parterre de fleurs devant la maison, pour les photos de l'agent immobilier demain.

— Et que fais-tu exactement ?

Doreen expliqua et Nan rebondit :

— Alors, ce sera juste un lit de verdure pour les photos ?

— Oui, car rien n'est en fleur, sauf si j'arrive à lui faire acheter des plantes annuelles.

— Tu peux aussi mettre des œillets ou quelque chose approchant provenant de l'arrière, juste pour y mettre une touche de couleur.

— Le problème, c'est que Penny ne veut pas dépenser un centime de plus, rétorqua Doreen. Et je le comprends parfaitement. Elle désire un petit mémorial pour embellir cet horrible parterre.

— C'est vrai, cette atrocité était là depuis longtemps.

— Oui, j'ai regardé sur Google Earth, et, il y a environ quinze ans, c'était un grand trou. Peut-être provenant de travaux d'égouts. Je n'en suis pas certaine.

— Alors, quelqu'un l'a transformé en jardin rocheux ? C'est une meilleure alternative…

— Je pourrais certainement y mettre des sédums, quelques succulentes, dit Doreen pensivement. Mais je ne crois pas que Penny en ait dans le jardin du fond. Elle ne veut pas en acheter non plus. Et ce parterre est un espace suffisamment grand pour lequel elle devrait dépenser pas mal d'argent pour le remplir.

— Comme tu as précisé, elle vend la maison. Alors, prélève ce que tu peux à l'arrière, sans rien laisser paraître, et fais de ton mieux avec ça, suggéra joyeusement Nan.

— Tu connaissais Penny avant ça ? demanda Doreen.

— Tu entends quoi par « avant ça » ?

— Avant d'être mariée à George.

— Oui et non.

— Ce qui signifie ?

Doreen et les animaux étaient déjà arrivés à la crique qu'ils traversèrent. Thaddeus était perché sur son épaule, alors Doreen saisit Goliath sous son ventre, l'écoutant hurler pendant qu'elle marchait avec précaution sur les pierres. Mugs n'avait aucunement l'intention de rester sec et plongea au milieu du ruisseau, faisant son petit bonhomme de chemin. Lorsqu'il sortit de l'autre côté, elle le rejoignit.

— Simplement qu'elle était une jeune femme, originaire du Lower Mainland, et, bien sûr, qu'elle avait des problèmes familiaux dont on avait connaissance, sans toutefois se douter de leur étendue, expliqua Nan.

— Apparemment, son père était violent.

— Oui, je crois qu'il a tué son jeune frère. On a toujours prétendu que c'était pour ça que George était parfait pour elle. Il avait vraiment une belle âme.

— D'accord. Qu'est-il arrivé à son père ?

— Aucune idée. Je crois qu'il est allé en prison un moment, puis qu'il a simplement disparu. Peut-être est-il mort.

— Bien, c'est probablement un soulagement pour Penny, en définitive. Surtout si elle avait peur de lui ou qu'il revienne dans sa vie.

— Elle avait peur de lui, précisa Nan. Mais c'était il y a longtemps.

— C'est vrai, mais certaines douleurs restent au fond de toi.

— Je crois que c'est parce qu'elle avait perdu son propre frère très jeune qu'elle était proche de Johnny.

— Il avait quel âge, tu le sais ?

— Il avait été énormément maltraité, alors il était petit pour son âge, mais je ne connais vraiment pas tous les détails, ma chérie. Tu pourrais demander à Penny, cependant.

— Oui, euh, je ne le ferai pas. Je peux difficilement me pointer et lancer « Hé, Penny, j'enquête sur ta famille ! Tu veux me donner tous les détails sanglants ? »

— Pourquoi pas ? rétorqua Nan, irritée. Tu sais à quel point ce serait plus facile si les gens étaient honnêtes ?

— Je ne peux pas lutter. Tu ne crois pas que quelqu'un à la maison de retraite pourrait savoir quelque chose ?

Nan gloussa.

— Je pense que je suis une réelle source d'informations pour toi.

— Je songeais en réalité à l'âge de Ritchie et à tous les

renseignements qu'il pourrait détenir sur Penny et peut-être sur sa famille.

— Pas seulement Ritchie, mais possiblement Maisie également, ajouta Nan pensivement. Mais cela voudrait dire être gentille avec elle.

— Nan, c'est pas difficile d'être aimable, réprimanda Doreen. Souviens-toi que tu es censée ne pas t'attirer de nouveaux ennuis.

— Ce qui signifie que je doive éviter Maisie, indiqua Nan. Quelque chose chez cette femme me fait partir en vrille.

— D'accord, se dépêcha de conclure Doreen. Ne parle pas à Maisie, alors. Demande à Ritchie, peut-être.

— Je peux faire ça, acquiesça Nan, qui raccrocha juste avant que Doreen arrive à la maison de Penny.

Chapitre 15

Mardi matin…

ARRIVEE A LA maison de Penny, Doreen se dirigea directement vers le jardin arrière où elle avait pris des photos la nuit précédente, pour mettre la main sur ce qui avait brillé sur l'un des clichés pris la veille, mais elle ne vit rien du tout. Avec une pelle, elle donna un coup à l'endroit incriminé et trouva une petite pièce de plastique, semblable à un fragment de carte d'identité. Puisque c'était un coin sans aucune marque, elle le lança sur le côté. *Je perds mon temps.* Elle jeta un coup d'œil autour d'elle, à la recherche de Penny, mais il n'y avait aucun signe d'elle.

Penny n'avait pas à rester ici pour regarder ou travailler aux côtés de Doreen ; il était juste question de savoir si elle voulait que le travail soit fini à temps ou non. Comprenant qu'il n'y avait rien d'autre à faire, Doreen ouvrit la porte du garage, sortit la brouette de nouveau et vit que la voiture de Penny n'était pas là. Le garage paraissait alors énorme. Il ressemblait tellement au territoire d'un homme qu'elle put comprendre pourquoi cet espace avait été celui de George.

Elle enfila les gants de jardinage toujours posés sur l'établi, mais l'un était pris dans un tiroir. Celui-ci s'ouvrit.

Elle allait le fermer quand elle aperçut un petit journal relié en cuir en face d'elle. Regardant autour et sachant qu'elle ne devait absolument pas l'ouvrir, elle le prit et le feuilleta. Il semblait avoir été rédigé d'une main d'homme. Elle avait vu l'écriture de Penny sur la lettre qu'elle lui avait envoyée, et celle-ci ne lui ressemblait pas.

C'est alors qu'elle y découvrit quelque chose à propos de Penny. Prenant conscience qu'elle ne devrait pas le lire, Doreen le posa sur le dessus de l'établi, ferma le tiroir puis se saisit de la brouette et se dirigea vers le jardin. Comme elle creusait, rassemblant de la terre du jardin de derrière pour la transporter jusqu'à celui de devant, elle ne pouvait s'empêcher de penser à ce journal. Elle remplit la brouette autant qu'elle pouvait la porter, fit demi-tour et l'amena lentement devant la maison, où elle la versa dans la plate-bande. Elle effectua cela quatre fois de plus. Ensuite, elle se saisit de sa bouteille d'eau, essuya la sueur de son front et retourna là où elle avait laissé le journal.

Elle retira ses gants et le feuilleta de nouveau. Aucun nom n'y figurait, mais il semblait être rempli de divagations, toutes datant de la dernière année de vie de George. Il y avait des dates sporadiques, tout comme beaucoup d'entrées non datées. Vers la fin se trouvait une seule ligne : *Je n'ai pas le choix.* Entendant un véhicule, Doreen laissa tomber le journal dans son tiroir, ouvrit sa bouteille d'eau et marcha pour sortir au moment où Penny arrivait en voiture dans son allée.

Elle fit signe, klaxonna et s'arrêta à côté du parterre. Elle bondit hors de son véhicule et annonça :

— Je savais que nous manquions de temps, alors je suis allée chercher du terreau, comme ça tu n'auras pas à t'en occuper.

— Bien, répondit Doreen, ravie de la prévenance de Penny, qui rendait toutefois ses propres actes bien pires. Je n'étais pas certaine de savoir comment organiser le tout. J'ai déplacé cinq brouettes pleines de terre depuis le jardin de derrière. Jette un œil et vois si ça te convient.

Penny hocha la tête et dit :

— Si tu veux amener la brouette ici, on pourra décharger ça.

Doreen acquiesça et s'exécuta, se demandant comment elle était devenue cette grande ouvrière. Elle avait moins de muscles que la plupart des gens. Elle souleva et bougea les sacs de terreau jusqu'à la brouette, puis les laissa tomber à côté de la nouvelle plate-bande. Elle prit la pelle et aplanit autour de la terre. Elle regarda Penny et demanda :

— Est-ce que tu as un tuyau d'arrosage ?

— Bien sûr.

Penny retourna au garage, en sortit un tuyau, le relia à un robinet situé près de la porte du garage et tendit l'autre extrémité à Doreen.

Elle mouilla la terre qu'elle avait apportée là, réfléchissant à un moyen de lancer une discussion au sujet de la famille de Penny.

— Je vais remplir deux brouettes à ras bord.

Elle coupa l'eau, saisit sa pelle et sa brouette, et se dirigea à l'arrière de la propriété. Penny l'accompagna.

— J'ai remarqué tout cet espace dans ton garage, dit Doreen. C'est incroyable que tu n'aies pas tout le bazar que j'ai dans le mien.

— Ils ont probablement la même taille, indiqua Penny en regardant le garage, toujours ouvert, par-dessus son épaule. Je ne m'en rends même pas compte. Je n'y entre jamais, excepté pour me garer et rentrer à la maison. Cependant, maintenant que je vends, je suppose que je vais m'amuser à trier les affaires de George.

— Tu les possèdes encore toutes ?

Penny fit non de la tête.

— Non, j'ai débarrassé tous ses vêtements et une grande partie de ses effets personnels. J'ai tout donné aux bonnes œuvres. Mais il y a quelque chose de sentimental dans le garage.

— Je pourrais peut-être t'aider, proposa Doreen. Mais j'avoue que, pour le moment, je suis bien occupée.

— Eh bien, si tu as le temps, accepta Penny, ravie, ce serait adorable de me prêter main forte. Je pensais simplement ouvrir le coffre de la voiture et le remplir pour tout apporter à une association caritative. Si tu vois des trucs qui t'intéressent, je t'en prie, sers-toi.

— Peut-être que je jetterai un œil plus tard, répondit Doreen. J'adorerais recréer la même configuration dans mon garage.

— Il n'y absolument rien ici que je veuille garder, informa Penny, alors ne te gêne pas. Prends tout si tu veux. Y compris les établis, pour ce que je les utilise. Je pars pour l'épicerie. J'aurais dû m'y rendre plus tôt, mais je me suis dit que tu serais là à travailler et aurais d'abord besoin du terreau.

Sur ce, elle repartit en voiture.

Doreen stoppa immédiatement ce qu'elle était en train de faire, prit le journal et le fourra dans son petit sac. C'était le seul objet qu'elle désirait vraiment. Elle retourna à sa tâche, et, au retour de Penny, toute la terre du jardin arrière avait été retirée, tous les sacs de terreau avaient été vidés et mélangés, excepté deux laissés de côté pour repiquer les plantes déplacées.

Elle alla ensuite vers les rudbeckies, dénichant deux adorables petits bouquets à transplanter. Elle les apporta devant avec précaution dans la brouette et les plaça l'un en face de l'autre. Elle réfléchissait à un genre de cadran solaire. Ensuite, elle retourna au jardin du fond et examina d'autres options. Elle trouva deux bouquets plus petits de marguerites sur le point d'éclore. Elles étaient plutôt en retard selon elle, mais les touffes étaient très compactes, ce qui pourrait l'expliquer. Elle espérait qu'elles survivraient à la transplantation. Même si elles ne fleurissaient pas tout de suite, elles allaient certainement prendre et bien se porter l'année suivante. Ainsi étaient les marguerites : robustes.

Les animaux firent chaque voyage avec elle, jusqu'à ce qu'ils se laissent doucement tomber sur le côté pour la regarder.

Doreen se redressa, se massa les épaules et sortit une pomme de son sac. Elle la dévora tout en déambulant dans le garage. Pendant que Penny n'était pas là, Doreen farfouilla dans tous les tiroirs, à la recherche de quelque chose digne d'intérêt. Mais il n'y avait rien de passionnant. Elle tomba sur de nombreux papiers de verre, des limes en métal… Elle était fascinée par les outils et adorerait en posséder quelques-uns, vu tout le travail qu'elle avait à abattre. Elle n'était pas vraiment bricoleuse, ou du moins elle ignorait si elle l'était, mais elle ne pouvait pas être fixée tant qu'elle n'avait pas d'outils. Elle trouverait un moyen de vider son satané garage et pourrait ainsi l'aménager comme celui-là.

Sur les murs se trouvaient des planches avec des trous, pleines de crochets et d'outils suspendus en rangées bien ordonnées. Il y avait des marteaux, des ciseaux et tellement d'autres choses, tout ce qu'on pourrait désirer. Si Penny voulait s'en débarrasser, eh bien, Doreen pouvait-elle espérer tous les récupérer ? Juste à cet instant, le véhicule de Penny recula de nouveau. Doreen se retourna et lui fit signe tandis qu'elle se garait à côté du garage. Elle sortit de sa voiture et l'interpella :

— Tu vois ce que je voulais dire ? Il y en a tellement !

Mugs arriva pour saluer Penny. Doreen acquiesça.

— J'ai tellement de boulot qui m'attend dans ma maison que je pourrai vraiment avoir l'utilité de tout ce qu'il y a ici.

— Prends tout, alors. J'ai déjà demandé à mes filles, et elles ne veulent rien, sans compter le fait qu'elles sont retournées dans l'Est, alors ce sera plus compliqué pour elles de récupérer leurs affaires.

Doreen montra à Penny la nouvelle plate-bande comme elles marchaient toutes deux dans le jardin et dit :

— Voilà ce que j'ai réalisé pour l'instant. Qu'en penses-tu ?

Elle expliqua quelles étaient les plantes et ce qu'elle avait prévu pour la suite. Penny hocha la tête, enthousiaste.

— On aurait dû faire ça il y a longtemps. Quand tu penses à quel point elles ont poussé dans le jardin là-bas, elles auraient probablement dû être séparées il y a des années.

Elle retourna à la voiture, déchargea les courses et indiqua :

— J'ai pris quelques donuts. Je vais t'en apporter un avec une tasse de café dans quelques minutes.

À ces mots, Doreen rit et répondit :

— Merci, je pourrais avoir besoin de sucre.

Et elle retourna au jardin du fond. Elle étudia les marguerites bariolées, mais elles n'étaient pas en grande forme et auraient dû être plus grandes. Avec cette pensée en tête, elle en trouva deux modestes et les mit ensemble à l'avant, dans la nouvelle plate-bande.

Ensuite, elle songea à des échinacées. Ces plantes seraient plus petites au début puis grandiraient davantage, alors elle les imaginait au dernier plan dans le nouveau parterre, des deux côtés. Elle se rendit donc jusqu'au grand amas d'échinacées, situé le long de la barrière tout au bout du jardin. Il n'était pas forcément en meilleur état, mais c'était le massif qui intéressait Doreen. Elle desserra doucement les racines et sépara plusieurs fleurs de bonnes tailles. Cela ne la dérangerait pas d'en avoir trois pour remplir la largeur du fond du parterre, car, après leur éclosion, elles seraient vraiment éblouissantes. Elle ne connaissait pas la hauteur finale des marguerites qu'elle avait mises. Elle était habituée à en voir atteindre un bon mètre. Il devrait y avoir des ajustements à faire en bas de l'allée, cela dépendrait de l'allure qu'aurait le jardin quand les racines prendraient totalement. En se déplaçant avec précaution, elle apporta les bouquets d'échinacées à l'avant.

Au même moment, Penny sortit par la porte d'entrée avec une tasse de café. Elle regarda les échinacées et lança :

— Oh ! j'aurais pensé que tu les aurais prises dans l'autre parterre.

— Elles n'ont pas l'air de bien se sentir dans celui près de la clôture du fond non plus. C'est l'une des raisons pour lesquelles j'en ai prélevé à cet endroit, expliqua Doreen.

— Je croyais qu'on essayait de rendre ça plus joli, en fait, râla Penny en observant le parterre d'un air soucieux. Oh, tu as trouvé les marguerites bariolées ! Celles-ci seront belles, ici.

— Oui. Est-ce que tu as une vasque pour oiseau ou une décoration de ce genre ? On avait évoqué l'érable japonais, mais je ne pense pas que ce soit une bonne idée en fait.

— J'ai une grande lampe. Solaire. Je l'ai retirée du jardin, car elle risquait d'être entièrement recouverte. Laisse-moi voir si je la retrouve.

Elle posa la tasse de café sur le sol, où Doreen pouvait l'atteindre, et disparut.

Doreen but une grosse gorgée d'eau suivie d'une petite de café. Goliath faisait un somme sur les marches du porche. Mugs se trouvait à ses pieds, content. Thaddeus avait trouvé résidence sur le garde-fou, de nouveau. Elle ressassa sa journée de travail. Le temps passait, et elle devait encore boucher les trous qu'elle avait creusés en retirant toutes ces plantes. De son point de vue, elle pensait qu'une belle pièce maîtresse et quelques pierres blanches autour de la base mettraient en avant cette nouvelle plate-bande, mais elle s'était aussi promis de finaliser ce parterre avec une sorte de bordure.

Une fois les transplantations achevées, elle put décharger le reste de terreau puis caser les plantes, bien serrées. Elle s'essuya le front et décida qu'il était temps de vérifier son téléphone. Elle l'avait éteint pour travailler et, bien sûr, il y avait un appel de sa grand-mère. Jetant un œil alentour, elle la rappela.

— Hé, Nan ! Quoi de neuf ?

— Tu travailles chez Penny, là ?

— Oui, confirma-t-elle avant de bien reprendre son souffle. Et c'est un travail harassant. Mais j'espère avoir terminé aujourd'hui.

— Je pensais que tu n'aurais pas fini avant demain.

— J'ai oublié de considérer la bordure en briques pour peaufiner le nouveau parterre, admit-elle les épaules affaissées. Demain arrivera avant que j'aie terminé, c'est certain.

— Bref, j'ai eu vent de nouvelles, et j'ai supposé que tu aimerais les connaître, dit Nan. Bien, tu sais que Penny vient du Lower Mainland. C'est là qu'il est mort.

— Qui est mort ? la coupa Doreen, tentant de suivre la conversation.

— Le frère de Penny, et je présume que son père également, même si j'ignore de quoi.

— Merci pour cette info. Je pourrai t'appeler quand je rentrerai à la maison ce soir, surtout si tu as d'autres scoops pour moi.

Nan baissa la voix.

— Tu ne peux pas parler là, hein, c'est ça ? demanda-t-elle d'un lourd murmure rauque.

— Pas vraiment, grommela Doreen en retour.

— D'accord, bien. Intéressant.

Et là-dessus, elle raccrocha.

Doreen avait envie de hurler. « Intéressant » était une drôle de façon de suspendre cette conversation, mais cela laissait à Nan l'opportunité d'ajouter une pointe de drame à ce moment. Doreen se demanda quel pari avait instauré Nan à ce sujet. Mais son échéance se profilait, et elle voulait vraiment en terminer avec ce travail. Avant que ça ne la tue. Il fallait aussi qu'elle rentre pour les gars qui bossaient sur les antiquités. C'était donc une bonne chose de disposer encore de la matinée du lendemain.

À cet instant, Penny revint avec une très grande lampe solaire.

— Elle était vissée sur un bloc en ciment, dit-elle, mais je ne sais pas où il se trouve.

Doreen regarda la lampe et lança :

— C'est joli et ça aura de l'allure au milieu des fleurs.

Elle la mit en place pour une meilleure visualisation.

— C'est vraiment chouette, indiqua Penny avec un grand sourire. Je ne sais pas pourquoi je n'y ai pas songé avant.

— On a vraiment besoin d'une base pour la soutenir. Que penses-tu de ce plot en ciment à l'arrière, au coin de la maison ?

Penny la regarda avec surprise et se précipita hors de la vue de Doreen. Elle revint un peu plus tard, faisant rouler un grand cylindre.

— Je ne sais pas comment tu as réussi à voir ça, s'étonna-t-elle, en s'arrêtant près du parterre, à bout de souffle, mais c'est exactement ce dont je parlais. Les trous sont un peu sales cependant. Je ne sais pas si on peut les nettoyer.

Pendant que Penny se reposait un moment, Doreen lui fit tenir la lampe. Puis elle prit le tuyau d'arrosage et nettoya les orifices de la base en ciment.

— Tu as des boulons ?

— Quelque part, répondit Penny, pensive. Mais je ne sais pas où.

— Ça te dérange que je regarde dans le garage ? demanda Doreen.

Penny fit non de la tête.

— Comme j'ai dit, tu peux avoir tout ce que tu veux làdedans.

— Alors je veux tout, déclara Doreen en riant.

Elle ouvrit les tiroirs jusqu'à trouver ce qu'elle voulait. Elle les étudia puis opina du chef. Elle sortit avec des écrous, des boulons et des joints. Elle les essaya selon leur taille et lâcha :

— Regarde ça ! Ils correspondent.

Ensemble, les deux femmes insérèrent les boulons dans le socle de la lampe jusqu'à la base en ciment puis, avec un joint et un écrou de l'autre côté, Doreen les vissa à la main. Elle retourna au garage pour prendre une clé afin de les serrer de façon plus sécurisée.

— Tu es une vraie bricoleuse, tu sais ?

Doreen gloussa.

— Ne dis pas ça à mon ex. Il croyait que j'étais bonne à rien.

Elles durent s'y prendre à deux pour lever la lampe avec son bloc et disposer l'ensemble dans le parterre nouvellement repensé.

Doreen l'ajusta et proposa :

— Penny, marche jusqu'au bout de l'allée et vois ce qui rend le mieux.

Avec Penny dans l'allée lui intimant de tourner légèrement à gauche puis encore un peu plus jusqu'à être finalement satisfaite, Doreen poussa le bloc dans le parterre aussi profondément qu'elle le put avant de tasser la terre dessus et autour. Après coup, elle s'assit et observa.

— Tu sais quoi ? C'est vraiment sympa.

— Imagine alors quand ce sera plein de fleurs, ajouta Penny en souriant. Maintenant, tout ce qu'il nous faut, c'est une bordure.

Elle regarda ce qui était en place et lança :

— Je sais qu'il y a déjà quelque chose, mais c'est à moitié enterré et ça paraît assez rustique.

— Eh bien, peut-être qu'on peut simplement les nettoyer avec le tuyau d'arrosage.

Doreen s'en saisit et lava les briques du côté extérieur de la bordure. Ce serait en effet plus facile si elle n'avait pas à en créer une nouvelle en rénovant l'actuelle. Elle se tourna vers Penny et lui demanda :

— Est-ce que tu as un embout permettant d'obtenir un jet plus puissant ?

À cette question, Penny parut incertaine.

— Je peux vérifier sur le tuyau de derrière, mais je ne crois pas.

Elle fit le tour de la maison pendant que Doreen utilisait son pouce pour créer un jet plus énergique. Bien vite, elle mit au jour l'anneau de briques, presque entièrement sous la terre. Elle redoubla d'effort pour les découvrir complètement, sachant que cela lui ferait économiser énormément de temps. Elle allait pouvoir rentrer chez elle, maintenant. Elle finirait cela dans la matinée.

Penny revint et annonça :

— Non, je n'en ai pas.

Doreen hocha la tête.

— Il faudra deux heures pour nettoyer cette bordure de briques. Je dois rentrer, maintenant, mais on a bien avancé aujourd'hui. Et si je revenais tôt demain matin ? Je peux rendre ça plus que décent avant l'arrivée du photographe.

Penny sourit.

— Il est plus de six heures. Tu crois que tes déménageurs seront partis ?

Doreen la dévisagea, choquée.

— Plus de six heures ? Bon Dieu, je suis sacrément en retard. Je te vois au matin.

Là-dessus, elle ramassa la laisse accrochée à Mugs et appela Goliath, qui était étendu dans un coin reculé du jardin, aussi loin du jet d'eau que possible. Elle posa Thaddeus sur son épaule et courut jusqu'à la maison. Arrivée sur place, elle était à bout de souffle, et Mugs, qui avait couru tout le trajet avec elle, haletait lourdement. Elle grommela lorsqu'elle vit que la maison était sombre et fermée. Mais, bien sûr, les déménageurs n'auraient pas su mettre l'alarme de sécurité. En soupirant, elle ouvrit la porte de derrière et fit un pas à l'intérieur.

Chapitre 16

Mardi, tôt dans la soirée…

D OREEN RETIRA SES chaussures sales, les laissa sur la terrasse et appela :

— Scott ? Vous êtes là ?

Bien sûr, il n'y avait que le silence. Elle sortit son téléphone et composa son numéro.

— Hé, désolée de vous avoir loupé.

— Ne vous inquiétez pas, minimisa-t-il. Nous vous avons laissé des cartons et des boîtes d'affaires à trier, et j'ai pris des photos de la porcelaine. Je ne suis pas certain que ça vaille le coup de la vendre, mais je connais quelqu'un à qui demander. Ça a été une très longue journée. On s'est chargés de votre lit, de la salle à manger et du vaisselier. Je suis quasi sûr que vous trouverez d'autres antiquités, et si c'est le cas, faites-le-moi savoir, s'il vous plaît. J'ai jeté un rapide coup d'œil au reste. Je n'ai pas fouillé et je n'ai rien remarqué au premier coup d'œil, pas comme lorsque j'ai aperçu la table de la salle à manger, ajouta-t-il chaleureusement. Mais je me souviens que vous avez indiqué qu'il y a un sous-sol et un garage également.

— Oui, confirma-t-elle en marchant. Je suis dans la salle

à manger actuellement, et je n'en reviens pas qu'elle soit si grande sans la table.

— Un buffet de chaque côté de la table, ça prenait beaucoup de place, acquiesça-t-il. Vous verrez que nous vous avons laissé le bahut et un grand nombre de boîtes.

En effet, il y en avait au moins huit au sol.

— Merci, lança-t-elle. Je vais devoir décider si je veux garder la porcelaine ou si je la laisse partir également. Si je la conserve, j'aurai besoin d'un endroit où la ranger.

Dans son esprit, elle ajouta « d'où la présence du buffet ». Ils lui en avaient laissé un, mais elle n'était pas sûre qu'il soit suffisamment grand pour tout contenir.

— Comme je l'ai indiqué, ça pourrait avoir de la valeur. Enfin, je sais que ça en a, se corrigea-t-il. Mais j'ignore si ce sera suffisant pour vous convaincre de vous en séparer.

— À combien vous pensez ? demanda-t-elle.

— Probablement trois ou quatre mille dollars. Potentiellement plus, mais je ne peux en être certain encore.

Elle baissa les yeux vers la vaisselle et déclara :

— Absolument, je veux la vendre.

— D'accord, répondit-il. Quand vous aurez un moment, mettez tout le service de côté et faites-moi l'inventaire exact de ce que vous possédez. Je confirmerai avec mon spécialiste. J'ai vu plusieurs plats de service et plateaux supplémentaires, ce qui pourrait contribuer à augmenter la valeur globale. Et, comme je l'ai mentionné, si vous avez la moindre question ou si vous trouvez d'autres pièces, prévenez-moi. Ça a été très agréable d'avoir affaire à vous, Doreen.

Elle sourit et répondit :

— N'oubliez pas. Vous me devez un paquet de paperasses aussi.

— Vérifiez vos e-mails, dit-il après avoir ri. Il y a des

reçus pour tout ce que nous avons enlevé hier et aujourd'hui, et j'ai laissé les copies papier chez vous également. Et si vous en avez l'occasion, c'est vraiment important avant l'enchère que nous déterminions l'origine de chacune de ces pièces.

— Je sais, grommela-t-elle. Je n'ai simplement pas eu le temps.

— Ou l'espace, apparemment, mais j'ai comme l'impression d'avoir presque vidé votre maison. Je me sentais assez mal quand nous avons emporté votre table de salle à manger, car, avec la chambre parentale vide, ainsi que le salon et maintenant la salle à manger, on dirait que vous n'avez plus du tout de mobilier.

— C'est bon, la rassura-t-elle fermement. J'ai toujours ma vieille table et mes vieilles chaises de cuisine, ainsi que deux autres dans le salon qui feront l'affaire jusqu'à ce que je détermine ce que je compte faire. De plus, il fallait que je me débarrasse de tout afin de pouvoir réparer le sol du salon. (Se souvenant soudain ce que cela sous-entendait, elle y retourna et fixa le parquet des yeux.) Je vous appelle dès que j'apprends quelque chose.

Elle le remercia et raccrocha. Elle se tint là, se frottant le visage, se demandant comment sa vie calme et ennuyeuse était devenue si mouvementée. Elle n'avait pas vraiment requis le boulot bonus de Penny, mais elle savait que son amie avait besoin d'aide, et elle désirait vraiment cet argent. De plus, elle avait potentiellement un garage plein d'outils à vider et un autre à constituer. Mais là, elle était épuisée. Elle retourna à la cuisine, alluma la cafetière et se laissa tomber sur une chaise. Immédiatement, les animaux vinrent vers elle en braillant, et elle se rendit compte qu'elle avait faim, elle aussi.

Comme elle terminait de nourrir le dernier d'entre eux,

elle entendit un véhicule dans l'allée. Elle sortit devant et vit Mack. Elle ouvrit la porte et lui sourit. Quand il s'extirpa avec une grande boîte de pizza dans la main, elle cria de joie.

— Je suis sûre que vous avez prévu de partager ça !

Il lui adressa un large sourire.

— Hé, vous avez probablement assez de nourriture là-dedans avec laquelle je pourrai faire un autre plat de pâtes, et il y a des chances pour que vous n'ayez pas terminé la sauce non plus, si ?

Elle hocha la tête.

— Je ne savais pas quoi en faire, acquiesça-t-elle. J'ai mangé la fin de la salade de pâtes, mais il reste des ingrédients.

— On les cuisinera demain, proposa-t-il. Mais ce soir, je suis bien trop fatigué, et vous n'avez pas l'air en forme.

— Merci, lâcha-t-elle franchement. Je reviens juste du jardin de Penny. Je n'ai même pas eu le temps de prendre une douche. J'ai complètement manqué le départ de Scott.

C'est à ce moment que Mack fit un pas dans le salon.

— Waouh ! Cette pièce a-t-elle déjà paru si différente ?

— Oui, et celle-ci alors ? demanda-t-elle en le menant dans la salle à manger via la porte.

Mack siffla.

— Elle est énorme.

— Je sais. Mais toute la vaisselle est posée par terre, et maintenant, Scott me dit qu'elle a de la valeur également.

Mack gloussa.

— Vous avez l'air si déprimée, et pourtant, cette maison est une vraie mine d'or !

— J'en suis consciente, lança-t-elle. Désormais, je m'inquiète que quelqu'un vienne et vole la porcelaine.

Il hocha la tête gravement.

— Allez prendre une petite douche, et je vais mettre la pizza sur la table.

Elle fit non de la tête.

— Je ne crois pas en être capable, il faut que je mange. Je vais juste me nettoyer vite fait à l'évier, et ensuite nous dînerons.

Ce qu'elle fit. Ensuite, même si ses cheveux étaient sales et poussiéreux, ses os douloureux et ses muscles fatigués, comme une poupée de chiffon, elle s'assit à la table de la cuisine et se servit la plus grosse part. Le plus drôle, c'était que Mack la laissa faire.

Dès qu'elle l'eut prise, il attrapa la deuxième plus grande. Elle mangea lentement, la savourant les yeux fermés.

— Vous vous rendez compte qu'il est presque sept heures, hein ?

Elle hocha la tête.

— Penny m'avait promis du café et un donut cet après-midi. J'ai eu le café, mais pas le donut, et je n'avais emporté que deux pommes avec moi. J'avais prévu d'aller chercher du terreau et mon déjeuner en même temps, mais elle m'a surprise en apportant le terreau. Je me suis préparé une omelette avant de partir, mais je suis partie tard ce matin. Scott était là avec des bras supplémentaires pour prendre le mobilier de la salle à manger. C'était tout simplement le chaos. Ensuite, je me suis rendue chez Penny, et j'avais tellement à faire avant l'échéance, expliqua-t-elle, la voix gagnant un peu plus de force au fil de son récit.

Mack l'interrogea sur ce qu'elle faisait précisément chez Penny, alors elle lui raconta. Puis elle ajouta :

— Elle a aussi affirmé que je pouvais récupérer tout ce que je souhaitais dans son garage, car si elle vend la maison et qu'elle retourne dans l'Est, elle s'en débarrassera auprès des bonnes œuvres.

— Y a-t-il quelque chose que vous désirez ?

— Vous savez, dit-elle en penchant la tête et en le regardant pensivement, je crois que oui. Elle possède beaucoup d'outils. J'en ai utilisé pour fixer une lampe de jardin sur un bloc de ciment. Les trous étaient déjà présents, mais elle avait une bonne perceuse, plusieurs scies circulaires et même des scies à main. Je n'ai rien de tel chez moi.

Il la regarda et lui demanda :

— Vous savez quoi faire avec ?

— Non, pas vraiment, mais j'ai trouvé des boulons et m'en suis servie avec une clé, déclara-t-elle fermement. Et ce que j'ignore, je peux l'apprendre.

— Exactement, confirma-t-il. Je suis plutôt content d'entendre ça.

Le truc, c'était qu'il avait hésité. Elle le regarda curieusement en prenant une nouvelle bouchée de fromage fondu et ferma de nouveau les yeux de joie. Comme il ne parlait toujours pas, elle ouvrit les paupières et questionna :

— Quoi ?

Il plissa le front, mais une lueur d'amusement se lisait dans son regard et il répondit :

— Où allez-vous ranger tout ça ?

Elle grogna un petit rire.

— J'y ai réfléchi et, bien sûr, la réponse est : dans mon garage. Sauf qu'il est plein.

— Peut-être que ce week-end, on pourrait s'y attaquer, proposa-t-il. Pouvez-vous encore trouver du temps pour vous occuper du jardin de ma mère ?

Elle contint difficilement un bougonnement, car c'était la dernière chose qu'elle souhaitait réaliser, mais c'était sa tâche hebdomadaire, alors elle devait s'y résoudre. Elle hocha la tête.

— Je dois terminer chez Penny demain, avant midi. Le photographe arrive tôt dans l'après-midi, alors je vais juste nettoyer les briques et le jardin, m'assurer que tout ait l'air présentable et ensuite je retaperai le jardin arrière, où je me suis servie en fleurs et en terre. Mais ce devrait être finalisé avant midi. Je prendrai mon jeudi et irai chez votre mère vendredi, avant midi comme d'habitude.

— Alors, peut-être que samedi, on pourrait jeter un œil dans votre garage.

— Ce serait vraiment sympa. J'adorerais pouvoir ouvrir cette porte et découvrir si le contenu a de la valeur ou si c'est bon pour les ordures.

— De ce que j'en ai vu, c'était du rebut, dit-il franchement.

— Je sais. C'est aussi ce que j'ai aperçu. Mais j'avais espéré que, peut-être, quelque chose d'utile s'y trouverait.

— Une fois que vous aurez déterminé combien d'autres pièces sont de valeur, organisez peut-être un vide-grenier pour ce qui reste.

— C'est une excellente idée. Mais je ne suis pas certaine de savoir comment m'y prendre. Je n'y suis jamais allée moi-même.

Il baissa lentement la part de pizza dans sa main et lâcha :

— Quoi ?!

— C'était bien trop éloigné de la stature de mon mari, expliqua-t-elle en imitant son ex. Et je n'ai pas eu l'occasion de faire quoi que ce soit ensuite, se plaignit-elle avec bonhomie. Apparemment, des événements et des gens m'ont pas mal occupée.

À ces mots, Mack gloussa.

— D'accord, samedi, assurément. Je passerai vous prendre, et nous irons à un vide grenier. Il y en a toujours des tas en ville à cette saison.

— Peut-être qu'on devrait faire ça, puis revenir ici et jeter un œil au garage, acquiesça-t-elle pensivement. La sauce pourra-t-elle tenir jusque-là ? Si demain ne s'y prête pas.

— Si nous la congelons, oui, déclara-t-il. Je la réchaufferai, mais il ne faut pas laisser de nourriture plus de cinq jours dans un frigo.

Elle hocha la tête.

— Cinq jours, c'est noté.

Mais elle se demanda si c'était vraiment le cas. Il semblait que les jours passaient si vite qu'elle ignorait si elle rentrait ou si elle partait.

Chapitre 17

Mercredi matin...

DOREEN SE REVEILLA, son corps protestant tandis qu'elle se forçait à sortir du lit et à aller sous la douche. Aujourd'hui, elle devait terminer son jardinage dans l'intérêt de Penny. Ensuite, elle souhaitait rentrer chez elle pour, simplement, s'installer dans sa propre bulle. Il y régnait une sensation bizarre en ce moment, comme si les déménageurs avaient laissé une sorte d'énergie étrange derrière eux. Non pas que les lieux soient emplis de testostérone ou autre, mais c'était comme si elle n'était plus chez elle. Bien sûr, le fait qu'autant de meubles aient été retirés participait à cette atmosphère.

Quand elle fut finalement habillée, elle ne put trouver davantage d'énergie pour descendre vivement les escaliers. Au lieu de ça, elle traîna son pitoyable popotin jusqu'en bas, une marche à la fois. Elle était attristée de constater que Mugs était également épuisé.

— Hé, Mugs ! On ne sera là-bas que pour deux heures aujourd'hui.

Goliath était étendu sur la dernière marche en bas et refusait d'en bouger.

Se tenant à la rampe, elle sauta par-dessus, grimaçant en atterrissant sur ses pieds, le mouvement étant remonté de ses jambes à son dos. La brouette et elle ne s'étaient pas très bien entendues la veille. C'était le travail le plus physique qu'elle ait jamais réalisé, autant qu'elle s'en souvienne. Et il lui fallait de la nourriture, du genre une grosse quantité. Mais elle se sentait également pressée par le temps.

Elle referma deux tranches d'un grand sandwich, saisit une tasse de café frais et s'assit. Elle avait nourri les animaux, alors ils seraient en forme pour le trajet eux aussi. Elle laissa son téléphone en silencieux, ne voulant être dérangée par rien d'autre que ce qu'elle avait à effectuer. Elle devait se concentrer sur le jardin de Penny, et, par la suite, elle ne souhaitait rien faire d'autre que de rentrer à la maison et s'effondrer. Elle aurait précisé « sur le canapé » en temps normal, mais elle n'en possédait plus. Elle secoua la tête pour elle-même et se dit :

— Hé, c'est énorme ce qui t'arrive, alors occupe-toi de ce travail et passe à autre chose !

Elle se prépara un autre sandwich pour l'emporter avec elle, car, hier, elle n'avait pas eu de quoi manger. Puis, avec son mug de voyage rempli de café, elle ouvrit la porte et, chose étonnante, tous les animaux se redressèrent.

— On y va, les amis.

Thaddeus, cependant, cherchait un chauffeur. Il marcha le long de son bras jusqu'à son épaule et se blottit contre elle. Elle rit puis se demanda si elle devait réenclencher l'alarme et jugea qu'être fatiguée n'était pas une excuse. À l'intérieur se trouvaient encore beaucoup de porcelaine et d'autres objets, dont elle n'avait aucune idée de la valeur. Il fallait aussi qu'elle demande à Nan s'il y avait d'autres antiquités dans la maison et qu'elle obtienne une vraie réponse cette fois. En particulier à propos du bazar dans le garage.

Elle remit l'alarme puis mena tout le petit monde franchir la porte de la cuisine. Le rythme de marche était lent même si elle essayait de se dépêcher d'arriver, mais elle trouva difficile de forcer ses jambes à remuer avec une quelconque forme d'enthousiasme.

Une fois sur place, elle posa son sandwich et son café à terre et commença par la bordure. Il lui fallait une brosse métallique, le tuyau d'arrosage et un râteau. Cela lui prit deux heures pour que les briques soient entièrement nettoyées et joliment agencées. Elle était contente de voir la grande lampe au milieu, dressée bien droit. Le bloc de ciment était de bonne dimension et procurait à la lampe une base solide.

Finalement, elle en avait terminé. Elle s'éloigna de quelques pas tout en s'essuyant le visage. Elle était maintenant couverte de boue, à cause des éclaboussures lors de l'utilisation du tuyau d'arrosage. Elle coupa le robinet, attrapa son mug de café et recula davantage pour avoir un aperçu global. Jusqu'à présent, elle n'avait vu aucun signe de Penny.

Ni des animaux. Ils étaient tous tapis dans l'ombre sur le côté de la maison. Il semblait qu'ils voulaient eux aussi qu'elle finisse son travail. Résoudre des affaires classées était de loin plus amusant.

Comme elle se tenait là, à se demander si la plate-bande était assez bien, Penny arriva en voiture derrière elle. Elle en sortit et s'exclama :

— Waouh ! C'est joli ! J'ai remarqué ce matin combien la lampe changeait tout. (Elle désigna les briques.) Je ne sais pas comment tu as fait pour les rendre si propres et brillantes. J'ignorais totalement qu'elles puissent avoir cet aspect.

— Elles s'assombriront dès qu'elles seront sèches, l'informa Doreen, mais elles sont jolies. Je vais mettre de l'ordre dans le jardin, pour les photos.

Sur ce, elle prit la moitié de son sandwich, le dévora avec énergie puis, Penny ayant disparu depuis un moment dans la maison, elle se saisit du râteau et couvrit soigneusement ses traces. Dans la parcelle située à l'arrière, elle commença par le premier massif qu'elle avait dérangé et bougea avec minutie la terre et quelques pierres autour pour masquer le fait qu'elle en avait volé des parties. Avec le râteau, elle libéra de l'espace entre certaines zones ouvertes plus grandes, pour donner meilleure allure. Quand elle eut fini, elle pouvait sentir ses épaules s'affaisser de nouveau. Elle poussa la brouette jusqu'au garage, la rangea à sa place et suspendit le râteau. Puis elle prit des photos du garage et de tout ce qu'il contenait.

Penny sortit à ce moment, avec deux billets de cent dollars en main.

— Autant que je puisse me le permettre, tu as fait un boulot si phénoménal que j'en suis ravie. Tiens.

Doreen la remercia et mit l'argent dans sa poche. Elle connaissait parfaitement la différence entre pouvoir offrir et ne pas en avoir les moyens. Elle pointa le garage du doigt et lança :

— Tu étais sérieuse quand tu disais que je pouvais avoir ce matériel ?

— Absolument, confirma Penny. Et le plus tôt sera probablement le mieux. C'est bien pour exposer, mais je suis sûre que l'agent immobilier expliquerait que ce serait mieux si le garage était vide.

— Bien. La question est : est-ce que les établis sont accrochés ou pas ? (Elle souleva le bord du premier et hocha la tête.) Ils peuvent aussi partir.

— Cela fera davantage de place pour quiconque achètera la maison, s'exclama Penny. Alors, le plus tôt…

Elle haussa un sourcil à l'intention de Doreen.

— Ouaip, gloussa Doreen. Je dois rentrer à la maison pour la ranger. Ensuite, j'irai dans mon garage. Je suppose que tu es d'accord si je prends une semaine ou deux pour débarrasser tout le matériel de George ?

— Plus rapidement, ce serait mieux. S'il te faut certains outils sur-le-champ, reviens sans hésiter. Je ne verrouille pas le garage, alors dès que tu veux, rentre. Ouvre cette grande porte et commence à bouger tout ça.

Doreen sourit de ravissement.

— Merci ! déclara-t-elle avec sincérité. Ça va m'être d'une grande aide.

Les deux femmes se firent signe tandis que Penny annonçait :

— Je dois y aller. (Elle se dirigea de nouveau vers sa voiture.) Apparemment, il y a encore plein de papiers à signer pour l'agent.

— Il y a toujours de la paperasse pour ce genre de trucs, mais au moins, tu es prête pour les photos.

Doreen prit la laisse de Mugs, la lui accrocha, saisit son mug de voyage et dit :

— Je dois rentrer à la maison, moi aussi.

— Et moi être de retour pour le photographe dans une heure.

Les deux femmes se séparèrent, Doreen prenant la direction de la crique, les animaux remuant finalement avec énergie en comprenant qu'elle avait fini et qu'ils rentraient à la maison. Elle était fascinée qu'on lui fasse cadeau d'un atelier d'outillage complet. Elle pouvait déjà entendre les remarques désobligeantes de son ex-mari, par exemple sur l'intérêt de prendre tout ça alors qu'elle ne savait pas s'en servir. Mais peut-être que ça l'aiderait beaucoup si elle pouvait fournir des outils à quelqu'un qui bricolerait dans sa maison.

Et elle détestait l'admettre, mais une partie d'elle pensait que, peut-être, elle pourrait en vendre une partie et obtenir plus d'argent. Elle paraissait cupide, et ce n'était pas comme ça qu'elle voulait être vue. Elle se demanda comment déplacer tout l'atelier jusque chez elle, y compris les établis et tous les tableaux avec les crochets. Elle en parlerait à Mack. Au moins, elle avait pris une tonne de photos, alors elle pourrait aménager son garage de la même façon.

Quand elle fut enfin de retour à la maison, elle laissa la porte de la cuisine ouverte pour laisser l'air frais circuler et prépara encore du café. Elle se lava, se prépara un autre sandwich puis marcha lentement dans le salon et la salle à manger. Ce serait vraiment bien si elle pouvait abattre le mur entre les deux pièces. Cela dépendait de comment il avait été bâti, cependant. Elle ignorait s'il y avait un étrier de maintien à cet endroit, si ce mur était porteur, et elle n'était même pas certaine de savoir comment s'en assurer. Avant cela, elle devait encore s'occuper de la vaisselle et du buffet que Scott n'avait pas emportés. Néanmoins, quelques pièces encombrantes étaient parties.

Elle déambula ensuite dans la cuisine. Elle disposait d'un agencement en cercle parfait avec la buanderie juste à côté de la cuisine. Elle y entra et ouvrit la porte du garage. Elle appuya sur l'interrupteur pour allumer et regarda fixement, en grommelant.

— On y verrait plus clair, dit-elle à voix haute, si on pouvait ouvrir la grande porte.

Mais elle attendrait Mack pour s'en occuper.

En parlant du loup, elle entendit un véhicule remonter le chemin. Elle sortit de la buanderie pour aller à l'avant de la maison et voir Mack se garer dans son allée. Il sortit de sa voiture, tenant deux objets qu'elle parvint à identifier à travers le papier bulle clair : la boule à neige et le vase que Darth avait volés chez elle. Elle sourit.

— Vous n'en avez plus besoin, les gars ?

— Toutes les photos ont été prises pour les preuves, et ils vous les rendent.

Elle maintint la porte ouverte pendant qu'il les fit rentrer, puis ils retirèrent l'emballage des deux pièces et les placèrent de nouveau sur le manteau de la cheminée.

— Vous voulez un coup de main pour les petits objets, hein ?

Elle acquiesça.

— Scott était censé me transmettre des noms, mais je ne crois pas qu'il s'en soit encore occupé. (Elle bâilla de façon inattendue puis s'excusa.) J'ai terminé le jardin de Penny ce matin, alors je dois avouer que je veux juste m'asseoir et végéter pour le restant de l'après-midi.

— Vu à quoi ressemble votre salle à manger… peut-être faudrait-il la retaper en premier…

— C'était en second plan de mes projets, de faire le tri dans tout ça aussi. Ou de ranger ma chambre. Plus je débarrasse, plus je me rends compte qu'il y en a.

— Vous en verrez le bout, la rassura-t-il d'un ton compatissant. Je partirai tôt aujourd'hui. Vous avez mangé ?

— J'ai avalé un sandwich, répondit-elle, mais si vous proposez de la vraie nourriture, je serai ravie de repasser à table.

Cela le fit rire et il lança :

— J'ai pensé que nous aurions pu utiliser cette sauce spaghetti pour le dîner, si vous ne l'avez pas encore congelée. J'ai en tête une salade verte et un plat en sauce.

— Absolument. Vous restez jusqu'à ce soir, alors ?

— Non, je peux commencer à préparer, laisser mijoter puis revenir dans quelques heures. J'emmène ma mère chez ses médecins.

— Est-ce qu'elle va bien ?

Il acquiesça de la tête.

— Rien que des checkups, des ordonnances à renouveler, ce genre de trucs.

Elle l'observa avec fascination mettre en valeur ce généreux jus de viande, épais et riche, qu'il avait préparé auparavant, monter un peu la température pour le réchauffer et ajouter un peu plus d'épices et de tomates.

— Il y en aura assez pour d'autres spaghettis ? demanda-t-elle avec espoir.

Il lui jeta un bref coup d'œil.

— Je peux aller chercher des pâtes si c'est ce que vous voulez. Mais peut-être qu'on fera ça vendredi.

— J'adorerais ! Et, pendant que vous y êtes, vous pourriez m'en prendre plusieurs paquets ? Je vous rembourserai.

Il balaya simplement d'un geste son offre d'argent.

Elle sortit les deux billets de cent dollars et dit :

— Je ne sais pas trop comment faire de la monnaie là-dessus. Je suppose que j'irai à la banque. (Il les regarda avec surprise, alors elle expliqua :) C'est ce que m'a payé Penny.

— Bien, content pour vous. Mais oui, la banque. Sinon, un grand magasin alimentaire les acceptera. Peu de petites épiceries prendront un billet aussi gros, de peur que ce soit un faux.

Elle observa la monnaie avec suspicion. Il rit.

— Hé, c'est pas votre problème, lança-t-il. Je doute fortement que Penny ait ce type d'argent à disposition. Elle l'a probablement retiré à la banque pour vous le donner.

— Peut-être, rétorqua Doreen. Mais j'aurais préféré de plus petites coupures.

— L'argent, c'est de l'argent, lâcha-t-il avec le sourire.

— C'est juste ! admit-elle avant de remettre les billets dans sa poche. Peut-être pourrais-je en obtenir plus de Wendy aussi. Il faut que je la voie de toute façon. Elle était censée m'appeler au sujet de mon dernier chargement, au cas où elle n'aurait pas pu accepter certains des objets, mais elle ne l'a jamais fait. Et je n'ai pas eu le temps de donner suite.

— Laissez cette sauce mijoter deux heures, indiqua Mack. Je ferai d'autres courses. (Il ouvrit le frigo, regarda attentivement à l'intérieur et ajouta :) On a encore de quoi faire là-dedans. On aura juste besoin de plus de pâtes. (Elle hocha la tête et il continua :) Je verrai ce que je peux trouver.

Il lui fit un signe de la main et, tout bonnement, il partit.

Puisqu'elle avait déjà mangé quelque chose et que ceci était trop épicé pour un encas – ce qu'elle ne ferait pas de toute manière, même si c'était très difficile, car c'était comme une bonne soupe riche et épaisse –, elle saisit une tasse de thé et se rendit à l'étage. Le matelas avait l'air tellement accueillant. Le problème, c'était que le reste de sa chambre ressemblait à un cauchemar. Avec la commode, la coiffeuse, la tête de lit et les tables de nuit parties, tout se retrouvait par terre. Elle n'avait même pas d'endroit où poser une lampe. Elle n'avait littéralement plus rien.

Dans la chambre d'appoint, il y avait deux tables de chevet, alors elle en déplaça une jusqu'à la chambre principale et mit le matelas au sol ; cela donnerait au moins l'impression qu'il allait avec, et, en ajoutant une des lampes de l'autre pièce, elle pourrait obtenir un peu de lumière. Elle se tint au centre de la pièce et regarda autour d'elle.

— Est-ce que je m'occupe des vêtements du placard ou des choses mises en boîte dans la chambre d'amis ? marmonna-t-elle.

Elle avait réparti un paquet d'affaires qui étaient posées sur le sol de sa chambre dans des cartons, puis avait sorti celles de l'autre pièce pour libérer un peu de place pour les déménageurs. Elle ne faisait qu'étendre le bazar au lieu de le trier. Mais avec la commode sortie du placard, elle n'avait plus rien pour ranger quelques vêtements désormais.

— C'était probablement pas la plus brillante des idées, hein ?

Mais en son for intérieur, elle savait qu'il n'y avait aucune raison pour qu'elle ne vende pas ces pièces appartenant à un ensemble très complet et cher.

— En parlant de ça, il manque un meuble, marmonna-t-elle pour elle-même. Il a indiqué que c'était une commode haute. Ou grande. Je crois que les deux se disent. Je dois garder l'œil ouvert.

Elle se plongea dans les boîtes de la chambre d'amis, triant ce qu'elle pouvait, sortant tout ce qu'elle ne souhaitait pas garder, et tout ce qui n'était pas un vêtement retourna dans le carton à emporter chez Wendy. Elle rit beaucoup en constatant qu'elle avait collecté plus de 180,000 dollars. Ensuite, elle rangea quatre caisses de vêtements et les mit de côté pour Wendy. Elle en avait deux autres pleines de babioles qu'elle avait choisi de ne pas conserver. Finalement, elle avait plus ou moins débarrassé le plancher de la chambre d'appoint.

Puis elle se rendit à son placard et y retira deux autres

poignées de cintres, qu'elle tria sur le lit de la chambre d'amis. Étant devenue une pro dans ce domaine, elle passa en revue de nouvelles poches, trouva davantage de monnaie et de petits billets et gloussa de ravissement en pensant à quel point c'était drôle, comparé à Nan qui trouvait des chocolats dans les meubles de sa propre grand-mère. Une idée probablement équivalente aux yeux de chaque gosse selon l'époque.

Gardant pour elle deux objets, elle en déposa quinze de plus dans la pile destinée à Wendy et réitéra l'opération encore et encore. Quand elle eut fini la première étagère, il était temps d'arrêter. Elle avait été tellement occupée à trier qu'elle ne s'embêta pas à compter l'argent. Son saladier paraissait plutôt bien rempli. Un si beau cadeau. Elle vérifia sa montre et pensa : « Je pourrais courir jusque chez Wendy maintenant. »

Prenant deux piles de vêtements à vendre sur des cintres, elle les apporta en bas et les déposa sur le dos des chaises Pot du salon, alla à sa voiture, ouvrit toutes les portières, disposa avec précaution les boîtes sur les sièges, puis réarrangea tous les vêtements suspendus sur le dessus. Quand elle eut terminé, elle pouvait sentir son énergie diminuer encore une fois. Mais elle pouvait humer la sauce spaghetti également. Elle retourna à l'intérieur, la mélangea et éteignit la cuisinière. Si personne n'était présent, hors de question qu'elle laisse ce feu du démon brûler tout seul. Elle craignait de ne plus avoir de maison en revenant.

Avec Mugs dans son sillage, elle enferma les deux autres animaux et se rendit chez Wendy.

— Te voilà ! lança-t-elle quand Doreen entra. Je m'attendais à avoir de tes nouvelles plus tôt.

— J'ai été un peu occupée, admit Doreen.

Chapitre 18

Mercredi, fin d'après-midi…

— PARDON, J'AI été *très* occupée, corrigea Doreen. J'ai apporté d'autres boîtes et d'autres vêtements, si tu les veux.

Wendy hocha la tête.

— Oui, mais je n'ai pas le temps de faire le tri maintenant. Ça a été la folie au magasin, ce qui est sans doute une bonne chose.

— Pour toi, oui, certainement, précisa Doreen.

— J'ai vendu plusieurs pièces depuis que tu nous as amené ta dernière cargaison. Cette fois, je vais te donner un portant à vêtements sur roulettes, annonça Wendy. Si tu peux transporter ça par la porte arrière, suspends tes affaires dessus et amène-les par ici.

Alors, elles le placèrent près de la porte de sortie, et Doreen y suspendit ce qu'elle avait sur ses cintres. Puis elle apporta les boîtes.

— Honnêtement, je ne sais pas quoi faire de ça. J'espère que ça te plaira.

Elle ouvrit la première d'entre elles et en sortit des bas en soie. Le visage de Wendy s'illumina. Puis elle sortit de la lingerie et des chemises de nuit légères, ainsi que quelques objets qu'elle n'avait même pas identifiés. Elle en tint un à bout de bras, et Wendy gloussa.

— C'est un ancien système de jarretières, expliqua-t-elle. Elles font leur retour. Je pourrai vendre tout ça facilement. C'est moins un problème de taille que de goût.

— J'imagine, oui, dit Doreen. Je suppose que c'est affreusement inconfortable.

— Ah, mais pour des occasions spéciales… indiqua Wendy avec un sourire coquin. Laisse les boîtes. Je ferai le tri, et je te tiendrai au courant au fur et à mesure.

— J'ai cru que tu m'appellerais samedi, lança Doreen.

— C'est ce que j'avais prévu, avoua Wendy en hochant la tête. Je m'excuse. J'ai juste été très occupée. J'ignore ce qui se passe, mais les affaires se sont très, très bien portées.

— Tu sais si mes articles se vendent ?

— Laisse-moi vérifier. (Elle sortit un gros livre de comptes et feuilleta jusqu'à la page concernant Doreen.) En fait, je te dois quatre cents dollars jusqu'à présent, que je te paierai au prochain trimestre.

— Sérieusement ? demanda Doreen, ahurie.

— Absolument. Tu m'as donné des centaines de pièces au moins. Je ne serais pas surprise si tu obtenais deux ou trois fois ce montant avant qu'on ait fini.

— Ça me paraît super, lâcha Doreen, absolument ravie.

En adressant un signe de la main, elle retourna à sa voiture. Puis elle parla à Mugs :

— N'est-ce pas fantastique ?

Wendy frappa à sa vitre. Doreen l'abaissa et questionna :

— Désolée, j'ai oublié quelque chose ?

— Non, répondit Wendy, pas du tout. Je voulais juste te rappeler qu'il se passera encore quelques moins avant que tu touches ton argent.

Doreen sourit et déclara :

— Je sais. C'est pourquoi je fais des missions de jardinage en attendant. J'ai travaillé pour Penny Jordan ces deux derniers jours, afin d'apprêter sa propriété en vue des photos de l'agence immobilière.

Wendy fixa Doreen.

— Elle vend sa maison ?

Doreen acquiesça.

— Je crois que c'est le trop-plein, après la mort de George.

— Elle a connu beaucoup de décès dans sa vie, souffla Wendy lentement. Je suis contente que George ait été bon pour elle, car elle a reçu une éducation plutôt éprouvante, d'après ce que j'ai entendu.

— J'ai eu vent de ça aussi. Apparemment, c'était une famille violente, et ensuite, un frère plus jeune est mort sous les coups de son père ou un truc comme ça.

— Penny et moi sommes allées à l'école ensemble.

Doreen sentit son estomac se tordre d'excitation.

— Sérieusement ? Je me suis souvent demandé… comment était Penny plus jeune. Ça a dû être très éprouvant de perdre son frère.

— Elle alternait entre colère, tristesse, encore plus de colère et encore plus de tristesse, expliqua Wendy d'un signe de tête décidé. Ça a été difficile pour tout le monde. Ensuite, quand Johnny a été porté disparu, eh bien…

— Je suis certaine que ça a été dur, compatit Doreen calmement. Et, bien sûr, depuis, elle a perdu George.

— Tout à fait, et il y a eu des on-dit sur ça aussi, raconta Wendy, son regard se posant directement sur celui de Doreen. Mais tu n'as rien entendu à ce sujet, n'est-ce pas ?

— Entendu quoi ? demanda Doreen pour se couvrir.

— Juste des propos selon lesquels, peut-être, elle aurait aidé George à mourir.

— Comme une euthanasie ? s'intéressa Doreen.

— Peut-être, bien que personne n'en ait vraiment beaucoup parlé. Mais Penny et George avaient mené des combats plutôt rudes durant ces années.

— Bien sûr, mais comme tout le monde semble le prétendre, George était bienveillant envers elle.

— Oui, confirma Wendy. Mais Penny a un *très* bon ami, un homme… Mais ça ressemble à un complot contre elle, et ce n'est pas ce que je veux dire. Je suis sûre que la police serait au courant si un détail fâcheux avait conduit à la mort de George.

Doreen hocha la tête.

— Je suis certaine que oui. Et puis, pour quelle raison valable aurait-elle voulu du mal à George ?

— Perdre Johnny a toujours été une grosse épine dans le pied de leur union, ne pas savoir ce qui est arrivé là-bas… Imagine que tu as un tel fardeau enfoui là, qui te ronge pendant que tu te demandes ce qui a pu se produire, les mêmes questions sans réponses faisant partie du quotidien de ton mariage. Ça n'a pas dû être facile.

— Non, acquiesça Doreen. J'imagine que ça n'a pas dû l'être.

Sur ce, Wendy ajouta :

— Je dois retourner au magasin. On se parle plus tard.

Et elle fit demi-tour pour rentrer.

Chapitre 19

Mercredi, tard dans l'après-midi…

DE RETOUR CHEZ elle, Doreen laissa Mugs à l'intérieur de la maison. Comme elle se tenait là, elle regarda autour d'elle et dit :

— Je sais qu'on en a débarrassé une tonne et que ce sol est, pour l'essentiel, libéré, mais honnêtement, c'est encore trop rempli à mon goût.

Et son regard se posa sur la poignée incrustée dans le parquet.

Elle retourna à la cuisine, sortit un couteau à beurre et revint pour essayer de nouveau de gratter pour la libérer. Ce qu'elle ne souhaitait pas, c'était endommager le bois ni finir par la briser non plus. Si c'était bien une poignée. Elle était à quatre pattes, avec l'intention de desserrer avec douceur la planche, quand Mack demanda :

— Qu'est-ce que vous trafiquez ?

Surprise, elle leva les yeux et le vit debout à l'embrasure de la porte, les sourcils froncés en la dévisageant. Il tenait un sac de courses. Elle désigna le sol et répondit :

— Est-ce que ça n'a pas l'air d'une poignée pour vous ?

Il baissa les yeux vers le parquet et lança :

— Attendez. (Il posa son cabas sur la table de la cuisine et revint. Il s'accroupit et reprit :) C'est vous qui l'avez gravée ?

Elle secoua la tête.

— Non. J'ai tenté de retirer toute la saleté autour. Mais on peut discerner le contour, là, déclara-t-elle en traçant ce qui ressemblait à une anse sur laquelle on pourrait tirer.

Il hocha la tête, sortit un couteau suisse et choisit une lame plate. Elle s'étonna :

— Quelle est la différence entre le mien et le vôtre ?

— Le tranchant de la pointe.

Doucement, il creusa avec son couteau dans le bois le long du contour de la poignée. On entendit un étrange son d'ouverture et, tout à coup, une trappe entière se souleva. Elle la fixa avec surprise.

— Waouh, lâcha-t-il, je ne m'attendais vraiment pas à ça.

— Moi non plus.

Ils reculèrent tous les deux, ne sachant pas à quel point l'ouverture serait importante. Il tira sur l'anse, et une grande partie du sol se souleva. Ça avait été si bien caché par le bois et les tapis que personne ne l'avait remarquée pendant un moment, se dit-elle. Elle baissa les yeux devant elle, sur le trou béant. C'était sombre et obscur, mais elle pouvait distinguer un sol en ciment.

— À quoi ça sert ?

— Pourquoi rien n'est jamais simple avec vous ? grommela-t-il.

— Hé ! J'ai découvert aujourd'hui que les gens prétendent que Penny a possiblement aidé George à mourir.

— J'ai vérifié et aucune autopsie n'a été pratiquée.

Elle détourna son regard vers lui.

— Quoi ? Pourquoi ?

— Parce qu'il n'y avait aucune raison pour cela. Il avait des problèmes cardiaques, expliqua-t-il calmement. (Il se baissa, alluma la torche de son téléphone et le fit pivoter dans l'espace vide.) Je croyais qu'il y avait un sous-sol dans cette maison.

— Oui, mais je pensais qu'il était par-là, répondit-elle en se tournant vers le mur le long duquel le vaisselier en pin de la salle à manger se trouvait.

Il observa dans cette direction, la regarda puis s'étonna :

— Pourquoi y aurait-il une porte menant au sous-sol là-bas ?

— Je ne sais pas, reconnut-elle, mais je ne peux pas bouger le buffet pour y accéder.

Il s'approcha et éloigna doucement le grand meuble du mur. Et sans surprise, avec presque le même travail de conception que le loquet au sol, apparut une autre porte.

Le buffet hors du chemin, il l'ouvrit et trouva un interrupteur plus bas. Il l'activa, mais la lumière qui éclairait ce nouvel espace n'allait pas jusqu'en dessous des planches du salon.

— Passons par ici d'abord, proposa-t-il.

Elle se joignit à lui. Mugs était déjà en train de renifler autour de la nouvelle ouverture. Elle espérait qu'il soit suffisant malin pour ne pas tomber. Elle l'appela à ses côtés et désigna l'escalier qui descendait jusqu'au sous-sol. Elle fit un pas en avant et dit :

— Je n'aurais pas deviné que ce trou dans le sol se trouvait là.

— Non, confirma-t-il en fronçant les sourcils. Et je n'ai aucune explication à fournir. Surtout sans escalier ici.

Devant elle, Mugs s'aventura vers le sous-sol, reniflant

tout le long de son trajet. Elle se tourna vers Mack et lança :

— Ça sent bien le renfermé.

Mais elle descendit malgré tout.

Une rampe longeait le mur, et le bois des marches semblait avoir bien vécu durant des années. Elle parcourut son chemin jusqu'en bas, puis négocia le virage avec précaution.

Elle laissa échapper un cri – de surprise ou de douleur, elle ne saurait même pas le préciser.

Mack était sur ses talons. Il pencha la tête pour voir ce qu'il y avait devant elle et se mit à rire.

— Vous pouvez considérer ça comme une autre mine d'or !

— Ou comme une décharge, corrigea-t-elle en soupirant.

Le sous-sol était complètement rempli de mobilier. Des couches empilées sur d'autres, des chaises sur des tables.

— Bon sang, comment je suis supposée commencer à trier tout ça ?

— Je suggère que vous preniez des photos et recontactiez ensuite votre gars, Scott.

— Je peux lui envoyer des clichés, confirma-t-elle en accord avec Mack, mais oui, après avoir trouvé la salle à manger, j'aurais dû essayer de l'emmener ici, mais j'avais pensé que vous et moi devions le faire en premier. L'expert de chez Christie's n'était pas censé forcer l'accès à mon sous-sol, si ? Tout ça est arrivé si vite que j'ai eu besoin d'un moment pour retrouver mon souffle.

— Vous avez désormais peut-être une bonne raison, annonça-t-il en pointant quelque chose dans le coin du fond.

Il alluma plusieurs lumières. Les murs, le plafond et le sol étaient tous en bois.

— Je suppose que c'est juste un débarras.

— C'était sûrement une vieille salle de jeux pour les enfants, suggéra-t-il. Mais au bout, il y a une commode, et elle me paraît vraiment familière.

Elle dirigea son regard vers ce que désignait la main de Mack et dit :

— C'est difficile à voir.

— Elle possède les mêmes dessins que l'ensemble de votre chambre à coucher.

— Vraiment ? Parce qu'il nous manque une commode haute !

— Eh bien, si une commode de cette taille correspond à la description, elle se trouve ici.

Il fit un pas devant elle et dégagea deux chaises du passage, afin de pouvoir se faufiler. Il mena le chemin jusqu'à ce qu'ils arrivent au fond. Pendant que Mack était presque assis sur le dessus d'une table, elle se faufila à côté de lui pour jeter un œil au meuble en question.

Elle poussa un cri de joie.

— C'est la même, hein ? Ça signifie que l'ensemble est complet. (Elle se tourna et le regarda, bouche bée.) Vous savez ce que ça veut dire ?

— Je présume que l'ensemble vaut beaucoup d'argent maintenant que toutes les parties ont été trouvées. Mais il reviendra. Et à ce moment-là, emmenez-le examiner cela.

— Il me demandera de le déplacer afin de pouvoir bien l'étudier.

— Ce n'est pas faux, reconnut Mack. Alors, le seul moyen d'y parvenir, c'est de remplir de nouveau votre salle à manger et votre salon.

Elle secoua la tête.

— Mais ce n'est pas aussi simple que ça. Comment ces meubles ont-ils été apportés ici ? Pas depuis le salon ou la salle à manger. Ni en passant par cette porte ou ces escaliers comme nous l'avons fait.

Il regarda le mur le plus proche du salon et lança :

— Un autre point intéressant est que je ne vois pas d'espace entre les planches. On se trouve sous la cuisine.

Elle se tourna en direction de la cuisine et questionna :

— Est-ce qu'il y a une porte, là-bas ?

Mack fit le chemin inverse vers les escaliers, et à leur gauche apparaissait une autre porte. Il déplaça du mobilier afin de pouvoir l'ouvrir et, comme il s'y attendait, de l'autre côté se trouvait un sol et des murs en ciment. Il alluma et annonça :

— C'est une ancienne chambre froide, comme une cave à légumes d'intérieur. Mais ça mène clairement sous le salon.

Et évidemment, il y avait un trou dans le plafond.

— Mais alors, pourquoi ont-ils créé une trappe dans le sol du salon, sans escalier ? demanda Doreen, confuse.

— Je ne sais pas, avoua Mack en haussant les épaules. (Il regarda autour de lui et continua :) Je vois des étagères de conserves, toutes sortes de vieilles pièces d'équipements par ici. On dirait que votre grand-mère a collectionné d'anciens accessoires de cuisine. Je crois que c'est une baratte à beurre, suggéra-t-il en désignant un grand support en bois.

Elle le regarda et soupira.

— Davantage de camelote, alors ?

— Tout ce qui se trouve ici est composé de métal ou de bois bas de gamme, pas comme les antiquités en bois véritable. Alors, c'est comme si la première partie du sous-sol était une salle sécurisée pour le bon mobilier et que celle-ci était pour tout le reste.

Il éclaira les rayonnages avec sa torche, s'attardant là où la lumière ne pouvait accéder et affirma :

— Sans aucun doute, un paquet de trucs intéressants provenant d'autres époques se trouvent ici.

— Et pourtant, vous ne voyez aucun classeur ou dossier rempli de papiers, n'est-ce pas ?

— Donnez-moi une minute, intima-t-il.

Il farfouilla quelques tablettes pendant qu'elle se tenait à l'écart et observait la pièce. Elle avait à peu près la même longueur que la maison, mais était plus étroite, peut-être quatre mètres, avec des étagères occupant tout un côté. À l'extrémité de l'une d'elles se trouvaient plusieurs gros objets indépendants, juste en dessous de l'endroit où la trappe du salon donnait. Elle ne comprenait toujours pas pourquoi cette ouverture sans escalier était entièrement charpentée et encastrée. De toute évidence, cela avait été conçu pour que quelqu'un puisse y laisser tomber des trucs ou s'y glisser, mais il n'y avait aucune échelle non plus.

Finalement, Mack recula et dit :

— Vous êtes enfin parvenue jusqu'à votre sous-sol.

Cela la fit rire.

— Oui ! Maintenant, tout ce qu'il me faut, c'est en apporter une partie là-haut. (Elle regarda quelques meubles et demanda :) Vous croyez que tout cela aurait pu passer par ces escaliers ?

— Il y a des chances, oui. Ce n'est pas étroit, et les pieds peuvent être séparés. (Il désigna plusieurs tables accumulées dans un coin.) Celles-ci n'ont pas les leurs, alors espérons qu'ils ne se trouvent pas loin.

Elle secoua la tête.

— On dirait qu'il y a genre huit tables, mais uniquement des plateaux posés les uns sur les autres. Comment vais-je réussir à me débarrasser de tout ça ?

— Je l'ignore, mais on va devoir faire un tri dans certains

de ces objets. Je peux effectuer quelques voyages immédiatement avec les plus gros, mais si ce sont des antiquités, on aura besoin de quelqu'un d'autre pour nous aider, car on ne pourra pas soulever certaines d'entre elles ni les faire passer dans les coins.

Elle était d'accord avec lui sur ce point.

— La porte en haut des marches n'est pas si large, cependant.

— En effet. (Il s'arrêta et lança :) Hé, il y a un autre escalier, là-bas, et il paraît plus large.

Elle regarda le fond de la pièce.

— Comment avez-vous réussi à le voir ?

— Je crois qu'il pourrait mener au garage. Ça aurait plus de sens si les meubles avaient été déchargés puis descendus par ici, plutôt que par le salon.

— Nan a dû commencer à tout entreposer ici, et une fois qu'il n'a plus resté plus de place, elle a entamé le garage. (Doreen leva les deux mains de frustration.) C'est tout simplement dingue ! À quel moment s'est-elle arrêtée ?

— Quand il ne restait plus de place, visiblement, lâcha Mack en riant.

Elle branla du chef.

— Je peux prendre quelques photos de certaines pièces facilement accessibles et les envoyer à Scott, mais j'ai surtout besoin de clichés de cette commode en particulier. Une chance qu'on réussisse à voir si les tiroirs sont pleins ou vides ?

Mack parcourut une nouvelle fois le chemin en sens inverse en se trémoussant pour atteindre ce coin. Il se pencha dans un angle et tira le tiroir du haut.

— Il y a des trucs dans celui-là, annonça-t-il. (Il en ouvrit deux autres.) Ils contiennent tous des vêtements d'après ce que je vois, mais je ne sais pas ce qu'il y a dans celui du haut.

Il parvint à l'atteindre et en sortit un mince dossier.

— Pitié, faites que ce soit les papiers avec les provenances ! s'exclama-t-elle.

— Peut-être, mais bon sang, pourquoi ça se trouverait ici, là où personne ne peut l'atteindre ? Donnez-moi votre téléphone. Que je prenne des photos de la commode.

Il lui tendit la pochette tout en acceptant son portable en échange.

Elle feuilleta la paperasse, luttant pour comprendre le mélange de vieilles factures, de documents d'assurance et de lettres. Même si les reçus qu'elles recherchaient s'y trouvaient, ils ne seraient pas faciles à dénicher dans ce bazar désordonné. Et il semblerait qu'il en manque, d'ailleurs. Si tant est que l'un d'eux y soit…

Mack prit plusieurs photos de la commode haute puis, depuis son poste d'observation, de l'intégralité de la pièce. Après cela, il retourna à la chambre froide et photographia un tas d'objets. Quand il revint, il rendit le téléphone à Doreen et suggéra :

— Vous devriez peut-être faire pareil avec les marques de fabricants à l'intérieur des chaises et du grand buffet, là-bas.

Elle s'exécuta, se souvenant de ce que Scott avait indiqué à propos de l'importance des clichés.

— Il faut qu'on remonte, et je verrouillerai cette trappe avant que l'un de vos animaux ne tombe dedans, lança Mack avant de procéder à la fermeture de la chambre froide puis d'ouvrir la voie vers le haut de l'escalier. C'est vraiment intéressant qu'ils aient fait ça, dit-il pensivement. Je me demande si l'autre pièce est scellée. D'une façon ou d'une autre, le bois s'est déformé, ou un truc du genre, et la porte était coincée, alors ils ont créé une ouverture ici.

— Je n'en ai aucune idée, reconnut Doreen. Ça m'évoque la Seconde Guerre mondiale, quand ils cachaient les Juifs des nazis, mais on est à Kelowna, au Canada. On n'a rien vécu de tout ça.

— Non, mais des bribes de l'histoire locale racontent comment les choses ici étaient assez difficiles avec les Japonais. Alors, qui sait ? On pourrait effectuer des recherches sur le passé de la propriété. Je propose que vous demandiez à Nan.

— Peut-être, répondit Doreen, mais pour le moment, je vais laisser ça de côté. J'ai pas mal de choses à régler, et je galère déjà à obtenir des réponses claires de sa part. (Face au regard curieux de Mack, elle expliqua :) Du Nan tout craché, des réponses évasives. Et puis, je ne veux pas lui fournir trop de motifs de digression.

Après avoir dit ça, elle traversa le salon puis la cuisine et alla directement là où se trouvait la porte de garage. Mack la suivit. Elle l'ouvrit et pointa du doigt le garage surchargé.

— Vous croyez vraiment qu'il y a un point d'accès là-dedans ?

— Oui, confirma-t-il en faisant un pas en avant. Les grandes doubles portes sont bien là. (Il désigna l'endroit où elles étaient moulées contre le mur.) C'est une modification sur-mesure. Et ça explique pourquoi votre garage semble plus petit de l'intérieur.

— Intéressant, souffla-t-elle. Nous verrons où ça nous mènera, mais il n'y a aucun moyen que nous sortions tout ce mobilier du sous-sol sans aller dans cette direction et, pour ça, il nous faut vider le garage.

Il ferma la porte intérieure lentement et déclara fermement :

— Et on laisse ça pour ce week-end. On ira voir des vide-greniers, on regardera comment ça se passe et ensuite, on rentrera. On ouvrira cette grande double porte, et on entamera le tri. S'il y a vraiment des choses à jeter dans le garage, alors peut-être que nous louerons une benne à ordures.

Elle l'observa tout simplement et questionna :

— Vous savez combien ça coûte ?

— Vous savez combien ça coûterait si vous n'aviez pas cette commode haute comprise dans votre ensemble ? rétorqua-t-il.

— Non, mais Scott a besoin de le voir de ses propres yeux avant de pouvoir le déterminer. (Elle fronça les sourcils.) Vous croyez qu'on pourra le manœuvrer dans les escaliers ?

— Je n'en suis pas sûr, on pourrait l'abîmer en faisant ça.

— Mais il se trouve au fin fond du sous-sol, se plaignit-elle. Ça va être une épreuve de le sortir de là.

— On n'en sait rien. Alors, premièrement, allons chercher de quoi manger. Ensuite, on s'en inquiétera.

Juste quand elle reprit la direction de la cuisine, son téléphone sonna. Elle répondit distraitement.

— Salut, Nan.

— Salut ! Jette un nouveau coup d'œil à George.

— George ? Pourquoi devrais-je jeter un œil à George ? Il est mort !

— Des rumeurs prétendent qu'il a tué un membre de la famille de Penny.

Et là-dessus, Nan raccrocha.

Chapitre 20

D OREEN POSA SON téléphone sur la table de la cuisine.

— C'était qui ? demanda Mack.

— Nan vient de m'apprendre que des rumeurs prétendent que George aurait tué un membre de la famille de Penny. Nous savons que son père et son frère sont morts. Son frère, de la maltraitance de son père... Ne reste plus que son père, que peut-être George a tué ?

— Non pas que j'accorde du crédit à des rumeurs... (Mack plissa le front.) Mais je pourrais jeter un œil dans les rapports de police. Bien que, justement parce que Nan a indiqué que ce sont des ragots, ça ne signifie rien.

— Tout à fait, confirma Doreen. J'entends bien. En même temps, ce pourrait être quelque chose d'important. Comme... peut-être que George a tué le frère, par accident ou à dessein ?

— Quelle différence ça ferait maintenant ? lança Mack en soupirant. George est mort. On peut difficilement le poursuivre en justice. Et même si son père était accusé d'un crime qu'il n'avait peut-être pas commis et qu'il a pourtant purgé sa peine, lui aussi est mort. Alors, aucune punition ne pourrait être infligée même si c'était jugé nécessaire.

— Le père de Penny était violent, admit Doreen. Alors, je ne crois pas que ça change grand-chose. (Elle haussa les épaules puis sourit.) Mais cela ferait la différence si on pouvait avoir à manger.

Il s'esclaffa et annonça :

— C'est presque prêt. Je vais hacher les légumes-feuilles.

— Super ! Ça veut dire qu'on passe à table dans quelques minutes. Je meurs de faim.

Mais elle devait le reconnaître, son esprit était complètement submergé au moment où ils s'assirent.

— Hormis la faim, s'enquit-il calmement, vous allez bien ?

Elle le regarda, pensive.

— J'ai l'impression d'avoir besoin de vacances, annonça-t-elle.

Il rit.

— Et pourquoi pas quelques jours de repos ? Ça pourrait suffire.

Elle hocha la tête.

— Depuis que je suis arrivée ici, ça ne fait que continuer et continuer sans jamais s'arrêter. Une chose après l'autre.

— Et la faute de qui ? taquina Mack en la pointant du doigt. Ralentissez et restez loin des problèmes. Ce n'est pas si simple en ce moment pour vous.

— Je sais. Je sens juste que quelque chose ne va pas.

— À quel sujet ? interrogea-t-il, exaspéré.

— Penny, soupira-t-elle. Cela me met encore plus de pression.

— De quoi parlez-vous ?

Elle marcha jusqu'à l'endroit où elle avait posé le journal et le rapporta. Mack le regarda et demanda :

— Qu'est-ce que c'est ?

— Ça ne veut probablement rien dire, mais je pensais… et je suppose que c'est désormais une option… et si George avait *tué* quelqu'un ? Et peut-être… peut-être que Penny n'avait rien à voir avec sa mort. Peut-être qu'il s'est suicidé.

Mack referma le carnet d'un coup sec et gronda :

— Stop. Votre esprit est submergé. Tout est de trop, et vous faites toute une histoire de pas grand-chose. George n'est plus là, que ce soit de sa main ou de celle d'une autre personne. Évidemment, ça m'intéresse si on l'a aidé, mais on ne peut pas se préoccuper d'un suicide. Il était mourant. Déjà, il savait qu'il souffrait de problèmes cardiaques. Pendant des décennies, il a été éperdu de douleur pour son frère disparu et, pour ce que vous en savez, les relations n'étaient pas formidables au sein de son mariage. Peut-être qu'un événement a été la goutte d'eau qui a fait déborder le vase. Mais à quel point pouvez-vous contrôler toute cette histoire ou avez-vous même le droit de vous en préoccuper ?

Elle savait qu'il avait raison, mais c'était encore difficile de laisser couler.

Chapitre 21

Jeudi matin…

EN SE REVEILLANT le matin suivant, Doreen se retourna dans le lit et poussa un grognement. Elle n'arrivait pas à se souvenir de la dernière fois où son corps l'avait autant fait souffrir. Dans les tréfonds de son esprit, elle se rappelait avoir lu quelque chose à propos du fait que le second jour après un effort était le pire, et aujourd'hui, c'était le surlendemain de l'éprouvant mardi qu'elle avait vécu. Mais elle avait également travaillé dur le mercredi, donc ça n'augurait rien de bon pour vendredi non plus. Cependant, une douche chaude devrait aider.

Elle chancela sur ses pieds, tressaillant de douleur, et réfléchit à éventuellement prendre un bain plutôt qu'une douche. Mais cela prendrait du temps et elle n'avait pas envie de macérer. Elle désirait vraiment du café et n'avait aucune idée de ce qu'il fallait entreprendre avec le sous-sol. L'heure était venue d'avoir une sérieuse discussion avec Nan.

Doreen opta pour rester sous l'eau chaude de la douche pendant dix bonnes minutes, laissant la chaleur tomber à torrents sur ses épaules douloureuses. Elle se lava les cheveux, les rinça puis, après les avoir séchés, les noua en tresse.

Se sentant un peu mieux, elle s'habilla, tout en détestant le fait que sa chambre soit encore en désordre. Elle consacrerait quelques heures à ce satané placard et trouverait ensuite un moyen de récupérer une autre commode parmi tout le mobilier du garage ou du sous-sol, afin qu'elle ait un endroit où ranger ses vêtements. C'était ridicule, avec tous les meubles coûteux qu'elle venait de déloger de chez elle, de se rendre compte qu'elle en avait maintenant besoin pour stocker des affaires dans sa chambre. Il y avait bien les étagères qu'elle avait vidées. Elle leur jeta un coup d'œil, se demandant si elle devait les remettre dans le placard et peut-être s'en servir pour y ranger ses vêtements pliés ou au moins ses chaussures.

Habillée, avec ses animaux ayant l'air tout aussi affreux qu'elle, en tout cas en ce qui concernait Goliath et Mugs, elle se rendit au rez-de-chaussée. Elle y trouva Thaddeus, juché sur sa perche spéciale dans le salon, ronflant presque, paraissant profondément endormi.

— Nous avons tous besoin de vacances, annonça-t-elle.

Elle marcha jusqu'à la cuisine, fit couler le café du matin et regarda dehors, vers le jardin. Une fine brume couvrait le ciel et le sol paraissait trempé. Elle grogna.

— Nous sommes jeudi aujourd'hui, et je dois travailler dans le jardin de la mère de Mack demain. J'espère vraiment que cette pluie aura cessé d'ici là, souffla-t-elle. Et *le mien* ne sera jamais terminé.

En l'observant en ce moment même, après tout le travail qu'elle avait réalisé dans le petit parterre de Penny, elle se rendit compte du temps qu'elle allait devoir patienter avant de voir son énorme jardin finalisé.

Assise avec sa première tasse, presque fatiguée à l'idée de préparer le petit-déjeuner, le dossier de papiers que Mack avait trouvé posé à ses côtés en attendant l'instant où elle aurait l'énergie de l'ouvrir, son téléphone sonna. Elle baissa les yeux et sourit. C'était Nan.

— J'ai du cake à la courgette tout frais et des muffins au son, annonça Nan d'une voix sémillante. Si tu n'as pas encore petit-déjeuné, descends ici, sinon, si tu veux attendre un petit peu, on pourra patienter jusqu'à l'heure du thé.

— Je suis encore en train de boire ma première tasse de café, admit Doreen. J'ai dormi comme un loir, mais je n'ai pas envie de bouger pour le moment.

— Oh, ma chérie, tu es toujours courbaturée ?

— J'ai encore travaillé dur hier matin, expliqua Doreen. Alors, la réponse est oui, je suis encore courbaturée.

— Trop pour venir prendre un muffin au son tout frais recouvert d'un peu de beurre, peut-être, et de miel ? la titilla Nan pour l'amadouer.

Doreen rit.

— Le fait que ça signifie que je doive sortir de la maison me paraît déjà trop compliqué, confirma-t-elle, mais je n'ai pas mangé et l'idée des muffins au son tout frais semble divine. Tout comme le cake à la courgette.

— Il fait un temps tout moche dehors. Si tu veux conduire cette fois, je comprendrai.

Doreen dut s'arrêter et penser à la différence que ça impliquerait pour elle, et ensuite, bien sûr, l'évidence la frappa. En prenant le volant, elle n'emmènerait normalement pas Goliath et Thaddeus avec elle, mais si elle se contentait d'aller chez Nan, elle pourrait y consentir. Cependant, marcher pourrait la réveiller.

— Si on se dépêche, la marche ne devrait pas être insurmontable.

— Parfait, finis ton café, ma chérie, bien que tu puisses

avoir du thé ici. Je n'ai pas de café.

— Il me faut mon café, avoua Doreen. Et… eh bien, il faut que je te parle.

— Oh ! ça me paraît sérieux. Cela a-t-il à voir avec Penny ?

— Seulement si tu as des informations sur sa famille, quand elle était jeune. Je ne peux effectuer aucune recherche si je n'ai pas de noms ni une période en particulier.

— Alors, je t'en donnerai quelques-unes. Et peu de gens connaissent les détails à propos de son frère, rien que des secrets chuchotés racontant que son père l'a tué en le maltraitant. Je ne sais pas s'il est mort sur le coup ou s'il a été dans le coma pendant quelques années avant de mourir.

— Son père est allé en prison pour ça ?

— Oui. Donc, dans ce cas, tu devrais en apprendre plus par Mack.

Elle ne prit pas la peine de préciser que c'était une information probablement rendue publique et qu'elle pourrait la trouver elle-même.

— J'ai besoin d'avoir un indice sur les années concernées, cependant, insista Doreen. Une idée de quand c'était ?

— Je réfléchirai à demander à Maisie, et je verrai si quelqu'un d'autre par ici est au courant. Si tu viens bientôt, pendant que je t'attendrai, je pourrai mener mon enquête dans la salle de repas.

— J'ai fini mon premier café, dit Doreen en regardant la petite cafetière qu'elle avait préparée et en décidant de s'en verser une seconde tasse. J'ai ajouté une cuillère de lait à mon second café, alors il va refroidir plus vite, mais je ne suis vraiment pas motivée à me dépêcher de le terminer. Je ne bouge pas vite du tout.

— Oh ! ma chérie, c'est pour ça que tu devrais venir,

amadoua Nan.

— J'arrive. Je serai là d'ici quinze à vingt minutes, Nan.

Elle raccrocha et nourrit les animaux, se rendant compte qu'elle ne l'avait pas encore fait, et, pendant qu'ils mangeaient, elle but son café.

Quand tout le monde fut prêt, elle se saisit d'un coupe-vent léger qui pourrait la protéger de la pluie brumeuse et appela les animaux. Elle descendit le ruisseau et emprunta le virage jusqu'à Rosemoor. Nan était assise dehors sous une couverture pour se maintenir au sec. Doreen et les animaux sautèrent sur les pierres de gué. Comme elle arrivait au patio de sa grand-mère, elle déclara :

— Je vois que ces pierres sont encore là. Personne ne t'a causé de soucis à cause d'elles ?

— Si, beaucoup de monde, répondit Nan d'un air suffisant. Mais j'ai de très solides arguments pour les garder.

Elle n'en dirait pas plus, alors Doreen haussa les épaules et tira une petite chaise.

— Je suis contente d'avoir pris un pull. Il fait assez froid aujourd'hui avec la pluie.

— Je sais, lança Nan. (Elle s'éclipsa à l'intérieur et revint avec une théière de thé frais qu'elle posa.) Maintenant, les muffins. La seconde fournée vient de sortir, alors ils sont encore chauds. (Elle plaça sur la petite table les gâteaux frais, le beurre, le miel et la confiture.) Et voici le cake à la courgette.

Doreen inhala les arômes en souriant.

— J'adore les muffins, lâcha-t-elle. Le pain à la courgette a l'air génial aussi.

— Tout le monde ici te le confirmera, nous avons besoin de muffins au son.

Doreen ne comprit pas pendant un moment, puis se mit

à rire.

— Je suppose que les fibres sont tes meilleures amies ces temps-ci, hein ?

— Absolument, dit Nan en riant. On est supposés en manger tant de grammes par jour ! C'est à se demander s'il reste de la place pour n'importe quoi d'autre ayant un goût décent.

Sur ces paroles, elle s'assit et versa le thé pour elles deux. Elle incita Doreen à prendre un gâteau et à le beurrer.

— Tu sais qu'ils sont meilleurs quand ils sortent du four.

Doreen, obéissante, en prit un, le coupa en deux et en beurra chaque côté. Mugs, encouragé par l'odeur émanant de la table, se redressa sur ses pattes arrière et renifla la table. Nan rit, ravie, mais Doreen n'était pas impressionnée.

— Mugs, assis, tu sais supplier mieux que quiconque, et tu n'es certainement pas autorisé à sauter comme ça.

Mugs retomba au sol et la regarda simplement tristement.

Elle secoua la tête.

— Et maintenant, je ne peux pas t'en donner un morceau à cause de ça, le sermonna-t-elle.

Elle leva les yeux sur le muffin de son assiette et mâcha avec précaution, mais se demanda immédiatement pourquoi Mugs ne persistait pas dans ses supplications. Elle regarda sous la table et vit Nan le nourrir.

— Nan, tu ne peux pas lui donner à manger alors que je viens de le gronder pour avoir supplié ! protesta-t-elle.

— Ah, répondit Nan, la vie est trop courte pour toutes ces règles. Même Mugs a besoin d'un peu de liberté, tu sais ? Il a connu un mois assez stressant depuis que tu es ici.

— Waouh, réagit Doreen. Ça fait plus d'un mois maintenant, c'est ça ? (Elle pencha la tête.) C'est une vie bien différente.

— Tu regrettes d'être venue ? demanda Nan, soudain sérieuse, son regard perçant étudiant le visage de Doreen.

Celle-ci secoua la tête.

— Non, contesta-t-elle vigoureusement. Aucunement. C'est autre un mode de vie, mais il me paraît encore plus réel à mes yeux.

— Il l'est définitivement, confirma Nan. Penses-y. C'est une vraie vie. C'est la tienne. Et je pense qu'elle est bonne pour toi. Tu obtiens une quantité phénoménale de satisfaction de ton jardinage et de ton travail autour des affaires classées, en plus de réaliser quelque chose de bien pour la communauté avec ces deux activités.

— Ce dont je ne me serais jamais crue capable, avoua Doreen. J'ai toujours été douée en puzzles, mais je n'ai jamais vraiment appliqué cette faculté dans un autre contexte.

— Si tu étais restée là où tu étais, tu n'aurais pas du tout eu cette opportunité.

— Non, c'est on ne peut plus vrai. (Elle engloutit le premier muffin avant même de se rendre compte qu'il n'était plus là. Nan rit et poussa l'assiette plus proche d'elle.) J'aime vraiment te voir manger. Alors, mange, mange ! Tu devrais en prendre encore deux au moins.

— Un seul de plus, protesta Doreen. Deux seraient de trop.

— Alors, tu les prendras pour chez toi. As-tu dîné hier soir au moins ? Tu étais si exténuée, j'étais inquiète.

Doreen hocha la tête.

— J'étais assez fatiguée, confirma-t-elle. Beaucoup d'efforts physiques pendant plusieurs jours d'affilée.

— Ainsi que beaucoup d'excitation, entre les antiquités et toutes ces affaires…

— En parlant des antiquités, je n'ai toujours pas trouvé les reçus prouvant leur origine, alors que ça aiderait très certainement, mais je suis parvenue à atteindre le sous-sol.

— Oh, c'est vrai ? Bien, la félicita Nan, ravie. C'est un tel bazar là-dessous.

— Clairement. Quelle est la meilleure façon de sortir le mobilier de là ?

— La double porte du garage s'ouvre. Je ne sais même pas quand elle a été installée. Cette maison a tellement de trous.

— Oui, j'ai remarqué, lança Doreen. Une fois le tapis déplacé, j'ai trouvé la trappe d'entrée dans le sol du salon.

Nan dévisagea Doreen, déroutée.

— Une trappe dans le salon ?

Doreen posa lentement le muffin qu'elle avait en main et rétorqua :

— Tu n'étais pas au courant de ça ?

Nan secoua la tête.

— Je ne crois pas l'avoir déjà vue. Pourquoi se trouve-t-elle là ?

— Elle donne sur la cave du sous-sol. Très étrange, cependant.

— Waouh, réagit Nan. Je l'ignorais. Pour descendre le mobilier au sous-sol, j'avais ouvert la double porte du garage. Le truc, c'est que je manquais de place. Alors, on l'a empilé du mieux qu'on a pu jusqu'à ce que ce soit plein, puis j'ai commencé à remplir le garage.

— Je pensais qu'il y avait principalement des bricoles dans ce garage, avoua Doreen.

— Pour la plupart, oui. J'ai acheté une parcelle sans la voir, et j'ai découvert que j'avais été menée en bateau puisque tout était bon à jeter. J'ai toujours essayé de m'en débarrasser, mais n'y suis jamais parvenue.

— Et les antiquités dans le sous-sol, quelle valeur ont-elles ?

— Pas aussi importante que l'ensemble qui part aux enchères. Mais elles sont en bon état et valent des dizaines de milliers de dollars.

— Je ne sais pas quelles pièces ont de la valeur et lesquelles ne sont que des imitations bon marché.

— Eh bien, si j'ai mon mot à dire dans tout ça, aucune n'en est. Mais, bien sûr, comme j'ai indiqué, certaines n'étaient pas ce qu'elles étaient supposées être.

— Et qu'en est-il des petits objets posés sur le manteau de la cheminée, comme la boule à neige et les vases ?

— Beaucoup de ces objets m'ont coûté un bon penny, admit Nan. Mais je n'ai aucune idée de ce qui a de la valeur maintenant. (Elle fit un geste de la main et ajouta :) C'est ennuyeux. Bon, maintenant, apprends-m'en plus au sujet de Penny.

— Tu étais censée vérifier auprès de tes amis, alors à toi de me raconter ce que tu sais sur elle, corrigea Doreen d'un ton sec.

— Nous parlions de plantes dangereuses, une fois, relata Nan. Peut-être plus d'une fois. Penny m'a interrogée sur celles qui pourraient affecter le cœur.

— Et bien sûr, George est supposé être mort d'une crise cardiaque.

— Exact. Alors, comment prouver que Penny a tué George ?

— Ce n'est peut-être pas quelque chose qu'on peut démontrer. Et sans doute que ce n'est pas de notre ressort d'essayer. Nous n'avons pas la certitude qu'elle l'a assassiné.

Nan rit et rétorqua :

— Ni du contraire non plus. (Elle prit un muffin et le posa dans son assiette.) Le nom de son père était Randy Foster. Son frère, Anthony.

— Et ? interrogea Doreen en regarda attentivement Nan. Comment tu sais ça ?

Il était vrai que Doreen avait déjà trouvé cette information lors de sa recherche sur Internet. Mais elle se demandait comment sa grand-mère était au courant.

Nan jeta un œil alentour, comme pour s'assurer que personne n'écoutait, et ajouta :

— Bridgeman Solomon était un journaliste. Il est ici avec nous. Il se souvient très bien de cette affaire.

Chapitre 22

Jeudi, en milieu de matinée…

DOREEN REGARDA FIXEMENT Nan.

— Une chance que je puisse m'adresser à lui ? demanda-t-elle avec précaution.

Les cheveux gris, fins et clairsemés de Nan flottaient dans l'air comme elle secouait rapidement la tête.

— Oh, je ne crois pas ! Il est presque parti.

— Que veux-tu dire par « presque parti » ?

Les yeux de Nan s'agrandirent.

— Mort, mourant, six pieds sous terre, peu importe comment tu appelles ça. Il n'est plus tout jeune, tu sais.

— Quel âge a-t-il exactement ?

— Quatre-vingt-douze ans. Il a peu de chances de voir le week-end prochain, selon les rumeurs.

Doreen poussa un grognement.

— Y a-t-il autre chose que des ragots dans cet endroit ?

— Beaucoup de sexe et de paris, répondit Nan avec un sourire, contente d'elle. (Elle se leva et ajouta :) J'avais presque oublié. (Elle retourna à l'intérieur et revint en tendant quelque chose à Doreen, enfin en lui mettant directement dans la main, plutôt.) Ne regarde pas avant d'être rentrée chez toi, intima-t-elle.

Doreen soupira.

— Essaies-tu de me donner encore de l'argent ?

— Glisse-le dans ta poche, ordonna Nan d'un ton légèrement dur. C'est important.

Obéissante, Doreen s'exécuta.

— Alors, s'il est mourant, c'est d'autant plus important que je m'entretienne avec lui.

— Je le lui ai proposé, mais il a été emmené en dehors de l'hospice. Il n'y a pas beaucoup de place dans les autres maisons de retraite de la ville, alors on en a trouvé une ici, expliqua-t-elle en fronçant les sourcils et en regardant autour d'elle. Tu pensais qu'ils le laisseraient simplement dans son lit ?

— D'accord, alors il a déménagé dans un autre endroit. Pourquoi ne puis-je pas lui parler ?

— Je crois que seuls la famille et les amis y sont autorisés maintenant, lança Nan d'une voix sombre. C'est tout ce qu'ils nous accordent pour nos derniers jours.

— Même si ce sont les dernières semaines ?

Doreen n'avait absolument aucune expérience avec la mort ou le fait de mourir, en dehors du fait de péricliter de l'intérieur face à la trahison de son mari puis de son propre avocat chargé du divorce. C'est dans *ce* domaine qu'elle a désormais le plus d'expérience.

Nan secoua la tête.

— Je ne crois pas. Je pourrais demander, mais je ne pense pas que ce soit permis.

— Tu peux lui envoyer un message ? supplia Doreen avec espoir. Je veux juste l'interroger à propos de cette histoire. Peut-être même qu'il possède un dossier, ajouta-t-elle gaiement.

Nan fronça les sourcils, orienta son téléphone vers elle et tapa un SMS. Doreen était abasourdie par la rapidité avec laquelle les doigts de sa grand-mère remuaient sur l'écran.

— Nan, tu es une vraie pro ! lâcha-t-elle.

— Je le suis ! confirma Nan avec une grande satisfaction. Bien sûr, m'occuper des paris en ligne a beaucoup aidé. Je dois souvent me servir de mon portable pour ça.

Doreen grimaça.

— Je ne parlais pas de faire des paris ou jouer à la bookmaker.

— Ce n'est pas moi. Il n'y a absolument aucune connexion de ma part sur ce compte.

Doreen fixa Nan et secoua la tête.

— Tu ne penses pas ce que tu dis, hein ? demanda-t-elle lentement.

— Que me feront-ils s'ils m'attrapent ? lança Nan avec un large sourire malin. C'était vraiment marrant d'aller dans une cellule de prison, et ce ne serait pas une mauvaise idée de se retrouver sous les verrous pendant un jour ou deux. Ce serait encore plus drôle.

— De quoi parles-tu ? demanda Doreen en se penchant en avant. Ce serait horrible !

— Seulement pour toi, rétorqua Nan en regardant sa petite-fille. Ça, c'est parce que tu n'es pas encore prête à expérimenter la vie.

La mâchoire de Doreen en tomba.

— Alors, être sous les verrous, c'est expérimenter la vie ? Comment cela pourrait-il être possible ?

— Tu comprendras quand tu seras plus âgée, éluda Nan. (Elle posa son téléphone sur la table, leva la théière et leur versa une nouvelle tasse.) Je lui ai envoyé un message. On verra s'il me répond. Il est peut-être en train de dormir. Ils administrent beaucoup de médicaments, tu sais ? Alors, en gros, tout le monde se retrouve hébété jusqu'à la fin.

— Je ne crois pas que tu devrais parler de façon si irrévérencieuse de la mort, dit calmement Doreen.

Surprise, Nan la regarda puis éclata de rire.

— Oh, ma chérie, si moi je ne peux pas le faire, qui d'autre alors ? Je suis aux portes de la mort. Que ce soit aujourd'hui, la semaine prochaine ou dans dix ans, tu sais que ça arrivera.

Doreen pouvait sentir les larmes perler au coin de ses yeux. Elle les essuya, tentant de les cacher à Nan.

Mais elle les aperçut.

— Oh ! ma chérie, je t'en prie, ne sois pas triste quand je partirai.

Doreen hoqueta à moitié.

— Comment ne pas l'être ? s'insurgea-t-elle. Tu sais combien je t'aime, Nan. S'il te plaît, ne meurs pas avant longtemps.

— Non, je pense que je serai encore dans les parages au moins dix ans pour te tourmenter. De plus, il me faudra probablement tout ce temps pour récupérer l'argent que des idiots de parieurs ont mal misé.

— Tu pourrais les laisser tranquilles, suggéra Doreen. Imagine le stress s'ils te doivent une grosse somme.

— On a essayé de jouer avec des cure-dents, expliqua Nan, mais tout le monde s'est mis à en voler dans la cuisine. Alors, on est passé aux centimes. Mais ce n'était pas très satisfaisant. C'est pourquoi on est revenu au véritable argent.

— Mais les centimes sont de l'argent, se força à préciser Doreen.

— Mais ce n'est pas pratique, contredit Nan. Quand tu te déplaces avec des paniers de centimes, c'est lourd. Aucun de nous ne voulait les apporter à la banque pour les convertir, alors nous étions constamment en train de gérer notre propre caisse, à échanger les billets des joueurs contre des centimes pour qu'ils puissent miser de nouveau.

Tout ce qu'elle racontait l'était d'un ton si sensé que Doreen ne pouvait que la fixer du regard. Lorsque le téléphone de Nan bipa, elles se penchèrent toutes les deux pour voir le message. Mais Doreen le voyait à l'envers, et elle dut attendre que Nan l'ait lu.

— Il est réveillé, annonça-t-elle, mais ses proches sont là. Ainsi que son avocat.

Doreen roula des yeux.

— Super ! Il ne me laissera jamais entrer.

— Je t'avais prévenue. Ils nous gardent enfermés.

— Je voulais juste en savoir plus sur la famille de Penny. Est-ce qu'il possède encore ses dossiers ?

Les doigts de Nan étaient occupés à pianoter sur le pavé numérique pour envoyer un autre SMS. Elle finit par obtenir une autre réponse pendant que Doreen buvait une gorgée de son thé.

— Il dit que oui. Il essaiera de te les transmettre.

— Vraiment ? Il ferait ça ?

Nan leva son téléphone et l'agita.

— C'est ce qu'il affirme. Mais n'oublie pas, il est mourant. Il ne passera peut-être pas la nuit.

Doreen se sentit mal de ne penser qu'au dossier, alors que ce pauvre homme était à l'aube de son dernier souffle.

— Waouh… lâcha-t-elle. Maintenant, je ne suis pas bien fière de moi. Me voilà davantage préoccupée par les informations qu'il emportera dans la tombe que par le fait qu'il va bientôt s'y retrouver, dans la tombe.

— Bien, lança Nan. C'est un juste équilibre, surtout par

ici. On blague sur la mort en tant qu'événement banal, mais c'est vraiment un moyen pour les gens de relâcher l'incertitude et la peur concernant cet endroit où nous irons tous.

— Compréhensible, reconnut Doreen. J'ai remarqué deux églises pas loin. Beaucoup de résidents s'y rendent ?

Nan hocha la tête.

— Absolument. Plusieurs y vont pour ensuite se rendre au café. C'est un peu comme la sortie du dimanche. Tout le monde l'attend.

— Même toi ?

— J'ai testé la plupart des églises, déclara-t-elle sur le ton de la conversation. Je n'ai simplement pas trouvé celle qui correspond.

Doreen savait qu'elle devrait changer de sujet, mais elle ne pouvait s'en empêcher.

— Qui correspond à quoi ?

— À moi ! répondit Nan joyeusement. C'est comme les vêtements. Tu ne peux pas porter n'importe quelle religion. Il faut choisir celle qui reflète ton âme. Elle doit aussi convenir à l'extérieur, mais elle doit vraiment t'aider à te sentir bien à l'intérieur.

Le téléphone de Nan se remit à sonner. Doreen se recula dans son siège et réfléchit aux commentaires de sa grand-mère sur les églises, car elles délivraient d'excellents mots de sagesse. Elle n'avait simplement jamais eu cette conversation avec elle auparavant. Cette dernière leva les yeux et annonça :

— Il essaiera de les envoyer par le biais de son neveu. Il ne veut pas que l'avocat soit au courant de leur existence, car sinon il s'assurera qu'ils fassent partie de la succession. Mais s'il les transmet avant sa mort, l'avocat ne pourra plus rien faire.

— Ce serait génial. Il sait où les envoyer ou dois-je aller les récupérer ?

Nan marmonna pour elle-même et lui envoya un autre SMS. Puis elle leva les yeux et suggéra :

— Tu sais quoi ? Si je l'avais simplement appelé, ça aurait été bien plus vite.

— C'est sûr, mais pouvait-il converser au téléphone ? demanda Doreen. Ou bien la famille entière aurait-elle été agacée d'entendre ça ?

— C'est pas faux, reconnut Nan. Tellement de gens ne sont que de purs fouineurs !

— Beaucoup me prennent pour une fouineuse, dit sèchement Doreen. Je continue de fourrer mon nez dans les affaires des autres.

— Oui, mais toi, tu as un but, ma chère.

Doreen jeta un œil alentour et vit Thaddeus se réveiller de sa petite sieste sur la table et fixer attentivement son muffin. Elle en prit un petit morceau et le posa devant lui. Instantanément, Mugs posa une lourde patte sur son genou. Elle le gratouilla doucement, passant ses mains dans la longueur de ses oreilles soyeuses.

— Je ne crois pas que tu aies encore besoin de muffin au son, lui dit-elle.

Mais il continua de le regarder avec une telle intensité qu'elle finit par abandonner. Toutefois, au lieu de lui donner un bout de gâteau, elle lui tendit une petite cuillerée de beurre. Il l'engloutit comme si cela avait été une crème glacée. Elle gloussa.

— Tu sais quoi ? Je crois que tu avalerais n'importe quoi.

— Évidemment ! réagit Nan, en reposant de nouveau son téléphone. C'est un chien. De nature, il mange de tout.

Doreen sourit et lança :

— Merci d'être l'intermédiaire entre moi et tes amis.

— Je le suis pour beaucoup de monde ici, rétorqua pensivement Nan. Grâce à leur appui, j'ai pu garder ces pierres de gué devant chez moi, et tu peux parier que le jardinier n'en est pas très content.

— J'en suis désolée, déplora Doreen, mais ça me facilite vraiment l'existence.

— Exactement, et c'est comme ça que devrait être la vie.

Elles attendirent encore quelques minutes, mais il n'y eut pas d'autre réponse de l'ami de Nan. Doreen finit par annoncer en se levant :

— Je dois rentrer. J'ai encore tellement de bazar dans la maison. (Puis elle s'assit de nouveau, brutalement.) Est-ce que tu possèdes une liste de ce qui est vraiment précieux dans la maison, qui m'éviterait de tout vendre dans un vide-grenier pour quelques dollars ?

— Oh, ne fais pas ça ! Pas tant que tout n'a pas été estimé. Je sais que certains éléments sont bons à jeter, indiqua-t-elle en élevant la voix, mais honnêtement, la plupart valent beaucoup d'argent.

— Comment je peux distinguer ce qui a de la valeur de ce qui n'en a pas ? demanda Doreen, frustrée. Je croyais que la plupart des antiquités avaient été découvertes, mais ça ne concernait que celles qui se trouvaient dans le salon, la salle à manger et la chambre. Puis on a trouvé un sous-sol plein et je dois vider le garage, car Penny va me donner les outils de George. Tous les établis, tout ce qui est suspendu dans son garage vont débarquer à la maison, l'informa-t-elle, ravie. Et je suis surexcitée, car je vais probablement me servir de la majorité d'entre eux.

Nan la regarda avec surprise puis se mit à rire.

— Tu sais quoi ? C'est vraiment une bonne idée. La plupart des outils ne sont pas difficiles à manier. Je ne me débrouille pas très bien avec une tronçonneuse, se remémora-t-elle, mais je sais utiliser une scie circulaire ainsi qu'une perceuse. Je n'ai jamais eu le temps d'essayer un compresseur d'air, mais ils m'ont toujours paru fascinants.

Doreen s'installa plus confortablement et considéra sa Nan d'un œil nouveau.

— J'ignorais que tu savais te servir d'outils électriques.

Nan agita la main.

— Ma puce, tu ne connais pas tout sur moi, de bien des façons. Mais oui, tu vas devoir vider ce garage afin de faire rentrer tous ces outils. Une somme d'argent substantielle s'y trouve. Au-delà de ça, tu ne sais jamais quand tu auras besoin de quelque chose. Mais tu vas devoir te faire aider pour tout déplacer.

— Je sais, confirma Doreen. Et je dois débarrasser le garage de Penny dès que possible, alors te souviens-tu si une pièce quelconque a de la valeur dans le tien ? On peut commencer à évacuer les lieux ?

— Il y a des pièces détachées automobiles, ça, j'en suis sûre, annonça Nan.

— Tu as bien dit des pièces détachées auto ?

Elle espérait vraiment se tromper, car c'était un domaine auquel Doreen ne connaissait rien du tout.

— Absolument. Seulement, je ne me souviens pas pourquoi.

Et elle resta là, à regarder au loin, semblant perdue quelque part dans son passé.

Après un autre long moment, Doreen lui donna un petit coup de coude.

— Et en ce qui concerne le reste ?

Nan la dévisagea, cligna des yeux à plusieurs reprises et questionna :

— Où ça ?

Doreen maintint sa patience et précisa :

— Nous étions en train de discuter de tout ce qu'il y a dans le garage. Il est assez fourni.

— C'est à jeter. Des choses que j'ai payées trop cher avant de découvrir qu'elles étaient fausses, ou que j'ai retirées du salon quand j'ai acquis de plus jolies pièces. Tu peux encore obtenir une belle somme pour certaines d'entre elles, mais ce qui se trouve dans la maison est bien plus précieux. J'ai fait pas mal d'achats en gros, et certains articles n'ont jamais été déballés. Je me souviens d'un en particulier. Il était en pièces détachées, et j'étais si écœurée que je l'ai simplement laissé là.

— De quoi tu parles ?

— Il fut un temps où je me rendais souvent aux enchères. J'y ai aussi réalisé de bonnes affaires. Une fois, tout était emballé sur palette, et j'ai payé le tout trois fois rien. Ça a été livré à mon garage et s'y trouve encore. J'en ai ouvert une partie, mais ça contenait uniquement des pièces de voiture. (Elle secoua la tête de dégoût.) Mais qu'est-ce que j'aurais bien pu faire avec ça ?

— Exact. Et tu peux te poser la même question me concernant.

— Eh bien, peut-être pourrais-tu demander à Mack, suggéra chaleureusement Nan. Tu devrais en obtenir quelques dollars en retour. Je n'arrive pas à me souvenir combien j'avais dépensé pour ça. Pas beaucoup. Sinon, je me serais abstenue. J'espérais au moins y trouver quelque chose qui m'aurait valu davantage à la revente, mais, autant que je me souvienne, il n'y avait rien de précieux.

— Alors, tu me dis que tout ça est encore sur place, sur la palette dans le garage ?

— Absolument. Mais tu peux ouvrir les doubles portes sans avoir à la bouger. Je *crois*. Une fois que le sous-sol s'est retrouvé plein, tu sais, je ne m'en inquiétais plus, et j'ai continué de remplir le garage.

— J'ai remarqué, mais ça signifie que des pièces qui s'y trouvent pourraient avoir de la valeur, lança Doreen avant de se lever. Je rentre à la maison, j'ai un tas d'affaires à régler.

Elle se pencha, embrassa la joue de Nan, l'étreignit rapidement et sautilla sur les pierres de gué. S'il y avait bien un truc qu'elle voulait faire, c'était aller au bout de *quelque chose*. Et pas simplement d'une partie. Peut-être qu'une fois rentrée à la maison, elle pourrait pénétrer dans le garage et trouver ce qui viendrait en premier. Si elle ne pouvait enquêter sur le cas de Penny, elle pouvait au moins s'occuper du rangement de son domicile. Peut-être obtiendrait-elle les dossiers de monsieur Salomon concernant la famille de Penny. Elle afficha un rictus, accéléra le pas et appela les animaux.

— On y va, les amis ! Cette fois, peut-être qu'on pourra gérer les choses à grande échelle avec tout ce bazar !

Chapitre 23

Jeudi, en milieu de matinée…

DE RETOUR A la maison, Doreen passa la porte de la cuisine, mettant sur la table les restes de muffins et de cake à la courgette que Nan lui avait donnés. Elle prit son ordinateur portable et s'assit pour effectuer quelques recherches. Il était difficile d'imaginer vider le garage quand, d'un autre côté, tant d'informations intéressantes n'attendaient qu'à être trouvées…

Premièrement, elle lança une requête sur le père de Penny, puis sur son frère, puis sur Penny et George, espérant qu'un élément nouveau en surgirait. Oh, que ne ferait-elle pas pour obtenir les dossiers de Bridgeman Solomon ! Juste parce que le fait que le neveu soit supposé les lui transmettre ne signifiait pas qu'il le ferait, qu'il le pourrait ni même qu'il en aurait l'opportunité.

Après une heure et demie, elle abandonna sa dernière investigation concernant la famille Foster sur Internet. Sans connaître de dates particulières qui puissent correspondre à certains événements, elle n'était pas certaine que la bibliothèque aiderait davantage, puisque ce qu'elle cherchait remontait à plusieurs années. Elle ouvrit la chemise de papiers que Mack avait trouvée dans le sous-sol et la parcourut lentement. Elle n'y trouva aucun reçu pour les antiquités de Nan, même si elle en avait vu pour un sac à main coûteux, un ballon d'eau chaude et même un manteau en fourrure. Mais rien que Scott ne requérait. Elle referma la pochette et soupira, son esprit retournant vers les dossiers des disparus et le moyen d'en savoir plus sur Penny et sa famille biologique.

Elle s'assit de nouveau, y réfléchit et changea d'avis, décidant qu'une rapide visite à la bibliothèque était la seule option. Elle pourrait y rester une heure ou deux. Elle quitta la maison, laissant Mugs aboyer comme un fou tandis qu'elle partait. Mais elle se souvint de l'avertissement de Mack et remit l'alarme.

Une fois sur place, elle déambula et fit signe à la bibliothécaire qui l'avait regardée d'un air suspicieux. Doreen lui adressa un grand sourire et chuchota :

— Juste besoin d'un livre ou deux.

Mais la femme renifla comme si elle ne la croyait pas. Il est vrai qu'à chaque fois que Doreen était venue ici, elle avait fourré son nez dans la microfiche, en quête de renseignements pour ses affaires classées. Elle retourna au lecteur qu'elle avait utilisé auparavant et commença par s'arrêter à la même période que ses recherches précédentes. *Là, Penny était déjà mariée. Johnny était là, Penny avait environ vingt-sept ans, alors c'était peut-être dix ans avant ça ? Cela lui ferait dix-sept ans.* Se basant sur son hypothèse, Doreen retourna quinze ans en arrière puis progressa doucement. Évidemment, en ce temps-là, il n'y avait pas des masses de nouvelles et d'informations, et beaucoup d'entre elles n'étaient pas classifiées, donc c'était important de les parcourir lentement.

Elle passa en revue cinq années, ne trouvant rien d'important. Lorsqu'elle atteignit la limite des dix ans, elle aperçut une entrée à propos de l'incident impliquant le frère et le père de Penny. Elle la lut avec un intérêt renouvelé. À cette époque, les affaires passaient en jugement bien plus vite, mais pas avant six mois. Le garçon avait été maltraité et torturé toute sa vie et était mort de ses blessures. Cela avait été classé rapidement, puisque le père avait un lourd passif de comportements violents.

De plus, Penny était témoin de l'accusation. Sa mère était décédée lorsque Penny était une enfant, selon l'une des sources. Doreen en fronça les sourcils.

— Je suis navrée, Penny. Cela a dû être une jeunesse éprouvante. Qu'est-ce qu'on fait quand on n'a plus de mère et que son seul parent s'amuse à torturer et blesser ses enfants ?

Son père avait écopé d'une peine de dix ans. Dix ans pour la mort de son fils ? En quoi était-ce juste ?

Doreen écuma les années, dans l'espoir d'autres scoops, mais cette histoire, bien que sensationnelle à son époque, avait disparu, et elle progressa plus avant. Onze ans après le procès et l'envoi en prison de Randy Foster qui en a résulté, elle découvrit une autre note qui dévoilait que sa peine avait été prolongée pour avoir blessé un prisonnier. Puis il avait fini par être relâché. Il n'était sorti que depuis six mois lorsqu'il fut assassiné, abattu d'une balle dans une allée sombre. Personne ne sut qui avait tiré ni pourquoi. Le père de Penny ne s'était pas fait d'amis en prison ni même à l'extérieur, et il était connu comme un homme irascible et violent qu'il ne fallait pas fâcher.

La police avait supposé que c'était un trafic de drogue qui avait mal tourné. Randy Foster était resté en maison de transition sur Bernard Street, libre d'agir comme il l'entendait. Ses faits et gestes n'étaient pas surveillés en ce temps-là. Pas comme aujourd'hui. Et même actuellement, ceux qui ont un mode de vie spécial semblent juste passer sous le radar, et personne ne sait ce qui leur est arrivé, où et d'où ils sont partis ni quand.

Doreen continua son enquête en suivant la chronologie, mais ne dénicha rien de plus. Elle imprima le peu qu'elle avait trouvé puis, sachant qu'elle devait repartir avec un livre, elle déambula dans les rayons remplis de nouveautés. Pour son plus grand plaisir, elle tomba sur le nouveau roman d'un de ses auteurs favoris.

Une autre histoire de meurtre et de grabuge, en revanche. Elle prit connaissance du résumé sur la quatrième de couverture, et cela lui parut fascinant. Elle sortit sa carte de lecteur et l'emprunta avant que la bibliothécaire ne puisse dire quoi que ce soit. Avec un sourire et un signe du doigt, mais absolument aucun mot, car elle ne voulait pas qu'on lui fasse chut pour avoir émis trop de bruit, Doreen quitta les lieux. Elle pouvait sentir le regard de la femme dans son dos tandis qu'elle franchissait les doubles portes.

Mais ça n'avait pas d'importance. Doreen avait mis au jour ce qu'il y avait à trouver. Malheureusement, ce n'était pas grand-chose. Comme elle grimpait dans sa voiture, elle porta la main à sa poche, tâtant le rouleau que lui avait donné Nan. À l'intérieur de son véhicule, avec les copies de la microfiche et le livre de bibliothèque à côté d'elle sur le siège passager, elle le sortit et y jeta un œil. À coup sûr, c'était de l'argent. Elle le déroula et eut une exclamation de surprise. *Cinq billets de cent dollars.* Elle les fixa, incertaine de ce qu'elle était censée en faire.

Elle sortit son téléphone et appela sa grand-mère.

— Nan ! Pourquoi m'as-tu offert autant d'argent ? Je m'inquiète toujours que tu n'en aies pas assez pour toi.

— Si j'en manquais, la contredit Nan avec complaisance, j'aurais vendu certaines des antiquités et gardé l'argent pour moi. De plus, ce ne sont que mes gains.

À cela, Doreen fit la grimace. Elle regarda intensément les billets d'une horreur fascinée.

— Alors, je ne suis pas sûre de pouvoir le dépenser. Est-ce qu'il est illégal ?

— Non, non, non, pas sur les paris, répondit Nan. Sur les tickets à gratter. J'en ai eu deux gagnants l'autre jour. Ils m'ont remis l'argent au kiosque, mais qu'est-ce que j'en aurais fait ? Va t'acheter de quoi manger, et tu devrais aussi payer quelqu'un pour venir récupérer tout le bazar du garage. Je me sens mal, car j'aurais dû m'en occuper avant ton arrivée. Je ne voulais pas m'embêter. Mais je constate que c'est une prise de tête pour toi également. Alors, utilise cet argent pour rémunérer une personne qui embarquera toutes les affaires ou les jettera à la benne. Cela te coûtera probablement quatre cents dollars de déblayer une telle quantité.

Doreen en eut une exclamation de surprise.

— Sérieusement ?

— Oh, oui ! l'avertit Nan. Alors, sois très judicieuse sur ce que tu peux te débarrasser de cette manière. Vends autant que tu peux, ensuite fais un don, et, en dernier recours, vois si tu peux trouver quelqu'un pour enlever le reste, car cela te coûtera alors seulement dans les dix dollars en redevance, expliqua-t-elle. Si tu optes pour la benne, ce sera dans les cent dollars. Je dois y aller, pour du bowling sur gazon, on se reparle plus tard, annonça-t-elle avant de raccrocher.

Doreen était abasourdie. Du bowling sur gazon ? Elle n'avait même pas vu de terrain de boules aux alentours. Elle était tentée de la rappeler, puis décida que ça n'avait pas d'importance. Elle glissa les cinq cents dollars dans son portefeuille, ne s'étant pas sentie aussi fortunée depuis longtemps. Cela lui fit penser à son saladier à l'étage, rempli de bric-à-brac et, bien sûr, de la monnaie qu'elle avait trouvée dans les vêtements de sa grand-mère. Elle avait besoin de terminer ce travail et de s'assurer qu'elle avait mis la main sur tout ce qu'il y avait à dénicher. Avec cette pensée en tête, elle démarra la voiture et se rendit chez elle.

Une fois arrivée, elle se gara devant le garage et observa les portes. Avant de faire le tri dans les vêtements, il lui vint l'idée de jeter un œil sur ce satané mobilier… et cela voulait dire sur le garage aussi. Elle ne vit pas de verrou au premier abord, mais comme elle regardait les deux poignées, elle trouva un verrou sur la seconde.

— Alors, peut-être que les portes ne sont pas bloquées ou brisées, mais on aura sans doute besoin d'une clé, marmonna-t-elle.

Mugs sautait derrière la porte en entendant sa voix. Elle saisit ses trouvailles de la bibliothèque et monta jusqu'à l'entrée de devant, la déverrouilla, l'ouvrit et coupa le système de sécurité. Elle sourit à son chien, lui adressa une brève caresse et dit :

— Trouvons la clé de la porte du garage, Mugs !

Elle rejoignit le saladier fourre-tout que Nan avait gardé sur le comptoir de la cuisine. Elle le déversa sur la table avec son fourbi de la bibliothèque et fit le tri dans ce qui pouvait ressembler à des clés.

« Doreen, Doreen »

— Oui, Thaddeus, quel oiseau intelligent tu es ! Je t'aime aussi.

Avec Goliath, Thaddeus et Mugs dans son sillage, elle marcha dehors vers le garage et essaya chaque clé.

Et, bonne nouvelle, la dernière correspondait. Elle la tourna avec un cliquetis triomphant, mit ensuite les autres clés dans sa poche, leva la main et tira. Et tout simplement, sans aucune résistance, la porte s'ouvrit. Puis Doreen poussa un grognement et referma brutalement le garage. Elle s'appuya contre le battant, regarda les animaux et leur lança :

— Mack avait raison. J'aurais dû l'attendre.

« Mack avait raison. Mack avait raison. »

Doreen roula des yeux. *Ça, ça va me poursuivre.*

À cet instant, un de ses voisins passa devant la maison. Elle lui sourit et fit signe. Il les fixa longuement, elle et sa ménagerie, et se dépêcha de passer. Doreen marmonna :

— Je ne me suis toujours pas fait beaucoup de copains en ville, et pour ce qui est de la seule femme à s'être montrée amicale, je me demande si elle n'a pas tué son mari.

Sur cette pensée déprimante, Doreen verrouilla de nouveau les portes du garage et se dirigea vers la cuisine.

— Au moins, je sais que je peux y entrer s'il le faut, dit-elle.

Le fait qu'il soit complètement rempli du sol au plafond la démoralisa davantage.

Ranger intégralement le garage nécessiterait l'aide d'une personne musclée, comme Mack, pour tout bouger et voir ce qu'il contenait, avant de pouvoir exploiter cet espace. Le problème, c'était qu'ils allaient devoir tout remettre en place une fois trié, parce que cela ne pouvait pas rester dehors et qu'elle n'avait aucun autre endroit où l'entreposer.

Doreen attrapa une pochette vide dans le fameux placard de l'entrée qui comportait tout ce dont elle pourrait avoir besoin, et elle y gribouilla rapidement le nom de l'enquête : « Famille Foster ». Elle rangea les papiers à l'intérieur et envoya ensuite un SMS à Mack, l'interrogeant à propos du père de Penny pour savoir si c'était toujours considéré comme une affaire classée.

La réponse vint un peu plus lentement qu'elle l'avait

espéré, environ vingt minutes plus tard, pendant qu'elle se trouvait dans sa chambre à scruter le tas de vêtements à trier.

Oui, ça l'est. Un autre message disait : **Pourquoi ?**

Avez-vous le moindre rapport sur sa mort ?

Je peux l'imprimer, avait-il écrit. **C'est pas grand-chose. Tué d'un tir dans la nuque.**

Tous les détails sont les bienvenus, tapa-t-elle.

OK, j'y penserai. Je peux seulement vous transmettre ce dont j'ai le droit, cependant.

Compris, conclut-elle. **Quand faisons-nous les spaghettis ? Le dernier plat était incroyable, mais il reste encore une tonne de sauce et je brûle d'envie de manger des spaghettis.**

Au lieu de lui répondre par texto, il l'appela et riait.

— Vous avez faim ?

— Absolument ! confirma-t-elle. Nous sommes jeudi. Je dois me rendre au jardin de votre mère dans la matinée de demain. Je serai fatiguée après coup, et je pourrais avoir besoin d'un bon repas.

— Demain midi, alors. Je vous apporterai le paiement pour le jardinage aussi.

— Ce qui est encore mieux.

— Qu'avez-vous fait aujourd'hui ?

Elle lui fit un compte-rendu, omettant la plupart des détails sur la famille de Penny, et ajouta ensuite :

— J'ai ouvert la porte du garage, aussi. Je ne m'étais pas rendu compte qu'il fallait une clé pour ça.

Il s'esclaffa et demanda :

— Et qu'avez-vous trouvé à l'intérieur ?

— Bien trop de choses, grogna-t-elle. Du sol au plafond. Je n'en ai aucune idée. Je vous attends.

Et là-dessus, elle raccrocha.

Chapitre 24

Vendredi, tôt dans la matinée…

QUAND DOREEN SE réveilla le matin suivant, elle était reconnaissante de se trouver plus énergique, et la douleur au niveau de ses muscles s'était calmée. De même, elle ne ressentait plus celle dans son dos, qui se prolongeait alors jusqu'aux poignets en passant par les épaules, ce qui lui permettait de se mouvoir et de se déplacer un peu plus facilement. Elle prit une douche pour se détendre davantage puis, après un regard à sa chambre encore trop remplie et un lourd soupir, elle se dirigea en bas. Elle en avait fait beaucoup la nuit dernière, mais avait épuisé sa réserve d'enthousiasme et s'était mise au lit tôt. Aujourd'hui, elle devait bosser dans le jardin de Millicent et essayer d'appréhender de nouveau l'état de sa chambre, avant de pouvoir se relaxer avec les pâtes cuisinées par Mack. Son estomac grogna à la pensée d'un vrai repas. Elle le tapota doucement.

— Ne t'en fais pas. On se nourrira convenablement ce soir.

Là-dessus, elle entra dans la cuisine, Mugs sur ses talons. Goliath s'étirait de toute sa longueur sur le dessus de la table, où il savait qu'il n'était pas autorisé à aller, et Thaddeus marchait de haut en bas, suivant le chemin du chat comme s'il le réprimandait pour son écart de conduite. Elle coupa les alarmes, ouvrit la porte arrière et la laissa entrebâillée, permettant à Mugs de sortir dans le jardin. Apercevant la liberté, Goliath s'éclipsa également. Même Thaddeus vola jusqu'au garde-corps. Elle en fut surprise. Les deux dernières fois qu'il avait essayé, il avait fini par s'y écraser sur sa partie inférieure avant de tomber sur le porche.

Tous les animaux étant dehors, elle mit la cafetière en route et sortit sous le soleil du matin pour les rejoindre.

— C'est une belle journée, dit-elle à son chien.

Il déambulait parmi les buissons d'échinacées. Elle ne comprenait pas pourquoi cette parcelle l'attirait, mais, alors qu'elle l'observait, il jeta son corps potelé au milieu des plantes, les frappant des deux côtés.

— Mugs, sors de là ! cria-t-elle.

Il la regarda simplement et se roula sur le dos. Elle descendit les marches en courant, tout en l'appelant. Il finit par se relever et courir vers elle, comme si c'était un jeu et qu'il ne l'avait simplement pas compris avant.

Elle grommela et alla constater l'étendue des dégâts. Deux tiges avaient été brisées. Il semblait toutefois qu'il n'avait pas abîmé trop de plantes. Beaucoup d'entre elles étaient rassemblées, probablement soixante. Il y en avait trop, mais le massif représentait une collection de bonne taille. Ce serait sans doute une belle vitrine quand elles fleuriraient. Cela lui rappela le buisson d'échinacées de Penny ainsi que le souk juste à côté de la clôture, un tas de vieux frênes et des morceaux tout autour des végétaux. Elle aurait dû lui suggérer de les transplanter quelque part ailleurs dans le jardin. Pendant qu'elle y réfléchissait, elle se dit « bon sang ! », et elle envoya un SMS à Penny pour lui transmettre ses idées. Celle-ci lui répondit d'un simple point d'interrogation.

Elle soupira et lui téléphona.

— Je ne sais pas pourquoi, dit-elle lorsque Penny décrocha, mais je regardais mes échinacées, et les plantes au coin de ta barrière me sont venues à l'esprit. Tu devrais vraiment les déplacer dans le jardin du fond, là où j'ai prélevé quelques pieds. Leur emplacement actuel est affreux.

— J'avais mis ça là pour aider George à remplir un endroit qu'il utilisait comme dépotoir. J'ai renversé un tas entier de terreau, et j'ai planté ces fleurs juste là pour combler un peu, expliqua Penny en riant. Maintenant, tu veux que je les bouge ?

— Elles ne reçoivent pas assez de lumière, le sol est vraiment très pauvre, et une si belle plante donnerait au reste de ton jardin une couleur lumineuse, argumenta Doreen. Si tu les plantes le long des carrés de terre vides près du mur du fond, je suis sûre que les échinacées s'en porteront mieux.

— Je te laisse t'en charger, dit Penny. Si tu veux venir les bouger, alors ne t'en prive pas. Je n'ai aucune intention de les déplacer, mais je ne pourrai pas te rémunérer.

— Bien, acquiesça Doreen en riant. J'y réfléchirai, pour voir à quel point ça m'ennuierait.

— Fais donc ça, lâcha Penny en gloussant. C'est quand tu veux ! Je suis sûre que tous ceux qui viendront voir la maison ne le remarqueront même pas.

— As-tu déjà des visites prévues ?

— Oh, Dieu, non ! L'annonce n'est même pas encore parue. Ils ont pris toutes les photos, mais je n'en ai encore vu aucune. Ils étaient supposés me les envoyer lorsque leur annonce serait prête.

— On aurait pensé qu'ils auraient été un peu plus rapides.

— Il semblerait que ça implique également la chambre immobilière, qui envoie tout ce qui doit être posté, mais ce n'est pas comme à Kelowna, qui a son propre service de publication. Tout est géré en dehors de Vancouver, alors ils traitent toutes les annonces de la ville et celles alentour en même temps. Ils ont affirmé que ce serait effectif ce samedi.

— Alors, si je veux déplacer ce lit d'échinacées, déduisit Doreen, ça doit être terminé aujourd'hui.

— Oui, mais ce n'est pas vraiment un problème, si ?

— Non, c'est juste que ça aura meilleure allure. Je dois me rendre chez Millicent pour bosser dans son jardin aujourd'hui. Je verrai comment je me sentirai ensuite.

— Ça me paraît bien. Je ne serai pas là une bonne partie de la journée de toute façon. Je dois me rendre à Vernon avec une amie.

— D'accord, ça marche. Je pense que je pourrai prendre quelques bricoles de ton garage pendant que j'y suis.

— Super ! Amène ta voiture, charge-la, déplace les plantes et repars, dit Penny avant de raccrocher.

— Parfait, lança Doreen à ses animaux. J'aurais dû embarquer des trucs à chaque fois, mais j'étais à pied, et c'est pas comme si je pouvais porter beaucoup de choses.

Et elle pouvait difficilement prendre les outils dont elle avait besoin pour le projet de Penny, comme la brouette. Elle pourrait cependant en utiliser une autre. Elle en possédait une, mais elle était assez ancienne. Le pneu était plus plat que gonflé à bloc. C'était frustrant, en un sens. Mais d'abord, un repas – pour elle et ses compagnons –, puis chez Millicent, et après tout ça, Doreen roulerait jusque chez Penny pour jeter un œil. Dans son esprit, elle n'imaginait pas que déplacer les échinacées poserait un gros problème, mais elle n'ignorait pas non plus que cela pourrait facilement dégénérer, selon la nature du sol. C'était également difficile de concevoir pourquoi George avait déversé toutes ses ordures brûlées dans ce tas, et ce qu'il avait eu à incinérer que la ville n'aurait pas accepté dans le ramassage hebdomadaire des ordures.

Là-dessus, elle entendit la cafetière prévenir d'un bip qu'elle avait terminé le goutte-à-goutte. Elle se saisit d'une tasse puis du journal de George et s'assit dehors, laissant les animaux vagabonder.

Elle feuilleta le début du carnet et y lut un horrible paquet de sombres pensées. Peut-être que la santé mentale de George n'avait pas été aussi saine que ça à travers les années. Beaucoup de réflexions concernaient son frère disparu. George s'inquiétait que ce puisse être de sa faute et que ses propres actes aient incité quelqu'un à terroriser son frère. Cela apparaissait comme la préoccupation principale de George. Mais elle ne comprenait pas comment cela avait pu être possible. Jusqu'à présent, il n'expliquait pas qui était impliqué ni quels actes il avait pu commettre qui auraient pu affecter quelqu'un d'autre.

Il avait laissé une annotation. *Aidé à la kermesse de l'église. Je marque sûrement de bons points pour m'aider à contrebalancer mes mauvaises actions.* Elle fronça les sourcils à ces mots, corna la page du journal afin de pouvoir y revenir et continua sa lecture.

Elle trouva plein d'autres éléments du même genre, comme s'il essayait de se racheter. Il mentionnait Penny des tas de fois, mais toujours en bien. Le carnet semblait être incomplet les cinq dernières années. Il y avait bien quelques dates indiquées, mais peu. Rien de consistant.

Elle vérifia sa montre, elle manquait de temps. Elle devait se rendre chez Millicent avant neuf heures, ainsi elle pourrait terminer son travail avant midi, surtout si elle voulait enchaîner chez Penny. Et, bien sûr, elle avait encore plein de choses à apporter chez Wendy.

Elle avait l'impression de vivre à un rythme effréné en permanence, bien qu'elle ait conscience d'avoir besoin de se débarrasser de certaines choses afin de pouvoir prêter toute son attention au garage et au sous-sol. Résolue, elle rentra, se prépara un toast au beurre de cacahuètes, puis remplit son mug de voyage et marcha avec les animaux vers la demeure de Millicent. Elle avait encore le journal dans un coin de sa tête. George paraissait être un homme fortement croyant qui avait profondément aimé son frère. Tant de ses notes montraient à quel point son cœur fut blessé à cause de ce qui avait pu arriver à Johnny. Il semblait que George n'ait jamais cru qu'il ait pu fuir. Il était persuadé que son frère l'aurait contacté s'il avait pu.

Arrivant au jardin de derrière de Millicent, elle maintint la barrière ouverte suffisamment longtemps pour que Goliath entre en courant. Thaddeus avait marché le long du chemin et semblait épuisé. Elle le prit dans ses bras et le posa sur l'une des pierres à proximité de l'endroit où elle allait travailler. Puis, se saisissant de ses gants, espérant que Millicent ne serait pas dérangée par son jardinage, elle attaqua le désherbage. Il fallait qu'elle consacre du temps à la parcelle de devant également, alors elle passerait une heure ici et une autre là-bas, et, avec de la chance, cela serait suffisant pour leur faire perdre leur aspect sauvage.

Après avoir terminé à l'arrière, ses muscles la refaisaient souffrir. Elle déplaça la brouette de l'autre côté de la maison et tomba sur Millicent qui savourait une tasse de thé. Elle en fut surprise, car, normalement, Millicent se montrait amicale et aimait discuter avec elle. Mais celle-ci dévisagea Doreen avec stupéfaction et lui lança :

— Bonté divine, tu étais derrière la maison pendant tout ce temps ?

— Ça fait seulement une heure, corrigea Doreen en souriant.

Millicent hocha la tête.

— Je suis sortie devant ce matin, sans aucune raison particulière. Je voulais juste m'asseoir ici, aujourd'hui. (Elle tint sa théière et ajouta :) Et je suis probablement restée assise ici pendant que tu te trouvais derrière.

Doreen gloussa.

— Ce n'est rien. Je désherbe juste ton jardin.

Elle se déplaça jusqu'au parterre de devant, qui était bien en évidence côté rue, et elle retira les mauvaises herbes qui empiétaient le long de la bordure. Ensuite, elle marcha jusqu'aux plates-bandes suivantes.

— Tu bosses vraiment dur, hein ? remarqua avec admiration Millicent. C'est agréable de voir quelqu'un qui sort, travaille et n'en fait pas toute une histoire.

— Je n'ai pas les moyens d'en faire tout un plat, répondit Doreen. Ces mauvaises herbes attendent l'opportunité de pousser, et, pendant que tu es occupée à parler, il en est sorti dix de plus.

— N'est-ce pas la vérité ? dit Millicent, l'air fatigué.

Doreen lui jeta un coup d'œil en biais, vérifiant la couleur de son teint.

— Est-ce que tu vas bien ? s'enquit-elle d'un air décontracté.

— Oui, la rassura Millicent. Juste un peu fatiguée. Il y a eu assez d'excitation dans cette ville pour toute une vie. Je ne sais pas comment vous autres, les jeunes, vous arrivez à le supporter.

— Désolée. Je ne voulais pas engendrer un tel chaos.

— Je ne suis pas certaine que tu aies eu le choix, ma chère. Et je te suis assurément reconnaissante d'avoir fait sortir tous ces vilains spécimens, ces vipères cachées parmi nous. Si tu en trouves d'autres, j'espère que tu les élimineras également.

— C'est ce que je fais en ce moment. C'est juste que je ne suis pas certaine que ce ne soit pas une quête futile.

— Oh, mon… (Millicent regarda Doreen avec étonnement.) Un autre cas, déjà ?

Doreen grimaça à cette question.

— Eh bien… tout est parti de la dernière affaire…

— Alors, tu ne veux probablement pas en parler pour le moment.

— Exactement, avoua Doreen en riant. (Elle porta son attention sur les chénopodes blancs.) Tu en as pas mal, hein ?

— En effet. Je sais que c'est comestible, mais ça ne m'a jamais attirée.

— C'est vrai. On peut manger les pissenlits aussi, ajouta Doreen en gloussant. Ce n'est pas pour autant que c'est ma salade verte préférée.

— Un tas de plantes incroyables qui poussent dans un jardin classique sont dangereuses, dit Millicent. Et personne ne semble être au courant.

— C'est parce que la plupart du temps, ce n'est pas mortel, sauf si tu en prends une énorme quantité ou que tu les distilles en abondance.

— Oh, oui ! Je ne sais pas à combien d'années ça remonte, quelques-unes, mais il y avait eu une discussion à propos de certains végétaux toxiques. Je crois avoir de la digitale dans le jardin à l'arrière.

— Tu en as, confirma Doreen avec entrain. Mais tu sais,

entre de bonnes mains, c'est un miracle de la médecine moderne. Avec quelqu'un de mal intentionné, évidemment, ça peut causer un tas de problèmes.

— C'est vrai. Mais alors, il en est de même pour la plupart des plantes communes.

Doreen acquiesça et répondit :

— Oui, exactement, comme l'hortensia.

— Vraiment ? J'ai entendu quelqu'un dire ça, une fois. On était membres d'un club de femmes, il y a un moment de cela, les gens venaient avec leurs idées sur le jardinage. Je n'arrive pas à me rappeler qui avait apporté des plantes vénéneuses. Ça aurait même pu être Nan.

Chapitre 25

Vendredi, milieu de matinée…

CES PROPOS INCITERENT Doreen à regarder Millicent par deux fois. Puis elle se mit à rire.

— Oh ! je ne serais pas tout à fait surprise. Elle connaît un panel large et varié de sujets.

— Je crois qu'elle avait déclaré posséder un certain nombre de plantes différentes, presque comme un jardin de la mort. (C'est alors que Millicent frappa dans ses mains.) C'est ça ! Il y avait eu un documentaire sur le Jardin de la mort. C'était fascinant. On en a discuté pendant un certain temps.

Doreen avait sûrement entendu parler de ce jardin.

— Je n'arrive pas à imaginer un espace dans lequel, en allant travailler tous les jours, il faut porter une tenue spéciale et rester très prudent sous peine de se tuer accidentellement.

— Mais c'était fascinant, au demeurant, ajouta Millicent. Imagine tout ce qu'on doit y apprendre.

— C'est vrai, reconnut Doreen.

Mais dans son esprit, elle ne pensait qu'aux opportunités de causer du tort.

— Bien sûr, avec les progrès de la médecine moderne et

de la police scientifique, les empoisonneurs se font plus facilement prendre.

— Je ne sais pas, répondit Doreen. Les grands classiques restent indémodables. La plupart d'entre eux se dissolvent très rapidement dans ton système sanguin. Quelques drogues ont cet effet-là également.

— C'est fascinant. Je me demande pourquoi les forces de l'ordre ne prennent pas de cours sur ce thème.

— Pas sûre que cela les concerne plus que les médecins légistes. Et les pathologistes, je suppose. J'imagine toutefois qu'ils se tiennent vraiment informés au sujet des drogues.

— Du moment que personne n'empoisonne quelqu'un dans le coin, tout va bien. (Il y eut un étrange silence, et Millicent reprit :) Personne, hein ?

Doreen la regarda, interloquée et les mains pleines de mauvaises herbes.

— Personne quoi ?

— Personne n'empoisonne ?

Elle comprenait la question, elle ne voyait en revanche pas pourquoi Millicent la lui posait.

— Pour autant que je sache, non, répondit prudemment Doreen.

Millicent s'assit plus confortablement en soupirant de soulagement.

— Tant mieux. Je sais que le poison est considéré comme une ruse de femme, mais je crois qu'à notre époque, n'importe qui peut y avoir recours en toute impunité.

— Ils pourraient essayer, mais ça ne veut pas dire que ça marche à tous les coups.

— Non, acquiesça Millicent. Une balle dans la tête est bien plus efficace.

Doreen gloussa.

— En parlant de ça, je ne savais pas que le père de Penny avait été assassiné et que c'était une affaire considérée comme classée. C'est triste que les enquêtes sur son père et son beau-frère soient toutes deux interrompues.

— Au moins, celle sur son frère ne l'a pas été. Ils ont trouvé qui avait causé sa mort, et le coupable a payé.

— Son père, Randy, oui. J'en ai appris beaucoup sur sa famille avec cette dernière enquête.

— Ça ne m'étonne pas. Tu fais toutes sortes de recherches pour trouver tout ça, n'est-ce pas ?

Doreen fit oui de la tête. Mais la vérité, c'était qu'elle avait déniché ces renseignements *après* qu'ils eurent découvert ce qui était arrivé à Johnny.

— Le truc, c'est qu'on ne peut jamais vraiment savoir ce qui a pris autant de temps, car c'est difficile de rassembler suffisamment d'informations. Tu sais, avec les affaires classées, certains dossiers sont vraiment peu fournis. Cela ne me laisse que peu de matière pour avancer.

— Je me doute, oui. Nous n'avions pas d'ordinateurs. Ni Internet. Ni les e-mails. Nous n'avions pas la police scientifique comme aujourd'hui. Il n'y avait pas de test ADN. (Millicent secoua la tête.) C'est déprimant. Les gens devaient composer avec un tas de vilaines choses à l'époque.

— En effet, acquiesça Doreen, en arborant cependant un sourire sur son visage. Mais ça ne signifie pas qu'ils ont cessé de le faire.

— Pas tant que tu es dans les parages. Je suis vraiment contente que tu sois présente pour nettoyer cette ville.

— Eh bien, tout le monde ne partage pas ton avis. Quand on y pense, ça a été un mois plutôt rude.

— Pas pour toi, j'espère ! Pour tous les autres, oui. C'est juste incroyable, tous les cas que tu as résolus !

À cela, Doreen ne pipa mot. Ce qu'elle désirait vraiment éclaircir, c'était pourquoi aucune de ses pensées n'était en paix dès qu'il s'agissait de Penny. La dernière chose qu'elle souhaitait, c'était considérer son amie comme responsable de la mort de son époux. Pourtant, cette idée ne voulait pas la quitter.

Elle termina le désherbage puis s'étira lentement.

— Je suis un peu en retard, mais je n'ai pas commencé très tôt. Il est 11 h 20, dit-elle en remuant ses épaules et relâchant ses bras. Je vais transporter ces herbes à l'arrière et ranger la brouette. Si tu veux que je m'occupe d'un endroit en particulier la semaine prochaine, tiens-moi au courant.

— Je n'y manquerai pas, lança Millicent. Rentre chez toi maintenant. Tu en as fait beaucoup, et c'est très joli.

Il y avait tellement d'admiration dans la voix de Millicent que Doreen croyait en la sincérité du compliment.

Elle se sentait plutôt bien au moment où elle chargea la brouette pour la ramener, avec Thaddeus perché sur le sommet du tas d'herbes. Millicent était l'une des rares personnes qui possédaient encore un bac à compost. Le perroquet se trouvait maintenant sur son épaule, alors elle déversa les herbes, appela les deux autres animaux, et ils se dirigèrent ensemble vers le chemin de la maison en passant par la crique. C'était agréable d'avoir accompli autant de travail. Maintenant, la journée lui appartenait plus ou moins. C'était un vrai cauchemar. Cependant, avec le salon, la salle à manger et sa chambre vides, c'était mieux que rien.

Elle n'avait eu aucune nouvelle de Scott Rosten au sujet de la commode haute qu'elle avait trouvée dans le sous-sol. Une fois rentrée, elle se prépara du café et lui envoya un e-mail. En objet, elle écrivit : *Je n'ai pas eu votre avis là-dessus.*

Quand son téléphone sonna vingt minutes plus tard, elle

n'y pensait déjà plus. Elle avait savouré son café et couché sur papier sa liste de courses. C'était Scott, vraiment surexcité.

— Je n'avais pas reçu le premier message. C'est vraiment ce que je crois ?

— Je crois bien, confirma-t-elle. C'est au sous-sol.

— Oh, mon… Envoyez-moi d'autres photos… Et on dirait que le mobilier est comme empilé du sol au plafond.

— Le garage est rempli également, mais cette commode semble faire partie du même ensemble que celui de la chambre.

— On doit vraiment y jeter un œil, lança Scott. Et nous sommes déjà vendredi.

— Je sais, et vous étiez là mardi. J'aurais dû vous contacter avant que vous quittiez la ville, mais je n'avais pas encore pu me rendre au sous-sol.

Il rit.

— Tout va bien. Nous avons encore des gens qui déballent et expertisent vos pièces. Ce n'est pas encore comme si l'affaire était conclue.

— Non, mais si avoir ce meuble peut aider, eh bien…

— S'il faisait partie du même lot, ce serait une incroyable trouvaille, et cela contribuerait à vous garantir le prix maximum possible.

— Ce dont, vous savez, j'ai cruellement besoin.

Il s'esclaffa.

— Bon, nous sommes vendredi midi… Je ne crois pas pouvoir être là avant demain matin, peut-être demain après-midi.

Elle croassa de plaisir.

— Vous pouvez venir aussi rapidement ?

— Je pense que oui. Je veux juste vérifier qu'il s'agit de la dernière pièce, alors ce ne sera pas une longue visite, mais avec de la chance, on pourra prendre quelques minutes pour regarder ce que vous avez d'autre.

— Pour cela, je dois vider le garage, et nous pourrons ainsi remonter certaines pièces du sous-sol.

Elle tenta d'expliquer la disposition de l'endroit où tout était entassé, et il continua de s'exclamer :

— C'est dingue ! Plus je vois de pièces, plus il sera facile pour moi de vous faire savoir ce qui a de la valeur et ce qui n'en a pas.

— Parfait. C'est ce que je pensais. J'aurai quelqu'un pour m'aider le matin. Peut-être qu'on pourra dégager un chemin pour vous ou pour le mobilier à sortir.

— D'accord. Je confirmerai l'heure, mais je devrais pouvoir arriver aux alentours de midi, demain.

Elle raccrocha et envoya un message à Mack. **Scott peut revenir demain à midi, mais il doit avoir accès aux meubles du sous-sol.**

La réponse qui lui parvint la fit rire. **On dirait que je ne suffirai pas à déplacer le mobilier, alors. On devra probablement tout retirer du garage, pour pouvoir accéder aux escaliers. Pas sûr de pouvoir faire ça tout seul.**

Elle fronça les sourcils. **Y a-t-il quelqu'un que je puisse embaucher ?**

Laissez-moi y réfléchir. Et ce fut tout.

Elle ouvrit la porte du salon qui menait au sous-sol et y descendit. Elle alluma et étudia le reste de la pièce. Une quantité affolante de mobilier se trouvait ici et, si Scott venait, il aurait besoin d'en voir autant que possible. Alors, abandonnant son idée d'œuvrer dans sa chambre, elle apporta laborieusement une chaise après l'autre dans le salon. Elle les plaça toutes en rang, puis remonta deux tables basses différentes. Au moins, elle avait un coin débarrassé dans le sous-sol. En dehors de la commode haute, elle ne pensait pas qu'autre chose y ait de la valeur, mais elle ignorait la raison pour laquelle Nan avait entreposé tout ça en premier lieu.

Doreen avait presque ouvert un chemin jusqu'à la commode quand son téléphone sonna. C'était de nouveau Scott.

— Voilà, je confirme pour demain, annonça-t-il.

— Super ! Je peux presque faire sortir la commode, désormais. J'ai remonté dix meubles différents et les ai entreposés dans le salon.

— Envoyez-moi autant de photos d'eux que vous le pouvez. Au moins, cela me donnera une idée si nous devons continuer à enquêter.

— D'accord, je vais faire ça.

Lorsqu'elle raccrocha, elle s'exécuta tant bien que mal. Elle fit de même avec ceux qu'elle avait montés au salon puis se rendit vers le garage, déverrouilla les portes et photographia le lieu.

Quand elle eut fini, elle rentra, téléchargea toutes les images et les envoya dans un dossier zip à Scott. Puis elle s'assit là, dans la cuisine, se demandant ce qu'elle pourrait faire d'autre ensuite. Les projets garage et sous-sol étaient plutôt hors de sa portée jusqu'à ce qu'elle bénéficie de quelqu'un pour l'aider à porter les plus grosses pièces. Puis elle se souvint de la maison de Penny.

Doreen se prépara un sandwich, appela Penny, n'obtint pas de réponse et pensa : *timing parfait.* Elle ne voulait pas emmener Mugs avec elle, car elle pourrait ainsi caser plus de matériel dans sa voiture, et c'était ce dont elle avait besoin. Mais pour ça, elle devait d'abord sortir un maximum d'affaires de chez elle.

Elle alla à l'étage et attrapa les trois derniers sacs pleins de vêtements qu'elle avait triés pour Wendy, ainsi que l'unique carton destiné à Goodwill. Elle les apporta au rez-de-chaussée en plusieurs voyages, chargea la voiture et, laissant les animaux à la maison, fit un dépôt à Goodwill. Puis, après un court arrêt et un rapide signe à Wendy, elle se rendit chez Penny.

Là-bas, la porte du garage était restée ouverte. Doreen adorait en voir l'intérieur et tous les outils. C'était aussi un bon rappel que Kelowna était un endroit suffisamment sûr pour laisser des outils valant des milliers de dollars en évidence et constater qu'ils étaient toujours présents des heures plus tard.

Mais d'abord, Doreen dut faire quelque chose pour se sentir mieux. Elle marcha autour de la clôture jusqu'au coin tout pourri et constata que les échinacées continuaient de se battre. Elle en avait déplacé une partie, et elles se comportaient nettement mieux dans la nouvelle plate-bande de devant. Cependant, un bon amas de dix ou vingt avaient besoin de déménager à un meilleur endroit. Elle déambula dans le jardin de derrière, trouva un endroit qui lui parut sympa, aplanit le paillis puis creusa un gros trou en vue d'y mettre les fleurs.

Plus tard, elle sépara méticuleusement les bouquets d'échinacées en petits groupes. Avec un gros effort, elle les déposa dans la brouette et les transplanta dans le trou. Elle ouvrit le tuyau d'arrosage pour leur apporter toute l'eau nécessaire. Elle remua ensuite la terre dedans et autour pour aider à tasser les greffons.

Bien que Penny ait pu mettre du terreau lorsqu'elle avait planté les échinacées dans le tas d'ordures de George, le sol pauvre alentour avait eu des effets négatifs et les plantes elles-mêmes n'avaient pas bénéficié d'un système racinaire décent.

Elle retourna près de l'excavation où se trouvaient les échinacées auparavant et y jeta un œil. De toute évidence, toutes sortes de morceaux de métal et d'autres déchets s'y trouvaient. Pourquoi n'avaient-ils pas entrepris de le nettoyer avant d'essayer de jardiner par-dessus ?

Doreen se pencha à la verticale d'un morceau de plastique, tira dessus et constata que c'était plastifié sur l'un des côtés seulement. Elle le regarda et creusa un peu plus pour chercher s'il y avait d'autres fragments. Elle en trouva d'autres de la même carte plastifiée, mais ils n'avaient pas vraiment de signification. Elle stocka dans sa poche tout ce qu'elle put ramasser, puis saisit sa pelle et rassembla toute la terre à proximité pour boucher le trou.

Quand elle fut satisfaite, elle replaça la brouette dans le garage, contre un mur. Là, elle s'arrêta et se mit à considérer tous les outils, se demandant par où commencer.

Chapitre 26

Vendredi après-midi...

L'IDEE D'ACCEPTER L'ATELIER de George pour son propre usage était excellente en théorie, mais en pratique...

Sa petite voiture était à hayon. Elle fit marche arrière jusqu'à la large ouverture du garage et s'y gara. Ensuite, elle ouvrit le coffre. Elle commença par le premier panneau perforé, retira précautionneusement tous les marteaux et tournevis, ainsi que les hameçons. La planche en elle-même était clouée au mur, mais elle la retira à l'aide du marteau et disposa les outils sur le plancher du siège avant et plaça le panneau à l'arrière de la voiture. Les planches mesuraient environ un mètre de long et rentraient facilement. Puis elle s'occupa du suivant, et ainsi de suite. En une demi-heure, elle avait débarrassé un mur entier.

Elle ouvrit ensuite les portières de sa voiture et plaça tous les outils du mur du fond sur les planchers et les sièges. Il y avait principalement des scies électriques et à main, un ensemble de clés et d'autres trucs comme des pieds-de-biche. C'était une assez grande collection. Elle ignorait le nom de beaucoup d'entre eux.

Doreen ôta ce qui se trouvait sur le dernier mur et chargea le tout également. Elle resta abasourdie en se rendant compte que les cloisons du garage étaient désormais vides, et que tout avait réussi à rentrer dans sa minuscule voiture. Le hayon ne pouvait pas se fermer complètement, mais elle n'allait pas loin. Le siège passager et la banquette arrière étaient totalement occupés également. Elle avait rempli l'arrière du véhicule avec plusieurs scies circulaires, ce qui ressemblait à une scie sauteuse, un paquet d'autres outils et plusieurs petites boîtes à outils.

Elle aurait aimé récupérer les trois établis, mais cela nécessiterait un voyage avec un fourgon. L'un était petit et les deux autres, plus larges, se trouvaient dans le fond. Chacun d'eux avait des tiroirs. Elle les nettoya autant qu'elle put puis en poussa deux sur le côté, se demandant à quel point ils seraient difficiles à déplacer. Si elle pouvait vider les tiroirs et mettre leur contenu dans sa voiture, elle n'aurait besoin d'assistance que pour rapporter les établis eux-mêmes chez elle. Mais bien sûr, elle n'avait absolument aucun endroit où les ranger. Elle grommela en y pensant puis sortit son téléphone pour appeler Mack.

— Je ne sais jamais quand vous êtes de repos, mais seriez-vous disponible par hasard pour venir chez Penny et m'aider à charger les trois établis ?

— Déjà ? demanda-t-il, surpris.

— Oui. C'est plutôt urgent. Penny n'a pas encore eu de visites, mais il est possible qu'elles commencent ce week-end. J'ai pu retirer tous les panneaux et charger les outils, mais il reste trois établis et deux caisses. Et j'ai carrément besoin d'un fourgon pour les déménager.

— Je pars d'ici quelques minutes, répondit-il. Si vous êtes toujours là-bas, j'y passerai.

— Je resterai ici et vous attendrai, merci ! s'exclama-t-elle joyeusement.

Elle retourna au premier tiroir, dans lequel elle avait trouvé le journal, et le sortit. Ce faisant, ce qui se trouvait dans le fond tomba au sol. Elle se baissa et découvrit un petit livre noir, assez vieux de toute évidence. En l'ouvrant et en voyant les dates, elle retint son souffle. Comme elle commençait à lire, elle entendit un véhicule. C'était certainement Penny. Doreen glissa le carnet dans sa poche et rassembla le contenu du tiroir, mais se dit ensuite qu'elle pourrait sans doute poser directement le tiroir au-dessus des panneaux. Elle l'apporta donc à sa voiture et retira les deux autres du même établi. Quand Penny arriva, Doreen sourit et lui dit :

— Encore deux tiroirs à charger, et il ne restera plus que les grosses pièces.

Penny secoua la tête, abasourdie.

— Je n'avais pas imaginé que tu prendrais tout ça. Regarde comme le garage est grand, maintenant ! (Elle sourit de contentement et ajouta :) Il est énorme. Cela aidera vraiment à vendre la maison.

— Je l'espère, répondit Doreen, car maintenant je dois trouver où mettre tout ça chez moi.

Penny regarda la voiture de Doreen et se mit à rire.

— Oh, mon Dieu, c'est tellement vrai ! Il reste des boîtes à outils et des établis, mais c'est tout, c'est ça ?

Doreen acquiesça.

— Mack a son fourgon, alors il va venir me donner un coup de main.

— C'est un sacré ami que tu as là, hein ?

— Une relation professionnelle amicale, corrigea Doreen en gloussant. Il m'a été d'un grand secours.

— Bien sûr, lança Penny d'un rictus entendu. Mais

j'imagine que tu lui as été d'une grande aide pour sa carrière aussi.

— Je l'espère. (Elle désigna les murs du garage et ajouta :) Tu n'auras probablement pas à colmater ces trous, mais tu sais quoi ? Peut-être qu'un simple bon brossage des murs serait suffisant pour redonner un coup de propre.

— C'est un garage, éluda Penny d'un geste de la main. Si quelqu'un veut le nettoyer, il peut le faire lui-même.

— C'est sans doute la meilleure solution.

Penny déchargea ses courses.

— J'ai de la compagnie ce soir.

— Mack a indiqué qu'il serait là dans quelques minutes, se dépêcha de préciser Doreen. Alors, peux-tu m'octroyer, disons une demi-heure ?

— Le timing sera parfait.

Et là-dessus, Penny fila à l'intérieur. Elle s'arrêta à la porte ouverte du garage et sourit de toutes ses dents.

— Merci, lança-t-elle à Doreen.

Cette dernière hocha la tête et lui rendit son rictus.

— Merci à toi.

Elle se retourna en entendant le bruit d'un autre véhicule et, cette fois, il s'agissait de Mack. Son fourgon fit marche arrière à côté de la voiture de Doreen, Mack en sortit, jeta un œil au chargement et souleva un sourcil.

— Je ne voulais rien oublier, juste au cas où, se justifia-t-elle en haussant les épaules.

— Je ne pensais pas qu'il était possible de tout vider aussi vite.

— C'est parce que George avait tout accroché et ordonné si soigneusement que c'était facile de retirer les outils, et il n'y en avait pas autant que je le pensais, car il les avait dispersés.

Mack hocha la tête.

— Alors, on a quoi, trois établis ?

Elle désigna d'un signe de tête les deux dans le fond et dit :

— Je n'ai pas encore retiré les tiroirs de ceux-là, mais c'est bon pour celui-ci. (Elle montra d'un geste l'arrière de sa voiture puis ajouta :) Les grandes caisses à outils sont à prendre également.

Mack agrippa le premier établi, le souleva et déclara :

— OK, celui-là n'est pas trop lourd.

Il le porta jusqu'à son fourgon et le plaça sur le côté. Il se dirigea ensuite vers les deux autres. Il tenta d'en soulever un et plissa le front.

— Celui-ci est plus massif.

— J'ai encore de la place pour un autre tiroir, indiqua Doreen en pointant le hayon de sa voiture.

Il en retira un et souffla :

— Eh bien, c'est vraiment très lourd. (Il le plaça dans sa voiture avant de prendre le second tiroir et de faire de même.) On mettra les deux tiroirs de l'autre établi dans ma cabine.

Elle les attrapa, remarqua à l'intérieur ce qui ressemblait à des dossiers et toutes sortes de choses dont elle n'avait aucune idée de quoi faire, et elle apporta le tout à l'avant du fourgon de Mack. Une partie d'elle craignait de devenir comme Nan et d'accumuler des choses dont elle n'avait absolument pas besoin. Une autre s'inquiétait d'être simplement radine ou d'avoir juste envie de vendre tout ça. Les trois établis désormais vidés, elle et Mack agrippèrent l'un d'eux et le portèrent jusqu'au fond de la plate-forme du camion. Il le tourna à l'horizontale, prit le plus petit et le disposa à l'intérieur, les emboîtant l'un dans l'autre. Puis il saisit le troisième et le mit au-dessus.

Doreen contempla le résultat, ravie.

— Waouh ! Je ne pensais même pas que ce serait possible.

— Ils n'ont pas posé de problème. (Il poussa la caisse à outils.) Elle, en revanche…

Doreen la regarda et fronça les sourcils.

— On pourrait peut-être retirer les tiroirs ?

Mack secoua la tête et, pendant qu'elle observait, il souleva la partie supérieure de la caisse à outils et la posa au sol.

— Je ne savais pas qu'on pouvait les séparer ! s'exclama-t-elle, ravie.

— On ne peut pas vraiment le faire, corrigea-t-il, mais le bas sera très lourd. Il faudrait qu'on utilise une rampe, mais on ne peut pas.

Cependant, Mack était un grand gaillard. Il fit le tour jusqu'à l'arrière de la caisse et, en la déplaçant avec précaution, la hissa jusqu'au hayon. Ensuite, il la cala contre les établis afin que rien ne bouge. Il rendait l'opération si facile. Il attrapa enfin la partie supérieure. Les plus petites pièces ayant été posées par-dessus et glissées dans les coins, il fit un signe de tête.

— Je savais que ça rentrerait.

Elle jeta un coup d'œil au garage et lança :

— Il est presque totalement vide. C'est incroyable.

Il y avait un balai dans un angle. Elle s'en saisit et le passa dans la pièce vide, comme ça Penny n'aurait pas à s'en occuper. Mais il n'y avait pas de ramasse-poussière. Elle poussa le tout dans un coin du garage puis frappa à la porte.

Penny en sortit et regarda la pièce vide.

— Waouh ! s'exclama-t-elle.

Doreen désigna le tas de poussière et indiqua :

— J'ai balayé, mais je n'ai pas de pelle pour jeter ça dans une poubelle.

Penny hocha la tête.

— Aucun problème. Je nettoierai. (Elle se tourna et jeta un coup d'œil circulaire au garage.) C'est suffisamment grand pour deux voitures, peut-être même trois.

— C'est vrai qu'il est grand, intervint Mack. Il a même l'air énorme, maintenant. Ça devrait constituer un sacré bon point pour vous. (Il sécurisa le hayon, secoua le dessus de l'établi et dit :) Une bonne chose que nous n'allions pas trop loin.

Doreen s'approcha de sa voiture, fit signe à Penny, se laissa tomber sur le siège passager et sortit ensuite lentement de la propriété. Avec tous les outils étalés partout dans son véhicule en mouvement, il y avait un cliquetis incessant et un entrechoquement d'acier. Mais elle conduisit prudemment jusque chez elle, où elle se gara le plus à droite possible de son allée. Elle n'avait absolument aucune idée de ce qu'elle ferait de tout ce que Mack allait apporter.

Il fit marche arrière et s'arrêta à six bons mètres des portes du garage. Il bondit hors de son véhicule et demanda :

— Vous y avez sérieusement réfléchi ?

— Pas du tout, se confia-t-elle. Ça devrait aller, mais le garage…

Mack hocha la tête et proposa :

— Jetons-y un œil.

Elle se rendit à l'intérieur de la maison et ouvrit les portes pour les animaux qui sortirent en courant pour saluer Mack. Il se baissa pour gratouiller les oreilles de Mugs, tandis que Thaddeus sauta sur son épaule. En riant, Mack lui offrit quelques câlins également. Goliath se contenta de rester assis là et de le regarder. Mack s'appuya sur un genou et se tendit pour le caresser, mais Thaddeus lui pinça l'oreille.

— Aïe !

Cela fit rire Doreen qui sortait de la maison, la clé du garage en main.

— Ça veut dire qu'il estime que vous ne lui avez pas accordé assez d'attention.

— Eh bien, ce n'est pas ça qui va me donner envie de le câliner davantage, répondit sèchement Mack.

En souriant, Doreen déverrouilla la porte du garage et l'ouvrit. Mack fixa le contenu et grogna.

— Comment allez-vous mettre toutes les affaires de George là-dedans ? demanda-t-il.

Elle haussa les épaules.

— La bonne nouvelle, c'est que j'ai contacté Scott et qu'il est excité au sujet de la commode haute qui se trouve au sous-sol. Il viendra demain pour la voir.

Mack hocha la tête.

— C'est super, mais on va d'abord devoir s'occuper de cette porte.

— La météo s'annonce clémente pour demain et une partie de la journée suivante, alors si on peut faire vérifier par Scott ce qui se trouve ici, on pourra faire un aller-retour jusqu'à la benne ou embaucher quelqu'un pour emporter tout ça à la décharge, ou même louer un camion à ordures, déclara-t-elle, même si cela la faisait grimacer.

— Ça vous coûtera quelques centaines de dollars, l'avertit-il.

Elle acquiesça :

— Je sais. J'ai cet argent, si besoin, mais si je pouvais ne pas l'utiliser, je préférerais.

Mack marcha vers le garage et dit :

— Certaines choses ici sont bonnes pour la poubelle.

Il sortit prudemment une table avec un pied en moins, qui paraissait être en pin bon marché avec une énorme éraflure sur le dessus. Il la dégagea jusqu'au coin herbeux le long de l'allée et Doreen évacua plusieurs chaises qui semblaient aller avec, qui paraissaient en tout aussi mauvais état. Elle secoua la tête.

— Nan a confirmé qu'un tas de bricoles s'y trouvaient.

— Sortons autant de ces *bricoles* que possible, et voyons ce qui reste, suggéra-t-il en poussant un soupir.

Elle l'aida à déplacer une douzaine d'objets, et ils avaient désormais progressé de trois bons mètres à l'intérieur.

— Ça se déroule mieux que je ne le pensais, lança Mack, mais je ne comprends pas ce que c'est que ça.

Doreen regarda la palette et poussa un grognement.

— Nan a raconté qu'elle avait acheté ce lot sans le voir et qu'elle s'était ensuite mise en colère en constatant que ce n'étaient que des pièces détachées de voitures.

Mack soupira.

— On devrait y jeter un œil pour vérifier si ça a la moindre valeur. Mais sortons d'abord le reste de tous ces machins à moitié cassés.

— Et si le moindre truc est en bon état, dit-elle, il se trouve que je suis en manque de mobilier d'intérieur en ce moment.

Il rit à ces mots.

— Ça vous apprendra à vous débarrasser de tout.

— Et je bazarderais tout ça aussi si je le pouvais.

Ils délogèrent plusieurs autres objets. Une table s'effondra dès qu'ils la remirent sur pieds. Mack la scruta et questionna :

— Avez-vous récupéré une masse dans la maison de Penny ?

Doreen hocha la tête et en prit une sur le plancher avant de sa voiture. Elle la traîna jusqu'à lui.

Il rit, s'en saisit et frappa sur deux pieds de table du tas de mobilier à jeter. Le tout s'écroula. En quelques minutes, il y avait une petite pile de petits bois plutôt chers.

— Ça facilitera les choses pour tout transporter hors d'ici.

Puis il retourna dans le garage et en ressortit avec d'autres pièces.

Elle prit le rythme, évacua les objets, et s'ils étaient cassés ou rayés, Mack les détruisait, en complétant la pile d'ordures. Très rapidement, ils eurent presque fini de vider intégralement le garage.

Elle se tint au milieu de la pièce.

— Rien que pour ça, je comprends ce que ressent Penny. Cet espace est énorme.

Mack acquiesça.

— Il y a encore pas mal de bazar sur les murs.

Il désigna un paquet d'outils suspendus, ainsi que du matériel posé contre le mur du fond. Il regarda de nouveau la palette et demanda :

— La question est : que faire de ça ?

Chapitre 27

Vendredi après-midi…

— Je n'en ai aucune idée ! répondit Doreen.

La large palette était encore emballée de plastique. Elle ouvrit une des boîtes et en sortit une sorte de tuyau en argent.

— Nan a dit que tout était des pièces détachées de voiture, alors je ne sais pas ce que c'est.

Mack regarda l'objet qu'elle tenait et siffla.

— Ça ne vient pas exactement d'une voiture, annonça-t-il. C'est un tuyau de poêle provenant d'une Harley.

— Un tuyau de poêle ? Comment cela peut venir d'un poêle ?

Elle l'observa le tourner dans ses mains et s'accroupir devant le carton.

— D'accord, en fait, ça pourrait valoir beaucoup.

— Sérieusement ?

Il acquiesça.

— Mais il vous faut quelqu'un qui s'y connaît. (Il ouvrit deux autres caisses et continua :) J'ai un pote qui collectionne et restaure les vieilles voitures et motos. Laissez-moi lui parler.

Il sortit son téléphone et se dirigea vers l'allée.

Doreen s'occupa en ouvrant le reste des contenants, mais, pour elle, tout était méconnaissable. La palette en elle-même mesurait un bon mètre de large et son chargement au moins un mètre de haut.

Elle se tourna et trouva une paire de broches provenant d'un objet quelconque, ainsi qu'une autre chaise derrière qu'elle traîna jusqu'au tas de déchets sur la pelouse. Elle regarda la collection de balais et d'autres ordures et se dit :

— Que faire de tout ça ?

Elle déplaça quelque chose qui était posé contre le mur et comprit qu'il s'agissait d'un énorme miroir. Elle s'exclama muettement tout en le faisant pivoter. Il lui semblait que ça ne partirait pas à la benne. Elle le contempla un long moment, et elle prit ensuite une photo pour l'envoyer à Scott. Elle le déplaça avec précaution jusqu'au fond du garage en posant une couverture dessus jusqu'à ce que tout soit débarrassé, excepté la palette.

Sale, fatiguée, mais absolument ravie de retrouver son garage et de savoir que tout ce qui se trouvait dehors était destiné à la déchetterie, elle se tourna pour voir Mack une fois de plus plongé dans la palette de cartons.

— Qu'a répondu votre ami ?

— Il est en chemin, marmonna Mack en sortant d'autres pièces.

Elle avança d'un pas et demanda :

— Vous êtes en train de me dire qu'il va venir maintenant ?

Il leva les yeux vers elle et confirma d'un signe de tête.

— Oui, il arrive. Ainsi que son frère. L'un s'occupe des motos et l'autre restaure les voitures, alors avec un peu de chance, ils seront capables de nous expliquer ce que c'est.

— Ce serait chouette !

Elle glissa ses mains dans les poches en attendant, et ses doigts vinrent en contact avec les morceaux plastifiés trouvés chez Penny. Elle les sortit et les tint dans sa main, essayant de les assembler. Elle les observa et plissa le front. Réunis, ça ressemblait à un badge d'infirmière. Le clip en métal était encore attaché à l'un des fragments. Elle les posa sur les marches du garage. Ce n'était pas un badge complet, et ça avait été mâchouillé et noirci par endroits, mais un nom s'y trouvait : *Nancy Cousins.* Elle prit une photo des parties regroupées.

Mack s'approcha et l'interrogea :

— Qu'avez-vous, là ?

Elle désigna les bouts plastifiés.

— Apparemment, George avait pour habitude de brûler ses déchets derrière sa maison, et il les enterrait toujours là où se trouvaient les échinacées à l'origine. Penny essayait de rendre cet endroit plus joli, mais les plantes n'étaient pas en très bon état. Quand je les ai déterrées pour les mettre ailleurs, j'ai trouvé ces petits morceaux.

— Le plastique est partiellement fondu et des zones sont plutôt noircies, constata-t-il, mais on dirait l'étiquette d'identification d'un hôpital.

Elle acquiesça.

— Mais j'ignore comment et pourquoi ça se trouvait là, souffla-t-elle.

Mack fronça les sourcils et reprit :

— Je connais ce nom… (Il regarda au loin.) Je vérifierai. Ne les perdez pas.

— Vous les voulez ?

Il y réfléchit un instant et hocha la tête.

— Mettez-les dans un sac pour moi, voulez-vous ?

Elle pouvait entendre des véhicules se garer devant. Elle jeta un œil dans l'allée et y vit un couple de gars peu commodes. Mack afficha un large sourire et annonça :

— Voilà les frères.

— Vous êtes sûr qu'il fallait les appeler ? s'inquiéta-t-elle, en plein doute.

— Ce sont de bons gars, la rassura Mack. Allez mettre ça dans un sac, s'il vous plaît, et ensuite, venez. Je vous présenterai.

Il sortit et serra la main des deux hommes. Il y eut pas mal de tapes sur les épaules tandis qu'il les conduisait vers la palette. Elle l'observa sortir son canif et couper le reste du plastique.

Elle alla à l'intérieur et emballa les fragments de badge dont Mack avait besoin. Lorsqu'elle revint à l'extérieur, le sac dans sa poche, elle trouva les hommes en train de s'exclamer devant les cartons. Elle se tint debout, sur le côté et demanda :

— Y a-t-il quelque chose de valeur là-dedans ?

Les deux frères la regardèrent. L'un d'eux s'approcha, la main tendue et dit :

— Vous devez être Doreen.

Elle tenta un sourire et lui serra la main.

— Qu'est-ce qui m'a trahie ?

— Probablement ce grand oiseau sur votre épaule ? Et ce beau mec, ajouta-t-il en se baissant pour saluer Mugs qui semblait ravi de le voir.

Doreen gloussa.

— J'oublie que Thaddeus est là, la plupart du temps.

— Il était sur mon épaule il n'y a pas si longtemps que ça, fit remarquer Mack avec entrain, jusqu'à ce qu'il me donne un coup de bec parce que je ne lui accordais pas assez d'attention.

Les hommes rirent. Elle regarda les cartons sur la palette et les interrogea :

— Vous avez une idée de ce que sont ces trucs ?

— Pour savoir, on sait ! intervint l'un des frères. Et si vous souhaitez vendre le lot, on est intéressés pour l'acheter.

Elle les dévisagea de surprise.

— Ouah, d'accord. Ce n'est pas ce à quoi je m'attendais.

L'un d'eux hocha la tête.

— Ce sont toutes des parties de quelque chose, des pièces d'origine de ce qu'on peut en dire, mais certaines sont dépareillées, comme si elles provenaient d'un magasin de pièces auto ou d'enchères, où tout aurait été liquidé en lots. Ça arrive assez régulièrement, apprit-il, mais ici, vous avez un inventaire plutôt convenable.

— Ma question devient alors : qu'est-ce qui a de la valeur, et combien vous m'en donneriez ?

— Et bien sûr, vous vous demandez si ce sont deux choses bien distinctes, hein ?

Elle rit.

— Eh bien, je dois admettre que je suis un peu fauchée, alors si on peut convenir d'un marché solide, ce serait bien.

— On est prêts à vous faire une offre honnête, indiqua le plus grand. Quand on restaure des motos, on recherche toujours les pièces d'origine, et parfois, on écume la campagne pour en trouver. Celles-ci n'appartiennent pas au même type de véhicule. Et on a forcément besoin de pièces adéquates quand on bricole.

— Ah, souffla-t-elle. (Elle s'approcha. Tous les cartons avaient été ouverts et disposés dans le garage. Elle secoua la tête.) Rien de tout ça n'est spécial à mes yeux.

— Ne vous en faites pas, réagit l'un des frères, ça n'a rien de particulier pour le commun des mortels. Mais on peut probablement vous en proposer quelques milliers de dollars, si vous êtes intéressée.

— Absolument, confirma l'autre frère. C'est le montant réel.

Doreen jeta un coup d'œil à Mack qui haussa les épaules, avant de s'adresser aux frères.

— Que voulez-vous dire par quelques milliers de dollars ?

Les deux frères se regardèrent et l'un répondit :

— Le prix fort serait trois mille, et on vous l'embarque tout de suite.

Mack releva un sourcil.

— Je suppose qu'un petit détour par la déchetterie n'est pas inclus dans le marché, hein ? demanda astucieusement Doreen.

Mack se mit à rire. Les hommes la dévisagèrent avec surprise. Elle pointa du doigt la pile de détritus disposée sur la pelouse et expliqua :

— Je n'ai aucun moyen de me débarrasser de ce tas de débris.

Ils y jetèrent un œil et lancèrent :

— On peut prendre ça aussi. On le mettra à l'arrière de notre camion, le reste à l'intérieur, et on sera prêts à partir.

Elle afficha un sourire ravi.

— Alors, trois mille dollars et un tour à la déchetterie. Ça me paraît bien.

Ils se serrèrent tous la main. L'un des frères sortit un rouleau de billets de cent dollars et les compta jusqu'aux trois mille promis à Doreen. Ensuite, Mack posa son bras sur son épaule et l'enlaça, en chuchotant à son oreille :

— C'était délicat de l'intégrer au marché, mais bien

joué !

Les frères étaient déjà en train de placer les cartons dans leur véhicule. Ils avaient un de ces grands camions à cabine qui semblaient absorber les chargements.

Elle adressa un large sourire à Mack.

— Hé, une fois qu'on sera débarrassés des ordures et des pièces détachées, on pourra vider votre fourgon et ma voiture dans le garage, puis ouvrir les portes menant au sous-sol. Peut-être même déplacer des trucs jusqu'ici.

Il grommela et leva les yeux au ciel.

— J'étais joyeusement en train d'oublier le sous-sol.

Elle sourit.

— Mais si c'est là que se trouve l'argent, reprit-il, je ne peux pas le négliger.

— Eh bien, avant ça, dit-elle, débarrassons-nous de tout ce qu'il y a ici.

Il acquiesça.

— C'est mon ordre de marche, alors. Et si vous prépariez un café ? Je vais donner un coup de main aux gars pour tout charger, et peut-être qu'ils pourront m'aider à descendre les établis et les caisses à outils. Je ne suis pas pressé de m'occuper de ce truc.

Lorsque le café fut prêt, elle sortit et constata que tout ce qui était à jeter avait été mis dans le camion, que son garage avait été vidé et que les hommes assistaient avec entrain Mack pour décharger les boîtes à outils et les établis. Ils placèrent soigneusement le tout dans son garage, presque à l'image de l'agencement réalisé par George dans le sien, puis elle ouvrit le coffre de sa voiture et commença à en sortir les tiroirs.

Ceux-ci à leur place, les hommes reculèrent et lâchèrent :

— Ouah, vous avez là un bel atelier !

Elle sourit, apporta les panneaux, puis répondit :

— Pas encore, mais une fois que je les aurai accrochés, alors peut-être que oui. J'ai encore tous les outils à suspendre, mais j'ai pris des photos pour me souvenir comment tout doit être maintenu.

L'un des frères se saisit d'une planche et proposa :

— On peut vous les fixer en un rien de temps. J'ai même des clous dans le camion.

— Et moi un marteau, ajouta Doreen. Si vous pouvez faire ça, je vais servir le café. Je vous amènerai des tasses.

Elle versa du café pour tout le monde et apporta du sucre et du lait avec. Elle avait choisi les plus belles tasses, mais elles étaient tout de même ébréchées. Les hommes ne semblaient pas s'en formaliser. Cela ne prit que quinze minutes pour que tous les panneaux soient suspendus, avec les établis en dessous. Elle regarda avec ébahissement. Puis elle récupéra les outils sur le siège arrière de sa voiture et les accrocha, en se basant sur les clichés dans son téléphone. Les trois hommes restèrent suffisamment longtemps pour que tout soit finalisé, jusqu'à ce que sa voiture soit vide. Elle pivota, les regarda et sourit.

— Merci infiniment ! lança-t-elle. Je ne savais absolument pas comment j'aurais pu faire tout ça.

Ils se serrèrent tous la main et l'un d'eux dit :

— C'est un sacré marché que vous avez conclu, aujourd'hui. Ces outils valent bien des milliers de dollars !

— Je sais ! confirma-t-elle. Malheureusement, des dizaines de milliers de dollars de rénovation sont à prévoir dans la maison de Nan, alors j'apprendrai à me servir de certains de ces outils moi-même. Sans parler du jardinage à réaliser également.

— Quand vous serez prête à engager des gens pour effectuer des travaux dont vous ne pourrez pas vous charger, faites-le-nous savoir, déclara l'un des frères. On a un assez bon réseau d'artisans.

Ils avalèrent leur café, tendirent leur tasse vide, secouèrent de nouveau la main de Mack et partirent.

Doreen se tint là, tenant les tasses vides et contemplant son garage. Elle se retourna pour regarder Mack et demanda :

— Comment a-t-on réussi à faire ça ? On est parti d'un garage rempli de bazar pour finir avec un espace de travail absolument fantastique.

Il secoua la tête et répondit :

— C'est grâce à vous. Vous étiez la seule personne que je connaisse capable de faire ça aussi rapidement. Maintenant, mettez-vous au volant de votre voiture, opérez un demi-tour et garez-vous à l'intérieur. C'est une façon plus sûre de rentrer et sortir chaque jour.

Elle esquissa un rictus, bondit dans son véhicule et stationna pile au milieu de son nouveau garage repensé. En sortant, elle s'exclama :

— Regardez ! Ça rentre pile-poil !

Il acquiesça.

— Maintenant, oui. (Il s'approcha et installa la télécommande du garage qu'elle n'avait encore jamais vue à son pare-soleil.) Maintenant, vous pourrez rentrer et sortir en utilisant ça. Et pour ouvrir la porte de l'intérieur, servez-vous de l'interrupteur sur le mur à côté de celui pour la lumière, lui expliqua-t-il en désignant l'endroit.

Elle sourit de toutes ses dents et l'essaya.

— Parfait !

— Sauf que… on doit remonter du mobilier du sous-sol. Ça en fait un paquet à bouger, alors on devrait commencer maintenant. Profitons que je ne doive pas retourner au travail aujourd'hui.

Elle grommela, monta dans sa voiture, ouvrit la porte du garage et fit marche arrière, avant de se garer là où elle se trouvait auparavant.

— Je crois que je vais avoir besoin de plus de café avant qu'on s'y attelle.

Chapitre 28

Vendredi, à l'heure du dîner…

À L'INTERIEUR, DOREEN mit en route un second café. Mack se tint derrière elle et prévint :

— Je ne sais pas si vous avez hâte de sortir d'ici et de vous occuper du sous-sol maintenant, mais l'heure du dîner est passée…

Elle le dévisagea, stupéfaite.

— Quelle heure est-il ?

— Plus de six heures, l'informa-t-il en tapotant sa montre. Si on prépare des pâtes, on ne mangera pas avant 6 h 30 ou 6 h 45.

Elle opina du chef.

— Mangeons, alors. Ça devrait nous donner une heure, peut-être deux, pour transporter toutes les affaires du sous-sol en haut, avant que j'abandonne complètement.

— J'ai remarqué que vous aviez déjà remonté des meubles dans le salon. Ce sont ceux que Scott doit vérifier ?

Elle confirma d'un signe de tête.

— Et pour l'instant, ça semble être un peu dépareillé. J'ai pris ce que j'ai pu, mais je ne peux pas atteindre la commode. Elle est encore dans le coin du fond.

— Je m'en souviens.

Il sortit une grande casserole, la remplit d'eau et alluma le feu pour la faire bouillir avec un couvercle posé dessus. Puis il sortit la sauce que Doreen avait congelée et la versa dans une autre casserole pour la faire réchauffer.

Elle le regarda et demanda :

— On aura le même plat que la dernière fois ?

— Ouaip. Il va nous falloir un peu plus de sauce, alors je la rallongerai en attendant que l'eau des pâtes bouille.

Une fois tout en place, il déclara :

— Je veux jeter un œil à ce que vous avez déjà déplacé.

Il entra dans le salon. Elle se tenait là et lança :

— Voyez, ce ne sont que des chaises et des tables basses pour l'instant.

Il ouvrit la porte qui menait au sous-sol et disparut. Il revint quelques minutes plus tard, apportant avec lui un fauteuil ailé à haut dossier, à la forme étrange. Elle l'observa et plissa le front.

— C'est bizarre, non ?

— J'en ai déjà vu avant. Mais j'ignore s'il y en a d'autres. Il semble que Nan possédait un groupe d'objets individuels, en bas. Avec de la chance, quand on les aura tous sortis, on sera en mesure de les regrouper par ensembles similaires le cas échéant. Il faut qu'on ouvre les grandes portes du garage aussi. Je ne peux pas commencer par la fin.

Elle prit la tête du chemin menant de la cuisine au garage, s'exclamant de joie lorsqu'elle pénétra dans le grand espace. Elle appuya sur l'interrupteur, marcha jusqu'aux doubles battants et les ouvrit en grand.

Mack se tint derrière elle et siffla.

— Maintenant, ça offre un large escalier sympa.

Elle acquiesça.

— Ça va vraiment aider, hein ?

Il descendit les marches côté garage et alluma dans le sous-sol. Ils pouvaient désormais voir la pleine étendue du mobilier présent. Il grogna, fit un geste vers l'un des bouts de table et demanda :

— Vous pouvez soulever ça ?

Elle l'agrippa et, ensemble, ils soulevèrent une grande table à manger qu'ils portèrent à l'envers et posèrent dans un coin du garage. Six voyages plus tard, Doreen s'essuya le front et suggéra :

— On devrait peut-être surveiller la casserole.

Il grimaça un sourire et hocha la tête.

— Et vous avez besoin d'une pause.

Elle roula des yeux.

— Je vous ai dit, depuis que je suis arrivée chez Nan, j'ai fourni plus d'efforts physiques que dans toute ma vie.

À ces mots, il éclata de rire.

— C'est sûrement bon pour vous, lança-t-il.

Ils entrèrent ensemble dans la cuisine. Mack mélangea la sauce, ajouta des tomates, de l'ail et ce qui ressemblait à un mélange d'herbes – mais elle n'en était pas certaine –, puis il incorpora de l'huile et du sel dans la grande casserole.

— On a encore dix minutes avant que ça bouille. On peut faire trois voyages de plus, annonça-t-il.

Intérieurement, elle pensait qu'ils n'avaient le temps que pour un seul, mais elle était disposée à lui accorder une chance.

Ils retournèrent au sous-sol et Mack dit :

— OK, suivant ?

Elle regarda autour d'elle et indiqua :

— Il y a deux gros miroirs ici.

Avec précaution, Mack en prit un et le porta. Elle saisit

le plus petit et l'amena au garage puis réagit :

— Vous savez quoi ? C'est bête que vous vous occupiez de choses que je peux soulever. Pourquoi ne pas vous charger des plus grosses pièces, dans la mesure où je peux faire le reste moi-même ?

Il acquiesça, retourna en bas et attrapa le fauteuil qui correspondait à celui qu'ils avaient vu plus tôt. Comme elle se tenait dans le sous-sol, elle désigna un canapé.

— On dirait qu'il va avec les chaises.

— On dirait, oui, confirma-t-il.

Au lieu de trois voyages, ils en firent finalement cinq avant de dîner. Alors qu'elle apportait un autre miroir, Mack disparut dans la cuisine. Reconnaissante, elle le suivit pour le voir plonger les pâtes dans la casserole.

— Alors, on mange bientôt ?

— Encore quelques minutes. Jetons un dernier coup d'œil au sous-sol.

Le garage était maintenant à moitié rempli, les meubles étant soigneusement espacés au lieu d'être empilés les uns sur les autres. Mack et Doreen retournèrent en bas.

Il observa quelques-uns des plus gros objets et suggéra :

— Si on les remonte au garage, ça nous donnera un accès à certains des trucs parqués sur le côté.

Il leur fallut plusieurs tentatives pour soulever un canapé. Lorsqu'ils durent gravir les escaliers, il porta le plus gros du poids. Ils s'arrêtent à mi-chemin puis, vaillamment, elle prit l'extrémité et la leva pour deux marches de plus. Elle secoua la tête à l'intention de Mack.

— Je suis désolée. C'est tellement lourd !

— Prenez votre temps, l'apaisa-t-il. À chaque marche franchie, on s'approche du garage.

Elle soupira, se pencha et agrippa de nouveau.

— Baissez-vous avec vos genoux, l'avertit-il, pas votre dos.

Elle souleva en usant de ses quadriceps et trouva cela plus facile. Elle atteignit le sommet et recula lentement en passant par les portes, tandis que Mack montait les escaliers à sa suite. Lorsqu'ils le posèrent, elle lança :

— Ce canapé est plutôt joli.

— Vous l'aimez ? demanda-t-il. Ça va être chiant de l'amener jusqu'au salon, mais si c'est là-bas que vous le souhaitez…

— Pas tant que je n'ai pas entendu ce que Scott aura à annoncer.

Cela fit rire Mack.

— Toujours après l'argent, hein ? la taquina-t-il.

— Du mobilier moderne, coûtant une fraction de la valeur de ce que Scott trouvera ici, me convient. Et je ne veux rien de précieux que les animaux pourraient abîmer.

— Bien vu, approuva-t-il en disparaissant dans la cuisine. (Il revint quelques instants plus tard pendant qu'elle était encore en train de se reposer, et il déclara :) Les nouilles ne sont pas encore prêtes. On va en remonter encore un peu, et ensuite on pourra manger.

Elle descendit la première, soulagée de constater que le sous-sol était à moitié vide maintenant.

— On peut encore placer quatre ou cinq pièces dans le garage, dit-elle, si elles ne sont pas trop grandes. Peut-être qu'on peut aussi trier ce qu'il y a ici, comme ça ils ne seront pas empilés et Scott pourra y accéder également.

— Oui, c'est une bonne idée. Voyons s'il y a d'autres éléments de cet ensemble.

Elle désigna deux bouts de table et indiqua :

— Je crois que ça en fait partie, si on se fie à la base des pieds.

Il hocha la tête, saisit les deux, lui tendit et dit :

— Vous pouvez attraper ceux-là. Et il y a une grande table basse, là. Je vais la prendre.

Il la porta et la mit devant le canapé et les deux fauteuils. Cela fit sourire Doreen.

— Est-ce que Nan a vraiment acheté tout ça pour moi plus tard ? Ça me laisse perplexe.

— Ça signifie peut-être qu'elle avait le pressentiment que vous en auriez besoin, argua Mack en la regardant en coin.

— Elle n'a jamais vraiment rencontré mon ex, mais je crois qu'elle a compris à nos conversations que je n'étais pas heureuse.

— Savait-elle qu'il était très riche ?

— Oui, mais elle était également consciente que j'avais un budget serré et que je ne pouvais pas dépenser l'argent comme je le voulais.

— Et pourtant, vous aviez des tenues à cinq mille dollars.

— Oui, mais il m'avait appris à les acheter pour ne pas me sentir embarrassée lors de certains événements. Mais quand je donnais cinquante dollars à une œuvre de charité destinée aux animaux, il me réprimandait assez lourdement.

— Eh bien ! Un homme charmant ! s'exclama Mack.

— Je sais, admit Doreen. J'ai plaidé ma cause quelquefois, et j'avais alors de l'argent à leur attribuer, mais ce n'est quand même rien comparé à ce qu'il dépensait pour des objets luxueux.

Mack finit par rentrer pour vérifier les spaghettis et revint au garage où il annonça :

— L'eau recommence à bouillir, c'est presque prêt.

Elle hocha la tête et contempla tout le garage.

— Il y a un peu de place ici, mais pas tant que ça. (Désignant à nouveau le sous-sol à Mack, elle remarqua :), Mais il y en a un peu plus là-bas, désormais.

Elle retira deux chaises d'une autre table à manger et les plaça comme s'ils allaient s'asseoir à table, puis elle tira le meuble vers elle afin de pouvoir mettre les autres chaises de l'autre côté.

— Il faut encore que nous sortions la commode, rappela Mack. Ce n'est vraiment pas celui qu'on veut laisser en bas.

— Non, confirma-t-elle. (Elle désigna également deux grands buffets.) Je me demande s'ils ont la moindre valeur.

— Je ne sais pas, répondit Mack, mais je ne peux même pas les déplacer tout seul. Vous devriez également en vérifier les tiroirs. Connaissant Nan, je ne serais pas tout à fait surpris qu'ils soient pleins. Bon, allons manger. On pourra y jeter un œil après ça.

Ils remontèrent, et Doreen fut ravie de voir Mack égoutter les pâtes. Elle nettoya le coin repas de la cuisine, prépara deux sets de table puis, bien vite, Mack s'approcha avec deux assiettes remplies de spaghettis et de sauce. Elle regarda la sienne en soupirant de contentement.

— Je rêve de ce plat depuis la première fois que vous l'avez préparé, lança-t-elle.

— Vous auriez pu finir la sauce n'importe quand.

Elle secoua la tête.

— Non, pas parce que je ne savais pas comment la réchauffer, mais plutôt parce que j'ignorais comment cuisiner correctement les pâtes.

Il opina du chef.

— Eh bien, je suis gagnant ce soir ! (Il se plaignit avec bonhomie.) J'aurais pu préparer un bon plat. Je me sens comme si vous aviez mis mes muscles à rude contribution, aujourd'hui.

Elle acquiesça.

— Alors, qu'en est-il de cette personne sur le badge ? demanda-t-elle.

Il la regarda en fronçant les sourcils.

— Je n'en suis pas sûr. Mais c'est une affaire classée.

Abaissant sa fourchette, elle rétorqua :

— Sérieusement ?

Il hocha la tête et son visage s'assombrit.

— Mais vous ne devez rien dévoiler de tout ça jusqu'à ce que j'aie l'occasion de taper le nom dans la base de données et de voir ce qui en ressort.

Elle fit signe que oui.

— Ça n'augurerait rien de bon pour George si ça avait été découpé et enterré dans son jardin.

— Découpé, brûlé et enterré dans le jardin, corrigea Mack. Mais une fois encore, nous ne savons rien de plus pour le moment.

Doreen mit ça volontiers de côté dans son esprit, pour l'instant, et s'attaqua à ses pâtes.

Chapitre 29

Vendredi soir…

D OREEN SE TENAIT à la porte du garage et fit signe à Mack qui faisait marche arrière pour sortir de son allée et rentrer chez lui. Il était plus de neuf heures. La journée était terminée. Il était épuisé et Doreen également. Ils avaient rempli le garage, mais pas trop, et la plupart du mobilier encore au sous-sol était disposé de manière à avoir au moins une vue sur chaque pièce. Elle avait pris autant de photos que possible et, en réalité, il y en avait probablement trop, et cela lui donnerait mal à la tête de les classer.

Elle verrouilla les portes extérieures du garage, contente de constater que quelqu'un avait prévu de pouvoir les fermer à clé autant de l'intérieur que de l'extérieur. Elle se dirigea vers sa maison en passant par la cuisine. Ce nouvel accès engendra chez elle un large sourire. Faisant un pas à l'intérieur, elle verrouilla la porte située sur le côté de sa cuisine et enclencha les alarmes à l'avant et à l'arrière. Elle était bien trop fatiguée pour effectuer autre chose.

Même ses animaux se traînaient. Goliath avait été lessivé par sa journée passée à courir dans les escaliers à côté d'elle, comme il faisait habituellement pour prétendre à son lieu de repos préféré.

À l'étage, elle jeta un œil à sa chambre et grommela.

— Et maintenant, si seulement j'avais tous les bras dont j'ai disposé aujourd'hui pour me donner un coup de main avec tout ça.

Elle n'arrivait pas à croire la quantité hallucinante de travail qui avait été abattue aujourd'hui. C'était un sentiment incroyable d'avoir son garage totalement débarrassé du bric-à-brac et désormais agencé de la façon dont il devait l'être. Certes, il était rempli de meubles, mais c'était temporaire. Elle ne savait pas encore ce qu'elle ferait de tout ce mobilier, mais elle espérait que Scott en prendrait une bonne partie, bien qu'il veuille seulement ce qui était haut de gamme. Un autre antiquaire local pourrait être intéressé par ce qu'il n'emporterait pas, et elle passerait probablement un coup de fil à Fen à ce moment-là. Mais pour l'instant, elle était absolument surexcitée et épuisée.

Elle observa son placard et pensa : *Pourquoi ce projet prend-il autant de temps ?* Parce qu'elle en avait réalisé une partie, puis s'était arrêtée avant de s'y remettre, puis de s'interrompre de nouveau. Il était trop tard ce soir pour s'en occuper ne serait-ce qu'un peu, mais elle savait que ce serait sa prochaine grosse mission. Elle sortirait tout ce qui se trouvait dans ce placard, l'étalerait sur le lit – qui consistait toujours en un matelas posé sur le sol – et n'irait pas se coucher avant d'avoir fait le tri. Surtout depuis qu'elle savait qu'encore plus d'argent pouvait s'y trouver. D'une façon ou d'une autre, comme ses poches avaient été remplies par d'autres biais et que l'opportunité du mobilier ancien s'était présentée, elle avait mis de côté la chasse au trésor parmi les vêtements. Mais elle ne pouvait abandonner ça éternelle-ment. Sa chambre ressemblait au chaos. Elle se sentirait tellement mieux quand elle l'aurait enfin organisée.

Bien qu'elle vive ici depuis un peu plus d'un mois, elle n'avait pas totalement emménagé. Ses propres habits étaient encore à moitié rangés dans ses valises, pour l'amour du ciel ! Ils devaient être rangés. Mais dans quoi ? Elle avait repéré des étagères et des commodes dans le sous-sol dont elle pourrait se servir. S'ils étaient en bon état et non anciens, alors elle serait plus qu'heureuse d'en avoir un ou deux ici.

Il lui fallait quelque chose, ça, c'était certain. La plupart de ses vêtements ne nécessitaient pas d'être suspendus, et elle avait besoin d'un endroit pour tous ses leggings, tee-shirts et sous-vêtements. La plupart d'entre eux reposaient actuellement dans des cartons. En secouant la tête, elle prit une douche, puis s'allongea sur le lit et s'effondra. Mais son sommeil était perturbé. Elle remuait et se tournait, finit par se réveiller et grommela, car il n'était que minuit, puis se tourna de nouveau.

Lorsqu'elle entendit quelque chose tomber en bas, elle se redressa comme un éclair. Mugs, qui s'était profondément endormi, sauta sur ses pattes, grogna et se rua hors de la chambre. Thaddeus, qu'elle avait pris avec eux pour qu'il dorme sur le coin du rebord de fenêtre – elle ne pouvait imaginer que ce soit terriblement inconfortable, mais elle ne lui avait fourni aucun nouveau perchoir après avoir fait embarquer le grand lit –, s'agitait sur le sol et criait « Intrus ! Intrus ! »

Elle détestait le seul fait d'y penser. *Pas encore !* Elle enfila une paire de leggings par-dessus sa culotte et un pull par-dessus son caraco, puis enfila rapidement ses tennis avant de se faufiler discrètement en bas avec son téléphone en main. Mugs fit le tour du salon et se dirigea vers la porte du garage. Elle la fixa et grommela. Car, évidemment, aucune alarme n'était branchée de ce côté-ci de la maison. La porte qui menait de la cuisine au garage n'avait pas été accessible auparavant, et celle extérieure du garage avait été bloquée jusqu'à il y a peu.

Cette pensée en tête, Doreen s'inquiéta que quelqu'un s'en prenne aux antiquités, mais n'avait aucune idée de qui ça pouvait être. Ni qui pouvait même savoir ce qu'elle et Mack avaient fait aujourd'hui, excepté les deux frères mécaniciens qui n'avaient cependant pas été présents quand ils avaient remonté des antiquités du sous-sol.

Debout dans la cuisine, se demandant quoi faire, elle crut avoir aperçu une ombre derrière la porte arrière. Elle plissa le front et attendit. Mais elle ne distingua ni n'entendit rien d'autre. Prenant rapidement une décision, elle éteignit le système d'alarme et, accompagnée de Mugs en laisse à ses côtés et de Goliath qui slalomait entre ses jambes, elle sortit sur le perron. Dès que la porte s'ouvrit, elle vit une ombre courir à travers le jardin jusqu'à la crique. Elle retira la laisse de Mugs et hurla :

— Va le chercher !

Mugs fila, tout comme Doreen. Elle n'avait aucune idée de qui était son intrus, mais elle s'en voudrait de le laisser s'enfuir comme ça. Elle fonça sur le chemin menant au nord et remarqua une silhouette sombre repousser Mugs.

— Mugs ! Lâche-le ! cria-t-elle.

Il se tourna vers elle, et il déguerpit en sautant par-dessus la barrière menant dans le jardin d'un voisin. Ce n'était pas haut, mais les buissons autour étaient denses. Mugs aboyait au pied de la clôture et Doreen sut, au moment où elle y parvint, que l'intrus avait filé.

Elle jura dans sa barbe puis afficha un rictus. Elle avait prononcé des noms d'oiseaux. Non pas que c'était une bonne chose, mais c'était définitivement un signe de son détachement des règles strictes de son mari. Elle ne voulait pas vraiment être une personne qui passait son temps à dire des gros mots, mais c'était agréable de savoir qu'elle en était capable et que ça ne l'effrayait pas. Elle savait aussi que ça semblait idiot. Mais elle travaillait là-dessus.

Elle vérifia son téléphone et vit qu'il n'était que 1 h 30 du matin. De retour dans sa maison, elle marcha dans le garage pour comprendre ce qui s'était passé. La petite porte extérieure semblait avoir été ouverte. Bizarre. Elle fit un pas à l'intérieur, alluma et put voir que deux chaises qu'ils avaient disposées avec précaution avaient été bougées. Quelqu'un était venu ici et les avait soit regardées, soit déplacées pour accéder quelque part. Les sourcils froncés, elle vérifia plusieurs objets, se demandant ce qui avait changé.

Puis elle eut une petite idée sur l'identité de son intrus. Elle associa la petite silhouette qu'elle avait aperçue aux gens qu'elle connaissait… Elle resta là un long moment, repensant aux cinq dernières minutes, puis ferma précautionneusement toutes les portes avant de retourner au lit. Elle était quasi certaine que son intrus n'entrerait plus par effraction.

Chapitre 30

Samedi matin…

LE MATIN SUIVANT, elle se réveilla à la suite d'un incroyablement long sommeil, prit rapidement une douche et pensa à ce qu'elle devait faire ensuite. Mack la contacta à huit heures du matin et dit :

— Les vide-greniers sont tôt en général, alors quand voulez-vous y aller ?

— Le plus tôt sera le mieux. J'aimerais être de retour assez vite.

— OK, répondit-il, surpris. Vous êtes toujours partante ?

— Oui, acquiesça-t-elle, toujours. De plus, il n'y en a pas beaucoup, si ?

— J'en ai choisi cinq dans la liste que j'ai trouvée ce matin. Il y a des chances pour que deux ou trois d'entre eux ne proposent absolument rien, mais les autres pourraient être dignes d'intérêt.

— Parfait, lâcha-t-elle.

— Vous semblez ailleurs. Est-ce que ça va ? s'enquit-il vivement.

— Oui, mentit-elle, sourcils froncés. Nous en parlerons

quand vous serez ici. Oh ! et au fait, avez-vous enquêté sur le nom de la femme ?

— Je l'ai fait, confirma-t-il d'une voix soudain calme. Nous en discuterons à mon arrivée.

Et il raccrocha.

Elle pouvait difficilement être énervée contre lui puisque c'était exactement ce qu'elle lui avait dit, mais c'était quand même agaçant.

En bas, elle prit une tranche de toast et se prépara une tasse de café, en se demandant si Mack en voudrait une aussi. À l'idée de partir d'ici, elle s'inquiéta de l'absence de verrou sur la porte extérieure du garage, ainsi que du fait que celui sur la porte arrière de la cuisine paraissait abîmé. Elle essaya de le verrouiller, mais il ne fallut pas secouer beaucoup pour qu'il s'ouvre de nouveau. N'aimant pas ça du tout, mais n'ayant pas vraiment le choix, elle posa une chaise de cuisine contre la porte et partit ensuite au garage pour y adopter la même astuce. Elle ne savait pas si ça empêcherait quiconque d'entrer, mais ça lui offrait un peu de tranquillité d'esprit.

Mack arriva en quelques minutes, mais il resta sur le porche. Elle lui offrit du café, mais il secoua la tête et suggéra :

— Pourquoi n'apportez-vous pas le vôtre dans un mug de voyage ? Je conduirai.

Ce qu'elle fit avant de sauter dans son fourgon. Ils se rendirent au premier endroit. En se garant devant la maison, elle était stupéfaite d'apercevoir une demi-douzaine de gens déambuler devant les tables installées dehors. Elle n'était jamais allée dans un vide-grenier auparavant, alors elle était curieuse de découvrir comment ça se passait.

Mack se dirigea vers les outils, et elle erra parmi les stands, sans rien trouver d'intéressant. Elle vit de tout, des

Tupperware aux assiettes étranges, en passant par les vêtements pour bébé et les jouets. Elle sourit quand elle arriva aux jouets pour animaux, mais ils avaient été totalement mâchouillés et qui savait quel genre de maladies ils pouvaient véhiculer. Elle marcha jusqu'à Mack qui l'attendait. Il la dévisagea, un sourcil levé. Elle haussa juste les épaules, puis il hocha la tête avant de déclarer :

— OK, allons au prochain.

Ils retournèrent au camion et Doreen l'interrogea :

— Est-ce qu'ils sont tous comme ça ?

— Comme quoi ?

— Un amas de trucs dont les gens ne veulent plus et dont ils essaient juste de se débarrasser ?

Il rit.

— Absolument, ils sont tous comme ça, mais parfois ce sont des licitations, quand quelqu'un a trépassé et qu'un membre de la famille est chargé de vider la maison.

— Oh ! répondit-elle. Ça doit être un peu éprouvant.

— Exactement, confirma-t-il. Allez. Vous vous ferez une meilleure idée quand on aura visité les cinq.

Le deuxième était très ressemblant au premier ; le troisième était différent dans le sens où il y avait de la vaisselle de luxe, des assiettes, des couverts, des casseroles, des poêles et d'autres ustensiles. Elle avait bien envie d'en acheter, mais elle n'avait vraiment aucune idée de comment les utiliser ni quand. Mack, d'un autre côté, était en train de considérer une énorme poêle à frire en fonte surmontée d'un couvercle.

Elle l'étudia à son tour et dit :

— Je ne sais même pas si j'arriverais à soulever ce truc.

Il rit.

— Mais c'est très bien pour cuisiner sur un feu tout comme dans un four.

Il finit par l'acheter pour cinq dollars. Il paraissait vraiment mécontent. Il croassait toujours à propos du prix quand ils revinrent au camion, lâchant :

— C'est du vol. (Il regarda Doreen.) Vous n'avez rien vu que vous souhaitiez ?

— Si, mais je ne veux pas remplir une maison que j'essaie de vider.

— Voilà qui est très pertinent, admit-il, car l'une des meilleures choses que vous puissiez faire, une fois que tout le mobilier sera parti, c'est de farfouiller dans les placards de Nan et de vous débarrasser de leur contenu. Pas juste choisir et retirer, mais explorer chaque recoin. Ça vous aidera à faire de cet endroit le vôtre. Ça vous permettra aussi de détecter tout dommage dans la propriété qui aurait besoin d'être réparé et d'emménager complètement. Je n'essaie pas d'expulser Nan, mais simplement de vous amener à concevoir qu'il y aura un paquet de ses affaires dont vous ne voudrez pas.

Secrètement, elle pensa que c'était une merveilleuse idée.

Au quatrième vide-grenier, Doreen s'arrêta devant plusieurs jolies couvertures. Elle regarda le prix. Mack était contre son épaule et lui demanda :

— Vous les aimez ?

— Je ne sais pas comment sera l'hiver par ici, mais j'aime bien m'asseoir dehors le soir, et je veux quelque chose pour recouvrir mes épaules.

Il l'aida à en secouer quelques-unes, et la femme qui était propriétaire des lieux leur annonça :

— J'aimerais en obtenir vingt dollars pièce.

Mack hocha la tête et déclara :

— On n'a pas autant. Que dites-vous de trente pour deux ?

Doreen retint son souffle, se demandant si ça marcherait.

La femme fronça les sourcils et répondit alors en haussant les épaules :

— Oui, pourquoi pas !

Il lui paya les couvertures trente dollars et les porta pendant que Doreen continuait de flâner. Elle était totalement aux anges. Les plaids étaient très doux, comme des peluches. L'un était large, l'autre petit, et leurs couleurs étaient également douces, bleu ciel et vert clair. Selon Doreen, ce vide-grenier en valait la peine grâce à elles. Elle déambula de long en large pour observer le reste, mais ne vit rien d'autre qu'elle désirait. Lorsqu'ils revinrent au fourgon, elle saisit les couvertures et les posa sur ses genoux.

— Elles sont belles, déclara-t-elle, et j'ai de quoi les payer.

— Je le sais, lança Mack, car je ne vous ai pas encore rémunérée pour le jardinage.

Elle éclata de rire, et il lui rendit un large sourire.

— Plus qu'un, et on rentre à la maison.

— Bien, acquiesça-t-elle, car même si on en a réalisé pas mal hier, la partie n'est pas terminée, il y a encore beaucoup à faire.

— Je voulais jeter un œil au sous-sol de nouveau, indiqua Mack. Je suis quasi certain que certaines pièces forment un ensemble avec d'autres. Plus on en associera, plus vous aurez de chance de les vendre.

Elle hocha la tête. Le dernier vide-grenier n'offrit pas grand-chose d'intéressant pour elle. Après avoir remonté l'allée de sa maison, elle sortit gaiement du véhicule avec ses belles couvertures dans les bras et proposa :

— Café ?

— Absolument ! accepta Mack.

Ils entrèrent, et il s'arrêta devant les chaises rassemblées dans le salon.

— Deux de ces chaises appartiennent aux tables à manger qu'on a sorties dans le garage. Je vais les déplacer.

Elle l'entendit et sourit.

— Merci !

Il revint un moment plus tard, le visage soucieux en regardant la porte de la cuisine menant au garage.

— Expliquez-vous.

Elle grimaça.

— Il y a eu un intrus cette nuit.

— Quoi ? (Ses sourcils remontèrent jusqu'à la naissance de ses cheveux.) Et vous ne m'en avez pas informé immédiatement ? rugit-il.

— Eh bien, je l'ai pourchassé de la crique jusqu'à dix maisons plus loin, confessa-t-elle. Mais quand il est passé par-dessus la clôture et qu'il a disparu dans l'un des jardins, je me suis dit que je ne le rattraperais pas.

Mack s'agrippa simplement les cheveux, comme s'il voulait tirer dessus de frustration.

— Je crois savoir qui c'est, ajouta-t-elle, et peut-être que je sais pourquoi, mais je n'ai pas toutes les réponses. Alors, je creuserai un peu plus avant de vous soumettre ma théorie.

Le regard furieux de Mack s'assombrit davantage. Elle essaya de l'imiter, mais il se débrouillait mieux.

— Et puis, avez-vous plus d'informations pour moi concernant ce badge d'infirmière ?

Il glissa la main dans sa poche arrière, en sortit plusieurs bouts de papier et les déplia.

— Elle a disparu il y a bien trente ans, étrangement, exposa-t-il. Son corps n'a jamais été retrouvé, et il n'y avait absolument aucun suspect.

Doreen arracha les feuilles de la main de Mack et les étudia.

— Elle travaillait à la clinique, à Bernard. (Elle hocha lentement la tête.) Oh, intéressant !

Elle s'assit à la table de la cuisine, ouvrit son ordinateur et y tapa l'adresse de la clinique. Elle n'existait plus, et à la place se trouvait désormais un quartier plutôt malfamé.

— C'est parce qu'on n'a jamais mis la main sur son corps que nous ne sommes pas sûrs qu'elle soit morte, mais c'est ce qu'on suppose.

— Alors, ni famille ni amis ne l'ont contactée après ça ? Elle a juste disparu de la surface de la Terre ?

— En fait, oui. Elle a quitté son poste à cinq heures, ce jour-là. Elle a marché jusque chez elle, mais personne n'a rien vu et elle n'est jamais parvenue à destination.

— Ouah… Je me demande ce qui lui est arrivé.

Elle fixa un point au loin, son esprit tentant de rassembler les pièces du puzzle, mais aucune ne s'emboîtait. Elle regarda Mack et demanda :

— Et concernant le père de Penny ?

— C'est sur l'autre feuille. Un cas étrange, là aussi. Une balle dans la tête en pleine rue. Une ruelle en vérité. Là encore, personne ne sait rien.

— Ni pour l'infirmière ? Est-ce qu'elle a été tuée par une arme à feu ?

— Aucune idée, puisqu'aucun corps n'a été retrouvé. (Il tira une chaise de cuisine et s'assit à côté de Doreen.) Est-ce que vous pensez qu'il s'agit de la même personne ?

Elle hocha la tête.

— Oui. J'ignore juste le mobile derrière les deux. Enfin, si, pour l'un d'eux, mais je ne suis pas certaine pour le second.

— D'accord, ça devient intéressant. Vous semblez piger les affaires classées comme personne, alors comment établissez-vous le lien entre les deux ?

— Parce que Randy Foster allait dans cette maison de transition à Bernard, expliqua-t-elle. Je ne serais pas totalement surprise si lui et l'infirmière travaillaient ensemble ou si elle était impliquée d'une quelconque manière.

— Vous êtes en train de prétendre qu'elle aurait pu tuer le père de Penny ? demanda Mack, confus. Ça ne signifie pas que c'est la même personne dans ce cas, car si elle s'était suicidée, on aurait retrouvé son corps.

— Non, ce n'est pas ce que je veux dire. (Elle secoua la tête et regarda vers le garage.) J'ai encore des pensées à trier dans ma tête, mais je n'en ai pas encore eu l'occasion. J'ai été un peu occupée.

Il tambourina ses doigts sur la table de cuisine et lança :

— Ce que vous racontez n'a pas de sens. Vous le savez, hein ?

— J'en suis consciente. Ça finira par en avoir, mais… (Elle pencha la tête et lui souffla :) Écoutez. Vous pouvez m'accorder une heure ? Juste une heure pour me poser, cartographier ce que j'ai en tête, et je vous présenterai mes théories. Mais je ne veux pas que vous planiez au-dessus de mon épaule pendant ce temps-là.

Il la fixa, simplement.

— Je sais, je sais ! C'est vous le flic. Je ne suis personne. *On ne fait pas ça sur des suppositions. Il nous faut des preuves.*

Il se redressa vivement sur ses pieds, fit un bref signe de tête et lâcha :

— Une heure.

Et il retourna au salon pour commencer à déplacer le mobilier.

Elle se saisit du petit livre noir qu'elle n'avait pas encore eu l'occasion d'étudier attentivement et commença sa lecture, le calepin sur lequel elle griffonnait ses notes posé à côté. Elle était en train de formuler un argument assez costaud, mais elle ne comprenait pas pourquoi le livre avait été laissé de côté, bien qu'il ait été coincé au fond d'un tiroir. Peut-être avait-il été perdu pendant des décennies ? Elle détenait aussi le plus grand journal, que George avait conservé également. Celui-là montrait un état d'esprit décousu. Elle feuilleta les pages jusqu'à la dernière, où était écrit un message énigmatique. Elle le griffonna à son tour et se rassit au fond de sa chaise, regardant ce qu'elle avait sous les yeux. Sur son ordinateur, elle afficha la photo de l'endroit où avait travaillé l'infirmière et se demanda quel pouvait bien être ce lien. Si le père de Penny était mort immédiatement après le tir, alors personne n'aurait eu besoin de l'aide d'une infirmière.

Et ensuite… Doreen sut de quoi il retournait. Elle s'enfonça dans sa chaise et lança :

— Ça ne fait pas une heure, mais vous voulez bien venir ?

Il était à ses côtés, la fixant du regard, débordant de colère. Pendant qu'il avait été occupé à déplacer le mobilier du sous-sol au salon, sa hargne avait de toute évidence grandi.

— Je ne détiens pas toutes les réponses, admit-elle. Tout ce que j'ai, c'est une théorie valable. Ce qui signifie que c'est une supposition, pas une preuve, souligna-t-elle lourdement. (Son front se plissa, et elle roula des yeux à l'intention de Mack.) Ouverture d'esprit, s'il vous plaît !

Il hocha la tête, s'assit dans un bruit sourd et dit :

— Allez-y.

— Le père de Penny était très violent. Il maltraitait la famille depuis le décès de sa femme, passait ses nerfs sur les enfants. Son fils a fini par en mourir. Le père a fait de la prison. On sait tout ça déjà, d'accord ?

Mack acquiesça.

— Penny a continué sa vie, s'est mariée à George et lui a probablement raconté tout ça, ou peut-être qu'il connaissait déjà sa terrible histoire et qu'il était du genre protecteur. Ensuite, le père sort de prison et est transféré dans une maison de transition à Kelowna, car c'est proche de l'endroit où vit sa fille.

Mack s'installa plus confortablement, croisa les bras et prononça d'une voix basse :

— Continuez.

— Je ne parvenais pas à trouver en quoi l'infirmière était impliquée, expliqua Doreen, mais si on y réfléchit, le père de Penny était dangereux. Il n'est resté en prison que dix ans sans compter ce dont il a écopé pour mauvaise conduite. Quand il a été libéré, ce n'était pas comme s'il était infirme ni même âgé. Il y avait davantage de chances pour qu'il soit un homme agressif très en colère. Il serait venu à Kelowna pour voir Penny qui ne voulait rien à voir à faire avec lui. Mais s'ils avaient pu l'éliminer ? Ils auraient alors pu le tuer.

— Oh ! oh ! oh ! lâcha Mack. C'est qui, *ils,* et comment ils l'auraient assassiné ?

— Avec le soutien de l'infirmière, affirma-t-elle.

— Elle n'avait aucune raison de les aider.

— Je ne sais pas encore de quelle façon ça coïncide, admit Doreen. Mais la théorie, c'est qu'ils avaient besoin de l'infirmière pour une raison. Le père se trouvait à la maison de transition, et, d'une façon ou d'une autre, ils l'ont amené dans la ruelle et lui ont tiré dessus.

— C'est un sacré bond, là.

— Laissez-moi continuer, intima-t-elle. Penny et

George, juste George ou quelqu'un de leur cercle d'amis, je ne sais pas. Le père est mort. Le frère est mort. Penny est mariée. Peu après, le pauvre Johnny disparaît, et peut-être que George entame un journal pour se confronter à ses sentiments. Je sais que ce n'est pas une activité très masculine dans certains milieux, mais… Pendant toutes ces années, peut-être que George a éprouvé un sentiment de culpabilité dont il ne parvenait pas à se défaire, qu'il a fait quelque chose de terrible et que c'est à cause de lui que Johnny a disparu.

Mack la dévisagea, agrippa le journal qu'elle tenait et lui arracha des mains. Il feuilleta quelques pages et lança :

— Ouah…

Elle acquiesça.

— Vous pouvez remarquer, en lisant du début à la fin, à quel point il a un sentiment de culpabilité. George n'a jamais écrit que ce qu'il a fait était mal, mais… la façon dont il se sentait est claire. Il craignait que ses actes aient pu provoquer la disparition de Johnny. Comme un retour de karma. Comme si la fatalité avait déboulé et dit « Vous savez que vous avez tué untel, alors on a tué untel par vengeance. »

Mack fronça les sourcils.

— Alors, vous pensez que George a quelque chose à voir avec la mort du père de Penny. Qu'ensuite, Johnny s'est fait tuer et que George s'en est voulu. Et qu'advient-il à la fin ?

— Honnêtement, je crois que George s'est suicidé, car il en était arrivé au point où cela le détruisait. Et que Penny ait eu une liaison ou pas comme certains l'ont spéculé, je ne peux pas l'affirmer puisque je n'en sais rien. Il a dû y avoir une sorte de déclencheur, et cela a pu être simplement le cours du temps ou l'accumulation de toute cette culpabilité chez George. Ça a pu aussi être une maladie mentale devenue incontrôlable, mais George a fini par mettre fin à ses jours.

— Alors, dans ce cas, Penny n'a rien à voir avec tout ça, et vos suspicions étaient totalement fausses ? demanda-t-il pour clarifier. Parce que, bien que le suicide soit mal vu dans bien des pans de la société, ce n'est pas contraire à la loi au Canada. Il a été dépénalisé en 72. Et, bien sûr, Penny n'en serait pas responsable.

— Non, je ne crois plus que Penny ait quelque chose à voir avec la mort de George.

Mack s'assit plus profondément en poussant un soupir.

— Si George a un rapport avec le décès de son père, on ne peut pas poursuivre en justice un homme mort de toute manière, alors ça veut dire que le moindre meurtre dans cette affaire ne sera jamais résolu.

— Eh bien, nous voilà de retour au conflit de la *théorie contre la preuve*, admit-elle. Il me faut des preuves pour que ma théorie tienne la route.

— Je ne comprends toujours pas comment l'infirmière entre en jeu.

— Moi non plus, reconnut-elle. Mais elle est impliquée. D'une façon ou d'une autre, elle l'est.

— Mais comment, alors ?

— Je l'ignore encore, mais ce badge était enterré directement sur la propriété de George. Sur celle de Penny. C'est la seule preuve sur laquelle on peut débattre. Elle connecte George et donc Penny à l'infirmière.

Chapitre 31

Samedi matin…

MACK AVAIT LE regard fixé sur Doreen, comme si son esprit essayait de l'envelopper.

— Il faut vraiment qu'on *prouve* ça. Vous le savez, dit-il en essayant d'atténuer le ton de sa voix.

— On pourrait parler à Penny.

— Elle pourrait parfaitement ne pas savoir ce qu'a fait George, si votre théorie est correcte.

— Je sais, admit Doreen. Il est bien possible qu'elle ne sache rien de tout ça. Je craignais qu'elle ait pu tuer son mari, mais, à ce stade, je crois qu'il s'est suicidé. Alors, peut-être ne faut-il pas réveiller le chat qui dort.

Mack branla du chef.

— Je vous ai entendue, mais si on pouvait résoudre ces affaires dites classées… Il y a des familles qui veulent savoir ce qui est arrivé à leurs proches.

— J'en suis consciente, répondit-elle lentement. Et Penny, bien sûr, est le seul membre restant dans la famille.

— Vous ne savez rien sur la famille de l'infirmière.

— Oh ! je n'y avais même pas pensé. (Confuse, elle tapa sur son clavier.) Je continue d'essayer d'inclure cette pièce au puzzle.

— C'est comme ça que sont les preuves. Certaines s'assemblent et d'autres non. En général, on se considère comme chanceux lorsqu'on atteint 80 % de cohérence.

— Continuez simplement de creuser, suggéra-t-elle, et voyez quelles vilaines choses grouillent là-dessous.

Il sourit à ces mots.

— À quelle heure arrive Scott ?

— Entre midi et le début d'après-midi. J'aimerais que tout le reste soit réorganisé et qu'on essaie d'assembler les pièces qui peuvent l'être.

— Ce qui est selon moi une bonne idée. Mais vous n'allez pas laisser filer cette hypothèse sur Penny, hein ?

— On devrait lui parler. Je ne suis en revanche pas certaine de savoir comment m'y prendre de façon agréable.

— Agréable ?

Elle glissa un regard en coin vers lui.

— Je suis quasi persuadée que c'était l'intruse de la nuit dernière.

Il la regarda avec stupéfaction.

— Non, ça ne pouvait pas être elle, pas si elle a bondi par-dessus la clôture.

Elle fronça les sourcils en entendant ça et acquiesça.

— En effet, c'est un bon point.

Un très bon point. Elle s'assit au fond de sa chaise et se remémora sa surprise quand l'individu avait sauté par-dessus la barrière. Elle se redressa subitement sur son siège.

— Ils étaient deux ! s'exclama-t-elle. Parce que, quand je suis arrivée au coin de mon jardin, quelqu'un de bien plus grand a franchi la barricade du voisin. Et je ne m'en étais pas rendu compte de prime abord, mais vous avez raison. C'était quelqu'un d'autre. Le sweat à capuche était aussi plus sombre.

— Alors, maintenant, vous avez Penny et un complice ?

Et tout à coup, elle sut qui était l'autre. Elle hocha la tête puis grommela.

— Je ne sais pas pourquoi ni comment, mais il s'agit de Penny et Steve.

Mack leva les deux mains de frustration.

— OK, là, maintenant, je ne comprends rien.

— Il va falloir que Penny nous explique, dit calmement Doreen.

— On peut difficilement y aller et lui lancer : « Hé ! Alors, George s'est suicidé, est-ce qu'il a tué votre père, et est-ce que c'est toi qui es entrée par effraction dans mon garage la nuit dernière ?

— C'est vrai.

— Et pourquoi Penny voudrait y pénétrer ?

Elle leva les deux livres et répondit :

— Vous avez vu celui-là, mais pas celui-ci.

Il la regarda et lui demanda :

— C'était où, ça ?

— Lorsque j'ai retiré l'un des tiroirs de l'établi, il est tombé par terre. Je l'ai glissé dans ma poche et n'ai pas vraiment eu l'occasion d'y jeter un œil avant ce matin.

Mack commença au début du petit carnet noir et déclara :

— Ça date d'il y a longtemps.

— Je sais, et je n'ai pas encore eu le temps de vraiment le comprendre.

Mack s'assit plus confortablement et feuilleta les pages, lisant chaque entrée. Quand il arriva à l'une d'elles, il leva les yeux et lâcha :

— Il a tué le père.

— Eh bien, ça n'est pas clairement stipulé, mais il écrit bien « Problème réglé ».

Il hocha la tête et continua sa lecture.

— Vous avez raison cependant. Toutes les pièces du puzzle assemblées n'ont pas de sens.

— Pourtant, elles en ont forcément un puisque Nancy est mentionnée ici, prononça-t-il lentement. George parle d'une rencontre avec elle. (Mack leva les yeux vers Doreen.) Ça, c'est ce qui les relie définitivement.

— Mais pourquoi ? Était-elle une victime du père de Penny ? Ou de George ?

Mack feuilleta toutes les pages et indiqua :

— C'est presque une confession.

— Je crois que George l'a rédigé juste après, juste après avoir tué quelqu'un, et qu'ensuite, il l'a mis de côté pendant plusieurs années, et c'est ce qui l'a importuné. Et peut-être qu'il a perdu le livre et que ça l'a terrifié, pensant que n'importe qui pourrait le trouver. Car dans l'autre carnet, il mentionne bien le besoin de remettre la main sur quelque chose. (Elle tint le journal.) On ne sait juste pas quoi. Le plus vieux a été jeté au fond d'un établi. Pourquoi a-t-il gardé le badge de l'infirmière, je l'ignore. Peut-être en souvenir de ce qu'il avait commis ? Mais alors, pour quelle raison l'a-t-il brûlé, ça, c'est encore un autre mystère.

— Avez-vous vérifié tous les tiroirs de George ?

— Je n'en ai pas eu le temps, admit-elle en secouant la tête.

Il se leva et décréta :

— Il n'y a pas de temps à perdre.

Il retira la chaise de la porte de la cuisine et fit un pas dehors. Elle alla directement aux tiroirs où elle avait trouvé les deux livres et raconta :

— C'est là que se trouvaient les deux premiers.

Elle les tira vers elle, et des papiers, vieux et jaunis, s'y trouvaient. Au fond, l'un d'eux était plié.

— C'est le certificat de décès du père de Penny, lut-elle avant de le déposer pour que Mack puisse le voir.

— Cause du décès, une seule blessure par balle dans la tête, énonça Mack. Il n'est pas déplacé que George et Penny possèdent ça. Randy était le père de Penny.

Elle prit ensuite une autre feuille, y jeta un œil et le remit à Mack. C'était la preuve d'achat d'une arme presque effacée. Mack siffla.

— C'est une note écrite à la main, et aucun nom n'y figure. Ça mentionne l'achat d'un revolver. Mais le numéro est difficile à lire. Il a disparu au fil du temps.

Elle hocha la tête et saisit un autre papier.

— Je ne peux pas vraiment déchiffrer ce que c'est non plus.

— Non, mais il y a le nom de Nancy dessus, indiqua Mack en fronçant les sourcils. (Il le plaça sur le dessus de la pile et interrogea :) Pourquoi aurait-il laissé tout ça dans ce tiroir ?

— Peut-être parce qu'il souhaitait être attrapé, puni. Sans doute voulait-il se confesser. Il était très pieux. Ça a dû le bouffer.

— Mais alors, pourquoi Penny n'a pas tout jeté ?

— Je crois qu'elle ignorait que ça se trouvait là-dedans. Elle a expliqué que ce n'était pas son domaine. Elle n'est jamais allée dans le garage, ne s'est jamais servi des outils de George.

— Alors, qu'est-ce que ce mec, Steve, a à voir avec ça ?

— Ce sont de vieux amis. Et pour ce que j'en sais, il était au courant.

— Et donc ? Ils sont tous les deux revenus hier soir pour les rechercher ?

— Il s'est probablement arrêté chez elle, a constaté que le garage était vide et lui a probablement rappelé l'existence des livres et des papiers. Puis ils sont venus ici pour les récupérer.

Mack regarda Doreen et soupira.

— Ces sottises ont une certaine logique, mais aucune n'est convaincante.

— J'en suis consciente. Et c'est pourquoi nous avons besoin de Penny.

À cet instant, le téléphone de Doreen sonna.

— Doreen, lança Penny, j'espère que tout se passe bien chez toi. Il me faut quelques documents, et apparemment ils étaient stockés dans l'un des tiroirs des établis sans que je le sache. Est-ce que ça te dérange que je vienne et vérifie ?

— Oh, mon Dieu, bien sûr, Penny ! Viens ! s'exclama Doreen en fixant Mack. Je suis justement en train de travailler dans le garage, on a tout remis en place, mais j'ai dû déménager du mobilier du sous-sol, alors je n'ai pas encore eu l'occasion de vider les tiroirs.

— Si cela ne te dérange pas, je vais passer maintenant, alors, annonça Penny, l'air agité. Je ne voudrais pas que ces choses-là tombent entre de mauvaises mains. Les gens se feraient de fausses idées.

Penny raccrocha, laissant Doreen avec les yeux rivés sur Mack.

— Elle arrive immédiatement pour reprendre tout ça.

Chapitre 32

Samedi, en fin de matinée…

DOREEN RANGEA SON téléphone sans lâcher Mack du regard.

— Qu'est-ce qu'on fait ?

— Le timing est vraiment très curieux de sa part, dit-il en étudiant les papiers.

Doreen acquiesça.

— Elle avait aussi l'air désespérée.

— Je ne serais pas vraiment surpris.

Doreen se redressa et rassembla toute la paperasse.

— Là, prenez-les.

— Qu'allez-vous manigancer ? demanda Mack en acceptant la pile.

— Je veux enregistrer cette conversation, répondit-elle en grimaçant.

— Ce que vous n'êtes pas autorisée à faire, sauf si vous prévenez quelqu'un de cette intention, lui rappela-t-il.

— Si vous vous en servez comme preuve, peut-être, mais ça ne veut pas dire que je ne peux pas. Ce n'est pas illégal si je ne m'en sers pas.

— C'est vrai… De plus, si la porte de la cuisine est ouverte et que je me trouve dans la pièce, je serai capable d'entendre. Alors, je serai un témoin.

Elle hocha la tête.

— Vous savez quoi ? Ce ne serait pas une mauvaise idée. Vous voulez aller déplacer votre fourgon, du coup ?

Il la dévisagea pendant une seconde puis sauta dans son véhicule pour le garer hors de vue. Il revenait à peine à l'intérieur que Penny déboulait sur le côté de la maison, en provenance de la crique. Lorsqu'elle vit le garage rempli de mobilier, elle s'exclama :

— Oh, bonté divine !

— Comme j'ai expliqué, Nan a entreposé dans le sous-sol pendant très longtemps, relata Doreen en posant son portable sur l'établi, le dictaphone enclenché. Comment vas-tu ? Tu semblais un peu énervée au téléphone.

Penny acquiesça.

— Je cherche un livre. C'était celui de George. Il avait pris l'habitude d'y griffonner, parfois. Je ne veux pas que des gens le trouvent et pensent qu'il avait perdu la boule.

Doreen désigna tous les tiroirs.

— Je viens de les sortir. On a bougé les établis ici et je les ai remis. Mais pourquoi n'as-tu pas vérifié avant de me dire de tout prendre ?

— Je croyais que c'était dans la maison. Steve était là la nuit dernière, et quand il a remarqué que tout était parti, il a demandé si j'avais récupéré ces carnets. Je n'ai pas compris de quoi il parlait jusqu'à ce qu'il me rappelle que les journaux de George se trouvaient là.

— Il savait que George gardait des journaux ?

Penny hocha la tête.

— Steve est un vieil ami. On le connaît depuis notre mariage. Peut-être même d'avant. Et il n'y a pas grand-chose de cette époque dont j'aime me souvenir.

Un détail sembla étrange à Doreen.

— Oui, j'ai entendu dire que tu avais vécu une enfance assez difficile.

— J'avais espéré que ces vieux ragots aient disparu, maugréa Penny. Il y a difficile et il y a infernal. La mienne a été infernale. Mais en fin de compte, je me retrouve ici toute seule, sans famille, excepté mes deux filles, et c'est pourquoi j'essaie de vendre la maison, pour me rapprocher des gens que j'aime.

— Je suis désolée. (Doreen branla du chef.) Hé ! jette un œil et vois si tu trouves ce que tu cherches.

Penny hocha la tête à son tour et commença sa quête.

— Y avait-il quelque chose dans les livres ? Tu sais quoi ? Peut-être que ça fait partie des trucs que j'ai ramenés à l'intérieur. (Elle courut dans la maison, glissa le petit carnet dans sa poche et apporta le grand.) C'est ça ?

Le visage de Penny s'illumina.

— Oh, mon… oui, c'est ça ! (Elle l'arracha des mains de Doreen, le feuilleta puis le serra contre sa poitrine.) J'aurais dû le brûler, lâcha-t-elle.

— Pour que personne ne sache ?

Penny acquiesça, puis s'arrêta et demanda :

— Sache quoi ?

Doreen s'appuya contre l'établi.

— Qu'il s'est suicidé. Qu'il a pris l'une des jolies plantes à l'arrière de ton jardin, qu'il s'est préparé une forte infusion et qu'il a probablement fait ça plusieurs jours d'affilée. Je ne sais pas. Ça dépend de la plante qu'il a utilisée, dit-elle en penchant la tête de côté. Mais il s'est bien suicidé, n'est-ce pas ?

Penny s'exclama, et ses yeux se remplirent de larmes.

Comprimant le livre contre elle, elle hocha la tête.

— Je ne voulais pas que les gens le sachent. Tout le monde aimait George, et ils auraient perçu sa disparition différemment. Puis il y avait son église, ajouta-t-elle. Je veux que rien de tout ça ne soit rendu public !

— Ce n'est pas à moi de le divulguer, réagit Doreen. Tant que personne ne l'a tué, ça ne concerne que George.

— Exactement. (Elle essuya les larmes de ses yeux.) C'était vraiment un homme bon. Il a fait beaucoup pour moi.

— J'en suis consciente, prononça Doreen d'une voix douce. Et je suis vraiment désolée. J'en sais plus que je ne l'aimerais.

Penny la dévisagea, pétrifiée d'horreur.

— Que veux-tu dire ? s'alarma-t-elle. Que sais-tu ?

— Qu'il a tué ton père, répondit lentement Doreen. Je suis navrée pour ça aussi. Si un homme méritait vraiment d'être assassiné, c'était lui.

La mâchoire de Penny s'ouvrit, mais aucun son n'en sortit. Alors, elle éclata en sanglots.

— Il faut que tu comprennes, dit-elle, quand il m'a contactée après être sorti de prison, j'étais en miettes. J'avais connu l'enfer et en étais revenue, mais le savoir dehors et de nouveau dans ma vie… Je ne pouvais simplement pas le supporter. George ne m'a jamais raconté un seul détail. Mais il est rentré à la maison un soir et m'a lancé : « C'est fini. » Le ton de sa voix était si dur, si froid et si plat que j'ai saisi. J'ignorais comment, mais j'ai compris ce qu'il avait commis. Le matin suivant, George s'est levé comme si absolument rien ne s'était passé. Et je lui en étais si reconnaissante ! Je l'ai simplement serré contre moi toute la nuit pour ce qu'il avait fait pour moi. Mon père était vraiment une mauvaise personne, murmura-t-elle. J'ai été abusée sexuellement, physiquement, mentalement, émotionnellement, et ce toute ma vie après le décès de ma mère. Mais ce qu'il a fait à mon frère, ajouta-t-elle en secouant la tête, c'était tout simplement horrible, si ce n'était pire.

— C'est pour cette raison que tu l'as tué ? demanda Doreen, d'une voix douce et gentille. C'est pour ça que tu as tué ton frère ? Pour l'éloigner de sa misère à cause de ce que ton père lui faisait subir ?

— Une fois mort, mon père ne pouvait plus lui causer du tort, cria Penny de douleur. Mon frère a tellement souffert ! Il n'aurait jamais eu une vie normale. Il était à deux doigts d'être totalement incapable psychologiquement. Il avait des dommages au cerveau, au corps, il n'était qu'une épave émotionnellement. J'aurais dû mettre un terme à tout ça bien avant, dit-elle en s'affalant au sol, les bras autour de ses genoux avant de se balancer d'avant en arrière. C'était un meurtre par compassion de premier ordre. Au moins, tout le temps qu'il était mort, mon père ne pouvait plus le torturer.

— Mais il a fini par l'apprendre, n'est-ce pas ?

Penny acquiesça.

— Oui, il a deviné. Il n'avait aucune preuve. La nuit où mon frère est mort, mon père s'en est pris à moi de la pire des façons, essayant de me faire avouer, mais plus tard ce soir-là, j'ai réussi à m'échapper. Je me suis faufilée dehors jusque dans la rue, et un voisin m'a prise et emmenée à l'hôpital. C'est là que la police a commencé à enquêter. Ils sont venus à la maison, ont trouvé mon frère, ont accusé mon père, et il est finalement allé en prison. Il est sorti de ma vie pendant si longtemps. Mais quand il a été libéré… (Elle secoua la tête.) Il m'a dit qu'il savait ce que j'avais fait et qu'il était revenu pour se défouler sur moi pour avoir tué son seul fils. J'ai tout raconté à George, dit-elle en pleurant, le corps secoué par les horreurs qu'elle avait gardées en elle si long-temps. Et je sais que George s'en est occupé. Tu dois comprendre. Il n'aurait plus jamais laissé quelqu'un me faire du mal. J'ai passé les dix-huit premières années de ma vie dans la terreur. Une fois que mon père fut parti, je pouvais enfin me détendre.

— Mais ça posait un problème à George, n'est-ce pas ? Ce qu'il avait commis ? Il craignait que ce qui était arrivé à Johnny soit la punition de Dieu, ou le karma, ou le destin, peu importe comment tu appelles ça. Qu'en un sens, ses actes ont mené au meurtre de Johnny.

Penny se sécha les yeux autant qu'elle le put, mais les larmes semblaient couler comme une rivière sur son visage. Elle hocha la tête.

— Peu importe ce que je lui racontais, peu importe le nombre de fois où j'ai assuré à George que ce n'était pas sa faute. Il croyait fermement avoir provoqué la mort de Johnny. Et il trouvait ça tellement insupportable.

Doreen ne pouvait le croire, mais en même temps, elle savait déjà tout ça. Elle s'accroupit face à Penny, passa les bras autour d'elle et la serra contre son corps.

— Je suis tellement désolée. Les actes de George n'avaient rien à voir avec Johnny.

— J'en suis consciente, mais George a œuvré si dur pour retrouver Johnny afin d'absoudre sa conscience, et il n'a jamais obtenu de réponse. Et je crois que, quelque part, au fil du temps, il a fini par abandonner. Mais ensuite, cet enfoiré est revenu dans notre vie. Et c'est ce qui l'a conduit au suicide.

— Qu'est-ce qui a poussé George au suicide ?

— Hornby, lui apprit Penny. Alan a approché George,

prétendant qu'il était au courant de ce qu'il avait fait. Et qu'il était à blâmer pour la mort de Johnny. Cela a dévasté George, puis il s'est de nouveau calmé. C'est cette période sereine qui m'a le plus terrifiée. Hornby voulait de l'argent pour acheter son silence. On n'en avait pas beaucoup, mais George l'a payé. Il ne m'en a rien dit jusqu'à ce que je reçoive une lettre après sa mort, m'indiquant qu'il avait donné dix mille dollars à Hornby pour se taire et partir. Mais il est revenu, et George avait compris que ça n'arrêterait jamais. Et c'est là qu'il s'est tué. Ce n'était que le bouquet final. (Elle poussa un profond soupir.) Je suis désolée, ajouta-t-elle en reniflant calmement. Je suis tellement désolée.

— Et c'est là que tu as tué Hornby ?

— Pas du tout. Mais je ne pouvais pas oublier ce qu'il avait fait à George… Je vendais ma maison, je déménageais et je perdais tout. Et Hornby était là, à tourmenter tous ces gens, apportant avec lui tant de méchanceté. Ensuite, quand j'ai compris ce qu'il avait fait à Johnny… Tu ne l'as pas encore prouvé, mais je le savais. Oh oui, je le savais ! J'ai pris la même arme, que George avait laissée suspendue toutes ces années, et j'ai tiré sur Alan. Du côté de la route, à l'intersection. Je l'ai juste regardé et j'ai ouvert le feu. Je savais où il se trouverait. Je l'avais vu à l'épicerie. J'ai roulé et j'ai attendu. Il faisait noir et j'ai simplement tiré sur lui. Crois-moi. Personne ne fut plus surpris que moi quand j'ai appuyé sur la détente. Je ne l'ai pas tué et c'est une honte, murmura-t-elle. Cet homme méritait de mourir.

— Ce qui, évidemment, n'est pas arrivé, mais il ira en prison pour avoir assassiné Johnny.

Penny hocha la tête.

— Et pour ça, je suis reconnaissante. Je suis seulement triste que George n'ait jamais appris la vérité avant de mourir.

— Peut-être auras-tu l'occasion de la lui révéler toi-même un jour…

Penny soupira et répondit :

— Mon Dieu, cette vie a été si longue.

— Et tu ne vas pas la quitter maintenant, lança Doreen, alarmée. Et tes filles ?

— Pour qu'elles découvrent que leur père était un meurtrier ? Et que moi aussi j'ai essayé de tuer quelqu'un ? Ou que j'ai aidé mon frère à mettre un terme à ses misères ? (Elle secoua la tête.) Il vaut mieux qu'elles ne sachent rien.

— Arrête, lâcha Doreen. Tu écoperas peut-être de quelques années. J'ignore comment la police se chargera de ça, mais tu as encore une vie à vivre après cette histoire, et tu auras encore tes filles. Tu n'es pas si âgée. Tu as encore des décennies devant toi.

Penny vacilla sur place en levant les yeux vers Doreen et lui déclara :

— Je me sens tellement mieux d'avoir raconté tout ça. Malgré cela, en même temps, une partie de moi te déteste vraiment d'avoir fait ça.

— Pourtant, c'est toi qui m'as demandé d'enquêter sur la mort de Johnny.

— Je sais, mais Hornby a indiqué qu'il te raconterait que j'avais assassiné mon mari. J'ignorais comment réagir. Je n'ai pas tué George. Je t'en prie, tu dois me croire. (Elle empoigna la chemise de Doreen et lui souffla tout bas :) S'il te plaît, dis-moi que tu me croies.

— Je te crois, prononça gentiment Doreen.

Et c'était vrai. Les divagations d'un esprit torturé n'avaient pas laissé de place au doute. Elle aida Penny à se remettre sur pied et lui annonça :

— Je vais devoir appeler la police. Tu en es consciente, hein ?

Elle regarda longuement Penny et vit la résignation dans ses yeux tournés vers la cuisine, mais un coup la frappa durement sur le côté de la tête, atteignit le haut de son épaule et rebondit contre elle de nouveau. Elle s'effondra au sol, en criant. Quelque part, elle pouvait entendre Mugs aboyer et hurler.

Penny s'égosilla.

Doreen se tordit et aperçut Thaddeus sur le haut de la tête de Penny, tirant sur ses cheveux, donnant des coups de bec sur son nez et visant ses yeux. Goliath remontait le long de son dos tandis qu'elle se recroquevillait, essayant d'échapper à Thaddeus et à Mugs qui lui mâchouillait activement la cheville. Soudain, le vacarme ne fit qu'empirer quand Mack déboula dans le garage par la porte de la cuisine. Il fit fuir tous les animaux, tourna Penny et l'accula jusqu'au mur le plus proche, les mains derrière son dos. Il pivota vers Doreen.

— Vous allez bien ?

Elle poussa un grognement avant de répondre :

— Je ne sais pas avec quoi elle m'a frappé, mais ça fait mal, bon sang ! (Elle posa une main sur son crâne et y vit du sang. Elle regarda Penny et lui demanda :) Pourquoi ?

— Pourquoi ? répéta Penny, d'une voix furieuse qui avait remplacé les pleurs. Pourquoi ? Parce que si tu n'étais plus en vie, personne ne saurait et toute cette histoire disparaîtrait. Je pourrais rentrer chez moi et vivre quelques années avec mes filles ! cria-t-elle. Tout ce que j'avais à faire, c'était de me débarrasser de toi !

— Quand as-tu décidé ça ? s'étonna Doreen.

Penny la dévisagea et répondit :

— À l'instant, quand j'ai compris que tu étais la seule personne crédible encore au courant de tout. Et qu'une fois que tu aurais tout dévoilé au monde entier, je serais allée en prison pour avoir tiré sur Hornby.

Doreen se remit lentement sur ses pieds.

— Et ton frère ? Qu'en est-il de son meurtre ?

Penny la fixait des yeux.

— Tu ne sais rien de tout ça, éluda-t-elle sèchement.

Doreen pencha la tête, l'observa et lui lança :

— Tu l'as assassiné. Maintenant, nous savons aussi que George a abattu ton père. Que tu as assassiné ton frère et tiré sur Hornby, et que George a tué cette infirmière, ce que je ne comprends pas.

Penny jeta un rapide coup d'œil à Mack puis à Doreen et s'étonna :

— Quelle infirmière ?

Doreen mentionna son nom et ajouta :

— On a trouvé son badge dans la terre. En fait, il se trouvait dans tes échinacées, près de la clôture. Tous les morceaux étaient brûlés, comme si George avait tenté de les détruire.

Penny la fixa et son visage se froissa de nouveau.

— Il ne voulait pas. Il disait qu'elle était une amie. Mais il lui a raconté à propos de mon père, et elle a commencé à aborder un tas de solutions sur la façon de le supprimer. Mais, après que George est passé à l'acte, dès que le corps a refait surface, l'infirmière a eu envie de parler et de le dénoncer aux autorités. Elle craignait d'être considérée comme une complice. Elle a alors pensé que cela la dégagerait de tout soupçon. George l'a suivie jusque chez elle une nuit et lui a simplement brisé la nuque.

— Comme ça ? réagit Mack. Vous commencez par tuer

une personne et finissez par en éliminer deux ?

— Il le devait, acquiesça Penny. Vous ne comprenez pas ? Il n'avait pas le choix.

— Et vous étiez au courant de ça aussi ?

— Oui, il me l'a avoué le matin suivant.

— Qu'a-t-il fait du corps ?

— Il est dans le lac. Enveloppé dans du vieux fil barbelé, avec des pierres attachées autour de ses chevilles, sa nuque et sa taille. Il ne voulait prendre aucun risque. Il a expliqué qu'il l'avait emmené dans un petit bateau et l'avait jeté par-dessus bord.

— Et personne ne l'a retrouvé pendant tout ce temps ? interrogea Doreen avec incrédulité. Ça me paraît improbable.

Penny haussa simplement les épaules.

— Qui sait ? Peut-être qu'un grand nombre de corps non identifiés sortent du lac.

— C'est vrai ? demanda Doreen en regardant Mack.

— Je ne suis pas au courant de ça, admit-il en soulevant les épaules à son tour. Je vérifierai.

— Est-ce que son cadavre n'a jamais refait surface ? questionna Doreen.

— Je ne crois pas, dit Penny, mais ce n'était pas son vrai nom de toute manière. C'était une fugueuse. Elle avait totalement changé d'identité.

— Mais elle est allée à l'école d'infirmière et tout. Comment a-t-elle réussi à s'y prendre sous un faux nom ?

— Les choses étaient plus faciles à l'époque. En plus, je ne suis pas certaine qu'elle fût une véritable infirmière. George l'avait aidée pour quelque chose, un jour. C'est pourquoi il a cru qu'elle l'assisterait peut-être, cette fois. Alors, il ne lui a plus fait confiance.

— Merde alors ! jura Doreen en se laissant tomber contre l'établi. C'est tout ce à quoi vous pensiez ? Tuer des gens ?

— Tout ce que je désirais, c'est avoir une vie paisible ! s'exclama Penny.

— Et pourtant, tu as assassiné ton frère.

— Pour le sauver, murmura-t-elle. Je l'ai tué pour le sauver.

Sans que Doreen le sache, Mack avait déjà appelé les flics, et ils arrivèrent quelques minutes plus tard. Il leur amena Penny et leur expliqua de quoi il retournait. Les yeux des policiers allèrent de Doreen, visiblement blessée, à Penny, et ils demandèrent :

— Avez-vous attaqué Doreen ?

Penny les regarda avec défiance.

— Elle allait tout raconter. Je ne pouvais pas la laisser faire.

Les hommes soupirèrent et l'embarquèrent à l'arrière de leur voiture.

— J'arriverai plus tard, leur annonça Mack. Il y a une tonne de paperasse à rédiger. Vous n'avez aucune idée du nombre d'affaires classées que nous allons résoudre.

L'un des hommes, Arnold, jeta un œil à Doreen, lui adressa un salut moqueur et lança :

— Non, mais on commence à comprendre.

Et ils s'en allèrent.

Mack se tourna vers Doreen et lui dit :

— Allons vérifier votre tête.

De son point de vue, Mack avait deux visages et devenait flou.

— Je crois que je vais mieux, mais je commence à avoir un vilain mal de crâne.

Une fois assise dans le fourgon de Mack qui l'emmenait aux urgences, Nan appela.

— Sérieusement ? Penny t'a attaquée ?

— Salut, Nan. Comment es-tu au courant de cette histoire aussi vite ?

— La mère d'Arnold l'a appelé à son travail à propos d'un truc. Il a expliqué qu'il était en train de conduire Penny au poste et qu'il la rappellerait quand il serait moins occupé. Ensuite, ça a été simple de comprendre.

— Je ne sais pas comment ça a pu être facile de piger à partir d'un aussi petit scoop, mais oui, elle m'a attaquée. Je pars aux urgences pour vérifier l'état de ma tête, mais je vais bien.

— C'est Mack qui t'emmène ?

— Oui, c'est Mack qui m'emmène.

— Parfait, lâcha Nan. Je vais augmenter un peu plus les paris au sujet de cette relation. Maintenant, prends soin de toi. Bye, gloussa Nan avant de raccrocher.

Doreen rangea son téléphone et raconta :

— Nan est en train de parier sur notre relation. Elle croit que le fait que vous me conduisiez à l'hôpital va augmenter ses chances de victoire.

— Ça va sans doute aider. À moins, bien sûr, que vous contestiez et que je mette un gyrophare sur le toit de mon fourgon pour vous y emmener de manière officielle.

Elle le regarda et lui adressa un grand sourire.

— Vous pourriez faire ça ?

— Absolument. Mais cela empirerait votre mal de tête.

Elle poussa un grognement à ce détail.

— Et si on ne changeait rien, plutôt…

— Ça me paraît bien. Pourquoi ne pas rester simplement assise et vous détendre ?

— Je ne peux pas. Je continue d'essayer de comptabiliser combien d'affaires classées vont l'être définitivement. Car on a le père de Penny, ainsi que l'infirmière. Mais on est aussi face à l'infirmière enfant fugueuse, et on doit comprendre qui elle était vraiment. Enfin, il y a le coup de feu sur Hornby.

— Pas mal, pas mal, dit Mack. Un de ces jours, vous devriez faire un officier de police convenable.

Elle se tourna vers lui, outrée.

— Un de ces jours ?

Il riait encore lorsqu'ils arrivèrent à l'entrée des urgences. Après s'être garé, Mack aida Doreen à sortir du fourgon.

Elle resta debout au soleil un long moment et lui sourit.

— Vous savez quoi ? La vie n'est pas si mal, aujourd'hui.

— Vous avez résolu un nombre incroyable d'affaires. Et, encore mieux, vous avez découvert que vous n'avez pas toujours raison.

— Vous évoquez le fait que Penny n'a pas tué George ?

— Exact, c'était juste Hornby qui faisait courir une vilaine rumeur. (Mack la mena vers le bâtiment.) En espérant que Penny se sente d'humeur bavarde au poste de police. Parce qu'on a besoin de plus de détails.

— J'ignore à quel point elle se montrera coopérative d'ici à ce qu'elle arrive sur place.

— Si on continue de considérer le rôle de George comme minime dans cette affaire, ça devrait aider. Il semble que ce soit vraiment ce qui l'intéresse.

— Je pense que vous avez vu juste sur ce point. Je suppose que l'amour n'a vraiment aucune limite.

— Tout à fait, lança-t-il en gloussant. (Il lui prit la main et changea de sujet :) On pourra reprendre cette histoire de garage rempli de mobilier une fois que vous serez retapée.

— Ça me paraît bien.

Et il franchit avec elle les portes des urgences, une fois encore.

Épilogue

Samedi, tôt dans la matinée…

Doreen resta a l'hôpital quelques heures et, quand elle fut libérée, elle vit Mack revenir devant l'entrée des urgences.

— Vous ont-ils appelé pour vous expliquer les soins qu'ils m'avaient prodigués ? demanda-t-elle en dégageant doucement ses cheveux pour vérifier ses points de suture.

— Je leur ai demandé de me prévenir, confirma-t-il en hochant la tête.

— Je me sens bien mieux. Avec de la chance, Scott sera là quand je rentrerai.

— Je suis désolé d'avoir été retenu. J'avais prévu d'arriver ici plus tôt, mais pendant que j'étais au poste à m'occuper de Penny, quelque chose d'autre est survenu. On a été confronté à un nouveau cas avec des empreintes de pas très étranges qui nous ont permis d'établir un lien avec une enquête d'il y a dix ans.

— Oh, intéressant ! s'exclama Doreen en se redressant.

Mack secoua la tête.

— Non, non, non, ce n'est pas une affaire classée.

— Mais elle a plus de dix ans… Donc c'est une affaire

classée.

— Non. Là, tout de suite, ça ne l'est pas. Ça n'a rien à voir avec vous.

Elle leva les yeux au ciel et rétorqua :

— Bien ! Je pourrai prendre des vacances. Je ne prévois pas de m'occuper d'empreintes de pas dans les fougères.

Il se pétrifia.

— Vous en avez entendu parler ?

Elle lui jeta un coup d'œil.

— De quoi ?

— Une jeune fille a été enlevée dans sa chambre. Et tout ce qui restait, c'étaient des empreintes de pas. Dans les fougères, à l'extérieur de la maison.

La mâchoire de Doreen en tomba.

— Sérieusement ?

— Sérieusement, répéta Mack.

Elle rit puis toucha sa tête et marmonna.

— Et si vous me racontiez ça plus tard ? J'ai hâte de découvrir pourquoi il y a des traces de pas dans les fougères. Mais pas maintenant.

Plus tard, en se réveillant d'une sieste, elle s'était retrouvée allongée sur le lit, les animaux blottis tout contre elle, comme s'ils comprenaient à quel point elle allait mal. Elle se rendit compte combien elle serait contente de passer simplement quelques jours sans affaires à étudier. Bien sûr, c'était sa faute, et elle serait la première à l'admettre, mais quand un détail crucial se pointait, on aurait dit que c'était toujours pour elle.

Mack avait raison. Elle continuait de se torturer. Elle devait trouver comment traiter ces affaires classées et les clôturer avec une conclusion différente. Le problème, c'était que quand elle envisageait de laisser les gens de côté dans sa vie, aucun des suspects ne daignait respecter ce vœu. À la fin, ils essayaient tous de saisir le dernier espoir pour un peu de liberté. Elle comprenait cette théorie, mais en vérité, ça craignait.

Poussant un léger grognement, elle se retourna, passa les minutes suivantes à câliner ses animaux, leur répétant à quel point elle les aimait et adorait les avoir dans sa vie. Puis, elle vit l'heure. Il était déjà plus de deux heures de l'après-midi et, à sa connaissance, c'était samedi, ce qui signifiait que Scott devait déjà être là ou le serait d'un moment à l'autre. Elle prit une profonde inspiration et s'assit lentement. La pièce tournait un peu, mais ce n'était pas si mal. Au moins, la douleur ne revenait pas.

Elle marcha jusqu'à la salle de bain et cria presque de surprise en voyant sa tête. Elle avait du sang le long de sa tempe et quelque chose sur la joue, qu'elle gratta. On aurait dit une sorte de médicament ou de l'iode. Elle remplit le lavabo d'eau chaude et, en se servant d'un gant de toilette, se nettoya doucement les cheveux autant qu'elle put.

Plus ou moins présentable si elle ignorait les quelques points de suture visibles sur son cuir chevelu, elle échangea son tee-shirt contre un vêtement qui ne s'enfilait pas par le haut, pour ne pas mettre de sang dessus. Son jean en avait en revanche. Elle le retira donc et mit des leggings. Pieds nus, elle marcha à pas feutrés, puis traversa la cuisine et la buanderie et chargea la machine à laver, essayant d'effacer tout signe de sa rude matinée. Ensuite, en se déplaçant précautionneusement, elle déambula au premier étage. Elle ne souvenait pas du départ de Mack, mais présumait qu'il était retourné chez lui puisque les alarmes des portes étaient enclenchées. Elle sortit son téléphone et lui envoya un message pour le remercier.

Au lieu de lui répondre par SMS, il l'appela.

— Comment vous sentez-vous ? s'enquit-il.

— Mieux. Je suis debout, en bas, et je vais préparer du thé.

— Quoi, pas de café ? s'étonna-t-il d'un ton humoristique.

— Non, pas aujourd'hui. Ma tête me fait déjà mal. J'crois pas que le café arrangerait ça.

— Je ne pense pas que les maux de tête et la caféine aient un lien quelconque. Ça a plutôt à voir avec le pied-de-biche que vous avez laissé sur l'établi.

— C'est avec ça qu'elle m'a frappée ? questionna-t-elle tout bas, horrifiée. Je savais que j'aurais dû trouver une place où ranger ce satané truc !

— Vous avez toujours envie de garder tous ces outils, après ce qui est arrivé ?

— Absolument ! Ce n'était pas la faute des outils. De plus, je vais m'en servir.

Mack gloussa.

— Je suppose que le jour où j'en aurai besoin, je saurai à qui en emprunter.

— Quand vous voudrez. Je ne connais même pas le nom de la moitié d'entre eux.

— Je sais. L'ironie de la situation ne m'a pas échappé.

— Mais se dire qu'elle a utilisé un de mes propres outils…

— Je pense qu'elle considérait toujours que c'était le sien. Et George, là-haut, au paradis, était probablement en train de l'encourager.

— Je me le demande… En se basant sur ses écrits dans les journaux, il semblait être vraiment attristé par tout ce qui arrivait.

— Vous avez dormi pendant plusieurs heures, alors ne prenez pas peur lorsque vous regarderez dehors et y verrez des voitures de police.

— Pourquoi sont-elles ici ? s'étonna-t-elle d'un ton menaçant.

— Parce que les agents ont dû passer le garage en revue et prélever des preuves. Il y a votre sang ainsi que l'arme qui a servi à la tentative du meurtre, et cetera…

Elle grommela et lâcha :

— Combien de temps avant que les médias s'en mêlent ?

— Avec de la chance, pas avant que Scott reparte. Vous avez de ses nouvelles ?

Elle baissa les yeux sur son téléphone en entendant un bip qui signifiait l'arrivée d'un message.

— Je crois que c'est lui m'envoie un SMS, là. Je vous rappelle plus tard.

Elle lut le message et, effectivement, il s'agissait bien de Scott. Elle sortit pour se rendre au garage et s'adressa à l'officier :

— Vous en avez encore pour combien de temps ici ?

Arnold lui adressa un vague geste de la main et répondit :

— On a presque fini. Pourquoi ?

— Parce que j'ai un expert en antiquités qui doit venir pour jeter un œil à tout ça, expliqua-t-elle en désignant ce que contenait le garage. Il faut qu'il puisse y accéder.

— Pas de problème, dit-il. Comment vous sentez-vous ?

— Comme quelqu'un qu'on a frappé sur la tête avec un pied de biche. (Elle poussa un grognement et scruta autour d'elle.) D'ailleurs, où est-il ?

— Il a été emporté comme preuve.

Doreen soupira.

— Je n'en ai pas vraiment besoin, alors peu importe.

Elle aperçut le sourire narquois qui passa brièvement sur le visage de l'officier, mais il maîtrisa immédiatement ses traits pour avoir l'air désolé pour elle. Elle lui adressa un rictus.

— Je sais, reprit-elle. Je n'ai pas été gravement blessée. Et puis, ça en valait la peine. Un sacré paquet de monde pourra tourner la page, maintenant.

— Nous ignorions totalement que certains d'entre eux avaient besoin de tourner la page, ironisa Arnold en ricanant à moitié. Bon sang, mais comment on s'en sortait avant votre arrivée ?

Elle crut avoir décelé une lourde pointe de sarcasme, mais elle espérait que ce ne soit pas le cas, car elle ne se sentait pas assez bien pour pouvoir le supporter.

— Du moment que vous comprenez que ce n'est pas ce que j'essaie de faire.

À ces mots, il éclata de rire.

Elle le fixa du regard, les mains sur les hanches.

— Je ne me dirige pas délibérément vers les situations dangereuses, vous savez !

— Bien sûr que si ! Et vous persistez, encore et encore ! D'un autre côté, la communauté vous en remercie. Pas un seul d'entre nous n'aurait cru que Penny avait commis un crime ni même une tentative de meurtre.

— Et George ?

Arnold secoua la tête.

— C'était le plus gros nounours que le monde ait connu.

— Ce qui explique, bien sûr, pourquoi il a commis cet acte, dit-elle gentiment. Il essayait de protéger Penny.

— Mais l'infirmière ?

— Une fois que vous empruntez ce chemin… je suppose

que chaque meurtre devient plus facile. Et dans ce cas, une fois de plus, George essayait de protéger Penny. Parce que l'infirmière l'aurait probablement fait chanter ou se serait confessée, ce qui aurait engendré pas mal de problèmes.

— Alors, pourquoi George ne s'en est pas pris à Hornby ? interrogea Arnold. Tant de questions sans réponses !

— George ne s'en est pas pris à lui parce que, selon moi, il était complètement rongé par la culpabilité. Il savait qu'il allait mourir, et il essayait de distiller le bien afin de pouvoir aller au paradis, expliqua-t-elle calmement. Sachant toutes les vilaines choses qu'il avait réalisées, il a passé le reste de sa vie à essayer de se racheter. Quand il s'agissait de sauver la vie de Penny, son esprit le justifiait, mais il n'avait aucune raison de tuer Hornby.

— Et pourtant, Penny n'avait aucun problème avec lui !

— Eh bien, elle l'a blâmé pour la mort de George. Après qu'il a fait du chantage auprès de George, c'est devenu sérieux lorsqu'il s'est suicidé.

— Une idée de ce qu'il a utilisé ?

— Il y a un tas de plantes dans leur jardin, beaucoup d'entre elles sont létales.

Arnold suspendit ses gestes, regarda son jardin, et elle hocha la tête.

— Absolument. J'en ai un paquet de mortelles dans mon jardin également. Mais vous aussi et vous ne le savez même pas.

L'expression du visage de l'officier la fit rire. Elle désigna le mobilier d'un geste de la main.

— Je dois juste m'assurer que l'expert puisse jeter un œil à ces meubles. (Arnold les observa, et elle secoua la tête.) Vous en savez autant que moi. À ma connaissance, rien ici ne vaut quoi que ce soit, et ce n'est que de la camelote. Mais jusqu'à ce que j'en sois persuadée, je veux que rien ne soit endommagé.

Heureusement, les officiers étaient déjà en train de remballer leur équipement et de charger leurs véhicules. Elle sourit et leur adressa un signe quand ils s'en allèrent, en marmonnant :

— Je n'ai pas de pulsion suicidaire, vous savez ?

Ils n'étaient pas partis depuis plus de quelques minutes, pendant lesquelles elle s'était tenue là, le visage tourné vers le soleil, lorsque Scott remonta son allée dans son véhicule de location. Il en sortit et lança :

— Ça, c'est ce que j'aime voir ! Quelqu'un qui ne fait rien d'autre qu'apprécier sa journée.

Elle n'osait pas lui raconter à quoi avait ressemblé sa matinée.

— Ravie de vous revoir.

— J'espère que c'est pour toutes ces bonnes raisons, dit-il en se frottant les mains.

— Je l'ignore… Nous avons débarrassé le garage du bric-à-brac, mais le sous-sol est encore rempli.

Il s'avança, son regard posé sur l'ensemble de tables basses et les deux fauteuils. Ses sourcils se levèrent et il déclara :

— Bien, ce n'est pas tout à fait la même qualité ni valeur que ce que nous avons déjà embarqué, mais celui-ci va rapporter une très belle somme.

Elle fit la grimace.

— Vous pourriez être un peu plus précis ?

Scott rit.

— Je dois passer en revue toutes les pièces pour être sûr… (Il déambula tout en comptant.) Il y en a quoi… une, deux, trois, quatre, cinq ici. Deux, quatre, cinq, six, corrigea-t-il pour lui-même. Peut-être quarante mille dollars à la fin de la journée.

Elle resta immobile, à le regarder.

— Je sais que ce n'est pas autant que ce que vous auriez aimé…

— C'est bien plus au contraire, rectifia-t-elle. Alors, pour vendre ces meubles, je dis un grand oui.

— Bien, lança-t-il en hochant la tête. (Il prit des photos et écrivit quelques notes.) Qu'avez-vous d'autre ? (Il déambula de nouveau et indiqua :) Cette table à manger donnera facilement dix-sept mille. Le fait que vous possédiez les dix chaises et les capitonnages d'origine… oui, absolument ! Vous voulez les vendre ?

— Laissez-moi juste vous préciser tout de suite que tout ce que vous souhaitez ici, vous pouvez l'avoir si vous parvenez à le vendre à un prix décent, dit Doreen. Je sais que certains mobiliers haut de gamme coûteraient facilement dix-sept mille, mais je n'ai plus ce niveau de vie. Alors, si vous pouvez en obtenir autant pour cet ensemble, allez-y.

— Oh, c'est ce que vous en tirerez ! Nous arriverons probablement à le vendre pour vingt-trois ou vingt-quatre mille. Peut-être plus.

Ensuite, elle déambula simplement derrière lui pendant qu'il passait d'une pièce à l'autre. Il se tourna, la regarda avec un sourire enchanté et annonça :

— Bien, plus de cent mille dollars se trouvent dans ce garage.

— Combien ? s'étonna-t-elle dans un murmure.

— Cent mille dollars, répéta-t-il. Ça dépend de ce qu'on pourra en faire. Ceux-ci sont en bois de cerisier, spécialement conçus, et cette marque du fabricant révèle qu'ils ont été fabriqués pour une occasion spéciale. Je trouverai comment, pourquoi et pour qui, mais rien que le fait que vous ayez les chaises assorties… L'ensemble en comprend presque toujours six ou huit. Vous en possédez six.

— Et je ne peux pas garantir qu'il n'y en ait pas d'autres dans la maison ou le sous-sol, précisa-t-elle.

— Bien.

Après ça, elle flâna, quelque peu hébétée, tandis que Scott en terminait avec le garage. Avant de descendre au sous-sol, elle l'emmena à l'intérieur, dans le salon et la salle à manger, où elle en avait accumulé quelques pièces de plus. Il désigna les deux meubles intégrant l'ensemble.

— Parfait ! lança-t-il. Nous allons prendre ces deux-là aussi. (Il regarda les autres, haussa les épaules et dit :) Je ne sais pas vraiment ce que sont ceux-ci ni même ceux-là, à moins de trouver d'autres éléments similaires dans votre sous-sol, peut-être.

Il prit quelques photos et, comme elle le conduisait au sous-sol, elle reçut un texto. Elle le vérifia, il s'agissait de Mack. Elle l'appela.

— Hé ! Scott est ici. On passe en revue ce qu'il y a dans le garage et la maison, je suis sur le point de lui montrer le sous-sol.

— Est-ce que ça semble bien parti ?

— Non, corrigea-t-elle, ça semble super bien parti ! Et je veux toujours en apprendre davantage sur les empreintes de pas.

Mack grommela.

— Vous savez quoi ? J'irai simplement à la bibliothèque et passerai des heures et des heures à chercher ces infos, lâcha-t-elle.

— Je vous dévoilerai ce qui a été révélé à la presse, mais c'est tout. L'enfant n'a jamais été retrouvé.

— Vraiment ? Pas de corps ?

— Aucun.

— Dans ce cas, envoyez-moi ce que vous pouvez, et je vous donnerai plus de détails sur ce qu'il se passe ici. Mais je dois y retourner.

Elle raccrocha et, devant le visage interrogateur de Scott, elle lui sourit et lui expliqua :

— Juste une affaire sur laquelle j'aide la police.

Elle ouvrit le chemin dans la descente d'escaliers menant au sous-sol, où le reste du mobilier était conservé. Scott s'arrêta en plein milieu des marches et s'exclama d'étonnement. Elle pointa du doigt le coin dans le fond où se trouvait la commode haute.

— Je ne peux pas certifier que c'est ce que vous cherchez, avança-t-elle prudemment, mais cette pièce pourrait appartenir à l'ensemble que vous avez déjà récupéré.

Il fonça droit vers le meuble et se tint à l'écart de quelques mètres, l'étudiant pendant un long moment. Puis il se tourna vers Doreen, ravi et s'adressa à elle :

— Et vous vous souvenez comment nous avions vérifié ?

— Je me demande s'il peut abriter des tiroirs secrets, admit-elle. Mais je ne voulais pas essayer de l'ouvrir et casser quelque chose.

Maintenant qu'ils se tenaient tous deux juste devant le meuble, Scott en effectua le tour et annonça :

— J'ai cherché, et celui-là est juste ici.

Il poussa quelque chose au fond et, au lieu d'un petit tiroir, un long et étroit compartiment s'ouvrit sur le côté.

Elle poussa un petit cri lorsqu'il en sortit une longue rangée de perles. Elle garda la main à plat pour l'observer, ébahie.

— Ce sont de vraies perles, n'est-ce pas ?

— Ça, ma chère, ce n'est pas mon rayon. Mais elles semblent vraies, pour moi.

— Et il y a également une petite note.

De toute évidence, elle était écrite de la même main féminine, vraisemblablement celle de son arrière-arrière-grand-mère. C'était une note datant de l'époque où elle avait eu ces perles. Il s'agissait d'un cadeau de son mari pour la naissance de leur premier fils. Doreen sourit et dit :

— Je suis reconnaissante que vous ayez trouvé ces tiroirs. Je n'ai même pas eu l'occasion de voir ce que contenaient les grands. Nous avons travaillé toute la journée d'hier et aussi ce matin à essayer de libérer un accès jusqu'ici.

Scott regarda autour de lui et hocha la tête.

— Je n'arrive pas à croire que votre grand-mère ait emmagasiné autant de mobilier.

— Moi non plus. (Doreen désigna la commode et demanda :) Y a-t-il un second compartiment ?

— Oui, certainement.

Il passa à l'arrière du meuble et fit s'ouvrir un tiroir similaire le long du côté opposé.

Doreen sourit lorsqu'il en sortit un grand sac en velours. Elle garda la main ouverte, stupéfaite d'y voir du velours vert sombre. Elle ouvrit le haut du sac et, avec précaution, vida son contenu dans sa paume. Cela ressemblait à un long collier et d'autres bijoux.

— Ça ne peut pas être réel, murmura-t-elle. Ce bijou est forcément un faux.

Scott leva la rangée de pierres vertes et déclara :

— Ceci est un magnifique collier d'émeraudes.

Elle baissa les yeux sur l'autre partie toujours dans sa main, un bracelet et deux boucles d'oreille. Elle avait envie de pleurer de joie pour cette connexion avec ses ancêtres, des témoins de l'histoire de sa famille. Il y avait également un morceau de papier chiffonné. Elle le tint et le lut.

— Pour la naissance de notre première fille.

Scott afficha un rictus et dit :

— On ne voit plus de cadeaux comme ça. Désormais, une femme a plus de chances de recevoir des fleurs pour la naissance d'un enfant, mais certainement pas des gemmes comme ça.

Doreen sourit, plaça doucement le tout dans le sac en velours et ne fut pas certaine d'être capable de les vendre, peu importe l'argent que ça pourrait lui rapporter. C'étaient des parties de son passé, un souvenir émotionnel et heureux de sa famille.

Quelque chose qui était désormais cher à son cœur.

C'est la fin du tome 5 de *Jolis Jardins Maudits, Des preuves dans les échinacées.*
Découvrez *Une empreinte dans les fougères : Jolis Jardins Maudits, tome 6*

Jolis Jardins Maudits : Une empreinte dans les fougères, tome 6

Un nouveau polar « cozy mystery », par Dale Mayer, auteure de best-sellers au classement du USA Today. Suivez les aventures de Doreen Montgomery, jardinière et détective en herbe, et de ses adorables assistants (un chat, un chien et un perroquet) dans leurs enquêtes criminelles dans la jolie ville de Kelowna au Canada.

Du luxe à la misère… Du contrôle au chaos… Mais le meurtre… pas cette fois !

Une nuit, il y a dix ans, la petite Crystal, une fillette de huit ans, a disparu de son lit, chez ses parents, le ravisseur ne laissant pour seule trace qu'une empreinte dans le parterre de fleurs sous la fenêtre de l'enfant.

Voilà que cette empreinte vient de réapparaître, sur la scène d'un autre crime cette fois. Doreen a reçu l'ordre formel de ne pas fourrer son nez dans la nouvelle enquête du brigadier Mack Moreau.

Mais alors que Mack est accaparé par cette nouvelle affaire, Doreen se dit qu'elle peut bien jeter un œil à l'ancienne. Sa maison est vide, ses meubles ont été emportés et elle a du temps à revendre. Elle a fini de travailler sur le jardin de Penny et il lui faut un nouveau projet pour s'occuper… et lui permettre d'esquiver les gros travaux qui l'attendent dans son propre jardin. Avec l'aide de ses assistants, Thaddeus le perroquet, Goliath le chat et Mugs le basset, Doreen va s'enfoncer dans le monde des prêteurs sur gages et du chantage, à la recherche d'indices pour découvrir ce qui est arrivé à la fillette enlevée dans sa chambre de nombreuses années auparavant.

Alors, quand son enquête recoupe l'affaire en cours, ce n'est qu'une coïncidence… non ?

Le tome 6 est disponible !
Pour en savoir plus, visitez le site web de Dale Mayer.
https://geni.us/DMFRFootprintsUni

Note de l'auteure

Merci d'avoir lu *Des preuves dans les échinacées : Jolis Jardins Maudits, tome 5* ! Si vous avez apprécié le livre, merci de prendre un moment pour laisser votre avis.

Chers lecteurs,

J'aime avoir de vos nouvelles, alors n'hésitez pas à me contacter sur mon site web : www.dalemayer.com ou sur ma page d'auteure Facebook. Pour être informés des nouvelles parutions et des offres spéciales, inscrivez-vous à ma newsletter ou suivez-moi sur BookBub. Si vous souhaitez rejoindre mon groupe de lecteurs, voici la page d'inscription sur Facebook.

À bientôt,
Dale Mayer

À propos de l'auteure

Dale Mayer est une auteure de best-sellers au classement de *USA Today*, connue pour ses romances militaires sur les forces spéciales, sa série *Psychic Visions* et sa série *Jolis Jardins Maudits*, dans le genre cozy mystery. Ses romances contemporaines sont vibrantes d'émotion et de passion (série *Broken But… Mending, Hathaway House*). Ses thrillers vous laisseront à bout de souffle (séries *By Death* et *Kate Morgan*) et ses comédies romantiques vous feront rire aux éclats (*It's a Dog's Life*, une novella hors-série, et la série *Broken Protocols* avec Charming Marvin, le chat).

Elle laisse libre cours aux séries qui lui viennent… dont certaines sont carrément folles, enfreignant toutes les règles et croisant différents genres !

En plus de ses romans de fiction, elle écrit également des textes documentaires dans de nombreux domaines, dont la rédaction de CV, le jardinage de loisir et le système de crédit immobilier américain. Elle a récemment publié la série professionnelle *Career Essentials*. Tous ses livres sont disponibles aux formats papier et ebook.

Contactez Dale Mayer en ligne

Site web de Dale – www.dalemayer.com
Twitter – @DaleMayer
Facebook Page – geni.us/DaleMayerFBFanPage
Facebook Group – geni.us/DaleMayerFBGroup
BookBub – geni.us/DaleMayerBookbub
Instagram – geni.us/DaleMayerInstagram
Goodreads – geni.us/DaleMayerGoodreads
Newsletter – geni.us/DaleNews